U0925904

荔园国学丛书

主编／景海峰

汉魏六朝文体论与文体观念的演变

杨东林—著

科学出版社
北京

内 容 简 介

本书是对汉魏六朝文体批评与理论进行阐释的观念史著作。在已有研究的基础上，对中国古代文体学的起源演变，尤其是文体论自身在汉魏六朝各个历史段落中的特征，进行分期论述，寻绎文体论理论形态和文体观念在汉魏六朝的发展脉络。全书以“文体”概念蕴含的历史演变作为论述的中心线索，突出文体研究与文学研究、文体观念与文学观念的内在联系，力图使“文体”概念在原始语境中彰显出本土与本体的理论本色。

本书适合中国古代文学研究者和文学理论研究者及高校中文系师生阅读，也适合一般文学爱好者、国学爱好者阅读。

图书在版编目(CIP)数据

汉魏六朝文体论与文体观念的演变/杨东林著. —北京：科学出版社，2018.11

（荔园国学丛书/景海峰主编）

ISBN 978-7-03-055192-4

I. ①汉… II. ①杨… III. ①中国文学－文体论－研究－唐宋时期 IV. ①I206.42

中国版本图书馆 CIP 数据核字(2017)第 270559 号

责任编辑：郭勇斌 周 爽 / 责任校对：王萌萌

责任印制：张 伟 / 封面设计：黄华斌

科 学 出 版 社 出版

北京东黄城根北街 16 号

邮政编码：100717

http://www.sciencep.com

北京教图印刷有限公司 印刷

科学出版社发行 各地新华书店经销

*

2018 年 11 月第 一 版 开本：720×1000 1/16

2018 年 11 月第一次印刷 印张：13 1/2

字数：214 000

定价：98.00 元

（如有印装质量问题，我社负责调换）

丛书序

深圳大学的国学研究始于1984年，在新一轮的国学热潮兴起之前，已着先鞭。

那是在改革开放的春天，伴随着深圳经济特区的建设，1983年9月即诞生了特区的第一所大学——深圳大学，并在建校的第二年便成立了国学研究所。当时，国学一词并不流行，国学之说尚有禁忌，为什么会用这个概念来命名一所人文学术研究机构？这就要从它的创办人汤一介先生说起了。汤先生时任北京大学哲学系教授，也是中国哲学教研室的主任，他在80年代初赴美访学时，接触到了海外中国文化研究的许多新信息和新理念，这在当时封闭的状况下是有很多新鲜感和强烈刺激的，也由此产生了许多新的想法。在他与夫人乐黛云教授一起回国之后，恰逢深圳大学正在筹办，于是应张伟校长的邀请，乐先生出任了中文系的主任，并创办了比较文学研究所，而哲学系暂不能成立，只好先办一个偏重中国哲学的研究机构，这便是国学研究所，由汤先生主持。国学一名，当时的人们并不熟悉，但具有家学渊源的汤先生却不陌生，民国时期的北大即有国学门，办有《国学集刊》，而矗立其间的“台柱子”便是他的父亲汤用彤先生。所以，当时用了国学之名，究诸原委，实有其缘，是不是有先见之明，就另当别说了。

国学研究所成立之后，恰是当时国内的文化大讨论如火如荼之时，在汤先生的带领下，国学研究所的同仁们投入其中，做了很多具有开创意义的工作。举其要者：一是创办了大型的国际性学术集刊《中国文化与中国哲学》，先后出版4辑，发文百余篇，在国内外学术界产生过广泛影响；二是召开了第一次全国东西方文化比较研究协调会议，集中了一批中心城市的知名学者制定规划，对80年代后期国内“文化热”的兴起起了重要的作用；三是与当时的全国高校古籍整理研究工作委员会联合举办了两届国际“中国学”研讨班，为全国30余所高校培训了100多名从事比较文化和汉学研究的青年教师；四是较早和海外的学术界建立了联系，特别是与香港的几所高校有了密切的交往；五是在古籍整理方面，参加了广东高校“岭南丛书”大型项目，并在古籍整理的电子化方面做了一些奠基性的工作。这些活动的开展，在当时都是借了改革开放的东风，在国内具有一定的拓荒意义，起到了引领风气的作用。国学研究所在深圳大学建校之初的80年代，也为学校的文科建设、特别是传统学术研究的积累，为提升学校的学术声誉，作出了重要的贡献。

到了90年代，随着市场经济的全面展开，在商业大潮的冲击下，高校的人文学术遭遇了寒流，传统学科一蹶不振，深圳大学的国学研究也一度沉寂了下来，几乎陷于停顿。正所谓斗转星移、时事难料，在学院内部的传统文化研究遇到顿挫、文史哲学科陷于生存困境之时，在市场经济活力的冲击和挟裹下，此时在社会上却悄然兴起了一股国学潮，传统文化在社会上有了复苏的迹象，国学理念也渐渐为社会大众所接受和熟知。这个翻转本身就很有戏剧性，而自90年代中期以来的国学热，伴随着中国经济的腾飞和大国地位的显豁，则演绎出了一场波澜壮阔的剧情，锣鼓铿锵、人腾马跃、各色粉墨、正谐相随，一幅好不热闹的场景，实为近代以来所罕见。

经过了20年的发展，国内的国学热，潮涨潮落，几度翻腾，浪花相逐，亦泡沫堆积，呈现出了远比最初的时候要复杂得多的面相，可以说是五光十色，令人眼花缭乱。到了今天，对国学的理解和国学之研究早已不是往昔的景象了，也已不具有解释的统一性，其边界宽泛得已经让人无话可说；无处不在的国学、无人不谈的国学，五花八门的杂乱样子，又几乎让人不忍置喙，不知从何处落脚了。清代学者凌廷堪（1755—1809年）在论及天下学术变迁之大势时，有谓：“学术之在天下也，阅数百年而必变。其将变也，必有一二人开其端，而千百人哗然攻之；其既变也，又必有一二人集其成，而千百人靡然从之。夫哗然而攻之，天下见学术之异，其弊未形也；靡然而从之，天下不见学术之异，其弊始生矣。当其时亦必有一二人矫其弊，毅然而持之。及其变之既久，有国家者，绳之以法制，诱之以利禄，童稚习其说，耄耋不知非，而天下相与安之。天下安之既久，则又有人焉，思起而变之，此千古学术之大较也。”（《校礼堂文集》卷23）而当此时刻，国学作为一种时代的表征和映照学术潮流之走向的标尺，是处在“将变”“既变”之际邪？抑或已经有了一点“天下相与安之”的苗头呢？这是需要我们去认真思考的问题。当然，如何认识、如何判断之，或者采取怎样的态度、怎样的行动来对待之，这是见仁见智的事情，不必强求一律，更没有必要摆出一副唯我独尊的架势来，判断权完全掌握在每个人的手中。

作为高校的国学研究，当然有它的学术持守，不能随波逐流；有它的学科规范，不应漫越无度；有它的独特责任，不必包打天下。做自己应该做的、做自己能够做的、做自己必须做的，是从事文史哲等传统文化研究和教学工作的高校教师的职责，也是时代所赋予的任务。深圳大学人文学院集中了文史哲三个学科门类的人马，在国学研究所和国学本科实验班的基础上，又于今年新成立了国学院，隶属于学校，挂靠在学院，实行一体两牌的互动机制，凸显出国学研究的平台性、基础性和融合性，以国学来寻求人文学科之间的内在交融和体制创新，以博雅教育为宗旨，努力为人文学科的发展与繁荣创造新的增长点。根据我院现有的学科优势和师资特色，新的国学学科架构，以教学为基础，以科研为导向，以社会服务为目标，努力寻求国学建设的突破口和国学发展的新路径，强调融合文史哲不同学科之间的力量，以凝聚起人文基础学科的创造力和吸引力，为提高深圳大学文科建设的水平作出应有的贡献。正是本着这样的想法和目标，我们在学校领导和相关机构的大力支持下，申报了“以国学为平台的人文基础学科融合与创新”项目，得到中央财政支持地方高校发展专项资金的资助。作为该项目的具体实施计划之一，我们编选了这套“荔园国学丛书”，集中收入我院教师在国学研究方面的新著，以贡献予社会。

深圳大学地处南国，荔子飘香，别号荔园。每年的六月份，荔枝成熟，挂满枝头，又是一年丰收时，也恰临毕业季。校园里，行将走入社会的学子们，身穿蓝袍，穿行于红荔绿荫之间，构成了一幅最美的图画。我们的“荔园国学丛书”正是伴随着这样的校园美景一同诞生的，愿它像学子们一样，带着成熟，带着希望，走遍天涯。

景海峰

2017年6月5日于荔园

目　　录

绪　论

一

汉魏六朝文体论不仅是其时文学理论批评的重要组成部分和基础性环节，而且也是中国古代文体学得以确立和走向成熟的开始，在中国古代文学批评史，特别是文体学史中地位特出，影响深远。

在现有的汉魏六朝文论研究论著中，文体论的研究进入了愈来愈多的学者的视野，但大多还只是作为论述的一个角度或一个侧面，实则，文体论的意义不仅仅局限于它是汉魏六朝文论的一个重要组成部分，它实在是汉魏六朝文论的一个立论基点。汉代的文学理论批评基本上是在《毛诗序》《诗谱传》等诗体论和刘安、司马迁、司马相如、扬雄、班固、王逸、刘歆等的辞赋论基础上展开的。而魏晋时期曹丕“文气说”、陆机“缘情说”的提出，则与“四科八体”和“十体”的对文体表现对象和艺术特征的辨析密不可分。进入南朝，人们对文学特质的探讨，同样是建立在体类辨析和“文笔之辨”的文体认识深化的基础之上。而作为六朝文论集大成的《文心雕龙》，上篇论文体，下篇论文术，由其篇章结构的安排即可看出，文体论是刘勰文学理论立论的基础。朱自清先生在20世纪40年代初，写了题为“诗文评的发展”的书评，针对罗根泽的《中国文学批评史》为文体论立专章而评论说：“他在《魏晋六朝文学批评史》里特立专章阐述‘文体类’的理论。从前写文学史或文学批评史的人都觉得文体论琐屑而凌乱，没有给予充分的注意。可是读了罗先生的叙述和分析，我们能以看出那种种文体论正是作品的批评，不是个别的，而是综合的。这些理论指示人们如何创作、如何鉴赏各体文字。这不但见出人们如何开始了文学的自觉，并见出六朝时那新的‘净化’的文学概念如何形成。这是失掉的一环，现在才算找着了，连上了。”[①]考察罗根泽先生以后的文学批评史著作，文体论的研究事实上并未引起研究者的充分重视，一些著作甚至很少涉及文体论。即使是进入了许多研究者的论域，也不过是对其时的文体分类进行一下归纳排比，并没有认识到文体论作为汉魏六朝文学批评理论构架基础性环节的重要意义。

汉魏六朝文体论作为中国古代文体论的形成期，其理论形态很快就走向了成熟，无论是形式、内容还是方法，都为后代文体学奠定了坚实的基础，甚至可以说，中国古代文体论的基本品格在汉魏六朝时期便得以确立了。挚虞《文章流别论》、李充《翰林论》以至萧统《昭明文选》，形成了后代文章总集聚类区分和附论文体的传统，如明代吴讷的《文章辨体序说》、徐师曾的《文体明辨序说》及姚鼐的《古文辞类纂》等即沿袭此种传统。而刘勰《文心雕龙》文体论的基本体式及方法奠定了后代文体专论的体制格局，如清代孙梅的《四六丛话》、林纾的《春觉斋论文》，在体例上即承袭刘勰。中国古代文体论探源宗经的思想，选文定篇、重视流变的方法，在汉魏六朝文体论中也基本定型。因此，对汉魏六朝文体论的全面清理和深入考察，是中国文体学史研究的基础工程。

综上所述，汉魏六朝文体论研究具有重要的学术价值和学术意义。但汉魏六朝文体论的研究面临相当大的困难，主要体现在三个方面。

一是资料稀少。除《文心雕龙》文体论较为完整外，相当一部分文体专论如挚虞的《文章流别志论》、李充的《翰林论》只余断编残简；许多反映文体观念的文章总集选集及文章目录著作均已佚失。如仅囿于文体论本身资料，难免有零乱琐碎之感，要构拟一史的逻辑的系统建构，确实是有点捉襟见肘。

二是各别文体的个案清理工作不足。汉魏六朝文体体类丰富，诗赋作为汉魏六朝文学史论述的重点，研究已相当深入，但其余大量的文体我们还不甚了然。近年来这一状况已有所改变，如吴承学师的《中国古代文体形态研究》论及的“盟誓”等文体皆为学界尚未注意到的文体。[②]汪桂海的《汉代官文书制

① 朱自清：《朱自清古典文学论文集》下册，上海：上海古籍出版社，1981 年，第 549 页。

② 吴承学：《中国古代文体形态研究》，广州：中山大学出版社，2002 年。

度》从史学角度着眼，对汉代官文书进行了考察。①但这样的文体史研究成果毕竟还是不够充分，文体论的研究仍面临着困难。

三是理论方面的局限。一些研究者虽已逐步认识到文体论的重要性，但未能将文体论作为汉魏六朝文学批评一立论基点来看待，未能将文体论融入当时的文学理论批评中，多把研究重点放在文体类分和文体辨析上，这种归纳性的研究因材料的缺失难免在某些理论环节上暧而不明，妨碍了对汉魏六朝文体论作系统性、整体性的论述。

吴承学师在《文体学源流》一文中说："中国古代文体学在文学批评中占了颇大的比重，可惜人们很少对此进行全面的史的考察，论者的眼光绝大多数集中在魏晋南北朝期间，对文体学的起源和发展演变的研究显得十分不足。所以，我们必须在前辈学者研究成果的基础上更为大胆地探索。"②即便是魏晋南北朝时期的文体论，我们同样也缺乏史的全面考察，仍需做进一步的清理和总结。而现有的研究成果似乎并未对文体学的源起和演变，尤其是没有对文体论自身在各个历史段落中的承传及其特征进行集中的分期研究和论述，而且对作为魏晋南北朝文体论之源起的先秦两汉时期亦缺乏总体的把握。因此，本书以"汉魏六朝文体论与文体观念的演变"为题，并追溯其源起至先秦，分为先秦、汉代、魏晋、南朝四个历史阶段，探讨文体论在各个历史阶段的发展特征，力图寻绎出文体论理论形态和文体观念在汉魏六朝的演变脉络。

二

由于20世纪未有一部汉魏六朝文体论研究专著发表，所以有关该课题的研究成果分布极其散乱零碎。除了文学批评史著作中的有关论述外，较为重要的文体论研究成果则主要集中于《文心雕龙》研究、《昭明文选》研究，以及"文笔""诗笔"问题的研究中。此外，在诗论、赋论、文章论的研究中也有一些有关汉魏六朝文体论的论述。

而与文体论研究关系最为密切的文体史研究成果则相对集中。20世纪

① 汪桂海：《汉代官文书制度》，南宁：广西教育出版社，1999年。

② 吴承学：《文体学源流》，《中国古代文体形态研究》，第406页。

的一百年中，特别是现代大学制度和学科体系建立以来，发表了不少分体文学史的成果，如诗史、赋史、乐府诗史、骈文史专著，当然也有一些单篇论文。

现选择20世纪有关汉魏六朝文体学史、文体史及其他相关论述之要者，分为三期，以祈大致勾勒出学术界的研究情况。

（一）20 世纪 50 年代前的研究情况

在20世纪前半期出版的一些中国文学批评史著作中，如罗根泽、郭绍虞、方孝岳、朱东润诸家，皆涉及汉魏六朝的文体论。朱东润《中国文学批评史大纲》论及挚虞、李充；[①]方孝岳《中国文学批评》内有二节“挚虞的流别论”“昭明《文选》发挥文学的‘时义’”，关乎文体论；[②]郭绍虞《中国文学批评史》设一专节“从文体的辨析到文笔的区分”，则试图对魏晋南北朝文体论进行概括和总结。[③]总的看来，作为汉魏六朝文论重要组成部分的文体论在各家批评史著作中所占篇幅既小，论述亦嫌简单。

在文选学研究领域，骆鸿凯的专著《文选学》第四章专谈“体式”，对《文选》所选38种文体分别汇列相关的文体论述，希望借此使学者“明《文选》诸体之程式”，有较高的资料价值。[④]汪辟疆的《与黄轩祖论〈文选〉分类书》虽就《文选》分类而作，但事实上对汉魏六朝文体分类与文体辨析之源流演变颇多发明。[⑤]朱自清的《〈文选序〉“事出于沉思，义归乎翰藻”说》则对萧统的文体思想有所阐发。[⑥]

对于刘勰《文心雕龙》文体论的研究，还没有见到专论性的文字发表，只有零星的关于《文心雕龙》文体论单篇文本疏证和释义性的文字。

关于“文笔、诗笔”的研究，则发表了刘师培、郭绍虞、逯钦立等

---

① 朱东润：《中国文学批评史大纲》，上海：上海古籍出版社，1983 年。

② 方孝岳：《中国文学批评》，北京：生活 • 读书 • 新知三联书店，1986 年。

③ 郭绍虞：《中国文学批评史》，上海：上海古籍出版社，1979 年。

④ 骆鸿凯：《文选学》，北京：中华书局，1989 年。

⑤ 汪辟疆：《与黄轩祖论〈文选〉分类书》，《制言》半月刊 1936 年第 18 期；收入俞绍初、许逸民主编：《中外学者文选学论集》，北京：中华书局，1988 年。

⑥ 朱自清：《〈文选序〉“事出于沉思，义归乎翰藻”说》，《国学季刊》1944 年第 4 期；收入朱自清：《朱自清古典文学论文集》。

学者的10余篇论文。

在文体史研究领域，倒是出现了一些重要的著作，如罗根泽的《乐府文学史》①、萧涤非的《汉魏六朝乐府文学史》②、刘麟生的《中国骈文史》③。此外，刘麟生主编的《中国文学八论》，将文体史与文体论结合起来考察各体文学，值得注意。④徐望之的《公牍通论》则对一些应用文体有所论述。⑤

总之，20世纪前半期的汉魏六朝文体学研究成果不多，专论性的文字更是极为少见，文体论的研究处于一种散乱状态。不过，在这一时期，应该特别提出刘师培、郭绍虞、朱光潜三位先生对文体论研究的贡献。

刘师培先生的中古文学研究著作《中国中古文学史》《论文杂记》⑥《汉魏六朝专家文研究》⑦，饮誉学界，沾溉后人。而刘先生研究的一大特色便是极重文体，如《中国中古文学史》开篇便首辨明体，论文学之变迁亦从文体流变考察。他的关于《文心雕龙》的《颂赞》《诔碑》篇讲录对文体的考辨更是精义迭出。虽然刘先生的研究基本上属于古典式的研究范式，但他从史料排比、钩沉出发，考文体界划、讹变的方法，仍应是我们在文体论研究中使用的最基本的方法。

郭绍虞先生是中国文学批评史学科的开创者和奠基人之一，他也是最早具有文体学学科意识的学者。在20世纪三四十年代，他即发表了《试从文体的演变说明中国文学之演变趋势》《〈文章流别论〉与〈翰林论〉》《文笔与诗笔》《从永明体到律体》等文体论研究的重要论文。⑧到了晚年，80年代初他又发表了《提倡一些文体分类学》一文，明确指出："文体分类学不仅与修辞学有密切关系，即对中国文学批评史的研究，也同样是个主要环节。"⑨应该说，郭

① 罗根泽：《乐府文学史》，北京：东方出版社，2012年。
② 萧涤非：《汉魏六朝乐府文学史》，北京：人民文学出版社，1984年。
③ 刘麟生：《中国骈文史》，北京：东方出版社，1996年。
④ 刘麟生主编：《中国文学八论》，北京：中国书店，1985年。
⑤ 徐望之：《公牍通论》，北京：档案出版社，1988年。
⑥ 刘师培：《中国中古文学史 论文杂记》，北京：人民文学出版社，1984年。
⑦ 收入刘师培：《中古文学史论著三种》，沈阳：辽宁教育出版社，1997年。
⑧ 以上论文均收入郭绍虞：《照隅室古典文学论集》，上海：上海古籍出版社，1983年。
⑨ 郭绍虞：《照隅室古典文学论集》，第547页。

绍虞先生的设想仍然是我们今天致力的目标。

朱光潜先生20世纪40年代出版了《诗论》一书，此书既用西方诗论来解释中国古典诗歌，也用中国诗论来印证西方诗论，全面探讨了中国诗歌的艺术特征及历史源流，视野宏阔、立论通达，可以说是诗体研究的典范性著作。[①]我认为此书在方法论上的意义重大，中西比较、多学科的综合研究应是文体研究取得突破的一个重要途径。

（二）20 世纪 50—80 年代的研究情况

这一阶段，学术界低迷不振，只有数量稀少的文体论著作及相关的论著发表。

五六十年代出版的中国文学批评史大都是1949年前著作的重印。关于文体论的研究未见任何改观。

关于《文选》分类的问题，则有郭绍虞《〈文选〉的选录标准和它与〈文心雕龙〉的关系》和殷孟伦《如何理解〈文选〉编选的标准》二文较为重要。[②]

对于《文心雕龙》文体论的研究，除继续发表了一些单篇的疏证札记外，开始出现了专论性的论文，如彭坚和王祖献的《从〈文心雕龙〉文体论谈到修辞学的体系》[③]。

“文笔、诗笔”问题的讨论，在本阶段悄无声息。只有1978年，郭绍虞先生发表了《文笔说考辨》一文。[④]

在相关的文体史研究方面亦类于上述情况。要之，此阶段的研究可称道者甚少，建树甚微。

（三）20 世纪最后 20 年的研究情况

随着改革开放的发展，学术界也步入了前所未有的繁荣期，文体论及

① 朱光潜：《诗论》，北京：生活・读书・新知三联书店，1998 年。

② 均收入俞绍初、许逸民主编：《中外学者文选学论集》。

③ 彭坚、王祖献：《从〈文心雕龙〉文体论谈到修辞学的体系》，《安徽大学学报》1962 年第 3 期。

④ 郭绍虞：《文笔说考辨》，《文艺论丛》1978 年第 3 辑，上海：上海文艺出版社，1978 年。

相关研究论著在本阶段渐成规模，文体学学科意识日益增强，文体论研究无论从深度还是广度上都得到了很大的拓展，为汉魏六朝文体论的全面总结和清理打下了良好的基础。

在80年代后新出的中国文学批评史、中国文学思想史及中国古代文学研究史著作中，文体论的地位得到提升，不仅体现在篇幅比重上，而且还体现在对文体论认识的逐步深化上。特别是王运熙、杨明先生的《魏晋南北朝文学批评史》[①]和郭英德、谢思炜、尚学锋、于翠玲诸先生的《中国古典文学研究史》[②]。《魏晋南北朝文学批评史》多处章节涉及文体论，对总集的编纂和挚虞的《文章流别论》、李充、文笔说、《文心雕龙》论文体及其写作要求等皆设专节讨论。《中国古典文学研究史》专立"魏晋南北朝的文学研究"一章，设有"文集编纂与文学范围的划定""魏晋南北朝的文体研究"二节，此书还搜集了不少文体方面的资料，表明著者对文体研究的重视。其他的一些著作对文体论论述的篇幅虽小，但亦不乏新见。如周勋初先生《中国文学批评小史》中说："考文体论的产生，是由研究朝廷公文格式开始的。"[③]这就为我们寻究文体论的学术渊源多了一个视点。罗宗强师在《魏晋南北朝文学思想史》中认为"中国的文体论，最初似萌生于文体功用说"，"但是中国文体论还有另一个更重要的更直接的来源，那便是目录学。目录分类直接影响了文体分类，而有了文体分类，对不同文体之间差别的逐渐明晰的认识才成为可能"，"然目录学之文体分类，还不是文学文体论。文学文体论应该具备的最基本的条件，除了阐述不同文体的不同功用外，还应该研究不同文体的艺术体式特点"，"曹丕和陆机这一条线，是脱离目录学框架的文学文体论的开始，而挚虞的文体论，则是从目录学到文学文体论发展中的一个中间环节"[④]。这些论述，清楚地描绘出了文学文体论产生的主要线索，一定程度上启发了我们的研究思路。

《文心雕龙》文体论的研究在本阶段逐步被人重视起来，但也仅有二十余篇专论文章发表，研究质量仍不尽人意，大多是泛论之作。较有分量的论文有

① 王运熙、杨明：《魏晋南北朝文学批评史》，上海：上海古籍出版社，1989 年。

② 郭英德、谢思炜、尚学锋等：《中国古典文学研究史》，北京：中华书局，1995 年。

③ 周勋初：《周勋初文集》第二卷，南京：江苏古籍出版社，2000 年，第 180 页。

④ 罗宗强：《魏晋南北朝文学思想史》，北京：中华书局，1996 年，第 101、107 页。

罗宗强师的《刘勰文体论识微》[①]、朱迎平的《〈文心雕龙〉文体论体系及其影响》[②]。《文心雕龙》文体论的研究总体上还很薄弱。

文体学研究在文选学研究中却取得了长足的进步。许多论文对《文选》的文体观做了深入的挖掘，如王运熙《〈文选〉选录作品的范围和标准》、沈玉成《〈文选〉的选录标准》、马积高《〈文心雕龙〉与〈昭明文选〉中对“文”的看法的比较》、穆克宏《萧统〈文选〉三题》、曹道衡《从文学角度看〈文选〉所收齐梁应用文》等。[③]而傅刚的专著《〈昭明文选〉研究》则是从文体的角度审视《文选》的一部力作。[④]该书上编第二章“文体辨析与总集的编纂”较为系统地论述了文体辨析的学术渊源、历史要求、观念的产生与发展及与总集编纂的关系，是前所未见的关于汉魏六朝文体论最为全面的研究，而不局限于《文选》文体思想的研究上。作者同时又指出：“对南朝时期文体辨析的论述，必须与当时的批评理论结合起来考察。但这是一个独立的大题目，非本文所能完成。”傅刚的工作为汉魏六朝文体论史的逻辑建构构筑了一个良好的基础。

这一阶段，研究者的视野除集中于《文心雕龙》与《文选》外，还注意到了对其他文体论文献的研究。如牟世金的《〈文章流别志·论〉原貌初探》[⑤]，朱迎平的《六朝文学专科目录辑考》《〈文章缘起〉考辨》[⑥]，对原始的文体论文献做了可贵的考据辨析工作。徐志啸的《历代赋论辑要》[⑦]，郁沅和张明高的《六朝诗话钩沉》[⑧]，也帮助我们省却了不少研究中的翻检之劳。

对汉魏六朝文体论的发展历程做鸟瞰式考察的论文在本阶段开始出现。如穆克宏的《汉魏六朝文体论的发展》[⑨]、吴承学师的《文体学源

---

① 中国文心雕龙学会编：《文心雕龙学刊》第6辑，济南：齐鲁书社，1992年。
② 朱迎平：《古典文学与文献论集》，上海：上海财经大学出版社，1998年。
③ 以上论文均收入俞绍初、许逸民主编：《中外学者文选学论集》。
④ 傅刚：《〈昭明文选〉研究》，北京：中国社会科学出版社，2000年。
⑤ 牟世金：《〈文章流别志·论〉原貌初探》，《中华文史论丛》1987年第2-3期。
⑥ 二文均收入朱迎平：《古典文学与文献论集》。
⑦ 徐志啸：《历代赋论辑要》，上海：复旦大学出版社，1991年。
⑧ 郁沅、张明高：《六朝诗话钩沉》，北京：中国广播电视出版社，1997年。
⑨ 穆克宏：《汉魏六朝文体论的发展》，《文学遗产》1989年第1期。

流》[①]，勾勒出了文体论之史的演进，为研究者提供了一个简明的可资参考的大纲和轮廓。

文体史的研究也是成绩斐然。诗体方面有程毅中《中国诗体流变》[②]、吴小平《中古五言诗研究》[③]，赋体方面有曹道衡《汉魏六朝辞赋》[④]、程章灿《魏晋南北朝赋史》[⑤]、万光治《汉赋通论》[⑥]、曹明纲《赋学概论》[⑦]，骈文方面有莫道才《骈文通论》[⑧]、钟涛《六朝骈文形式及其文化意蕴》[⑨]，等等专著的出版。值得注意的是汪桂海的《汉代官文书制度》一书，虽着重从历史制度考察，但对汉代应用文的体制却多有论述，为汉代文体研究提供了新的参考。[⑩]在这二十年还发表了一些文体史研究的单篇论文，如李伯敬《赋体源流辨》[⑪]、章明寿《古代哀祭文发展简说》[⑫]、徐国荣《先唐诔文的职能变迁》[⑬]，以及吴承学师收入《古代文体形态研究》中的文体史个案研究论文。文体史研究的深入发展，为文体论体系的构建提供了一个必要的前提。

应该说文体学研究在20世纪的后二十年受到了前所未有的重视，一些文体概论性质的著作也陆续问世，推进了文体研究的进一步扩大和普及。如褚斌杰的《中国古代文体概论》是较早印行的一部。[⑭]又如人民文学出版社1994年出版了“中国古代文体丛书”，包括诗、赋、散文、骈文、词、小说、戏曲七

① 吴承学：《文体学源流》，《中山大学学报》1993 年第 1 期；收入吴承学：《中国古代文体形态研究》。

② 程毅中：《中国诗体流变》，北京：中华书局，1992 年。

③ 吴小平：《中古五言诗研究》，南京：江苏古籍出版社，1988 年。

④ 曹道衡：《汉魏六朝辞赋》，上海：上海古籍出版社，1989 年。

⑤ 程章灿：《魏晋南北朝赋史》，南京：江苏古籍出版社，1992 年。

⑥ 万光治：《汉赋通论》，成都：巴蜀书社，1989 年。

⑦ 曹明纲：《赋学概论》，上海：上海古籍出版社，1998 年。

⑧ 莫道才：《骈文通论》，南宁：广西教育出版社，1994 年。

⑨ 钟涛：《六朝骈文形式及其文化意蕴》，北京：东方出版社，1997 年。

⑩ 汪桂海：《汉代官文书制度》。

⑪ 李伯敬：《赋体源流辨》，《学术月刊》1982 年第 3 期。

⑫ 章明寿：《古代哀祭文发展简说》，《文学遗产》1988 年第 4 期。

⑬ 徐国荣：《先唐诔文的职能变迁》，《文学遗产》2000 年第 5 期。

⑭ 褚斌杰：《中国古代文体概论》，北京：北京大学出版社，1984 年。

种文体。但这类著作只是部分涉及汉魏六朝文体论。

文体史与文体论研究不断展开的同时，许多学者在反思已有研究的基础上，提出了有关中国古代文体学学科的种种构想。吴承学师在《中国古典文学风格学》一书中即论及文体风格及辨体与破体等文体学论题。[①]《中国古代文体形态研究》一书则又在文体个案研究的基础上，提出了自己对文体学研究的思考和设想。该书的"绪论"篇幅虽短，但却体现出强烈的学科建设意识。如"绪论"指出文体史与文学史的不同："文体史的分期不仅与政治史分期不同，与文学史的分期既应该有所联系也有所区别，因为文体史发展和文学史发展各有不尽相同的规律。虽然文体史与文学史研究都离不开对于作家作品的研究，但是文体史研究的重点却在把握各种文体形态总体的规范及其发展演变。文体史与文学史的视角有所不同，其价值判断也有所不同，有些作品在艺术方面水平并不高，在文学史上地位不高，但也许在文体形态方面有独到之处，在文体史上就有独特的地位。同样，在文学史上影响很大的作品，未必在文体史上占有一席之地。"指出文体史的研究对象和范围："我们的文学史研究主要是受到西方学术的影响，而在古代文体形态的研究对象和范围往往未能从实际出发，对中国古代原来非常重要的一些文体形态相当忽视。因为从现在的眼光看，古代许多重要的文体形态是'非文学'的文体形态，但是在中国古代实用文体形态与文学文体形态是浑然一体的。因此，我们的古代文体史研究一定要从中国古代文体形态的实际情况出发，避免以西方的文体形态分类学的框框来套用，削足以适履。"[②]此外，朱迎平的《中国古代文体论论略》一文也对古代文体论的分期、构成、特点及研究方向提出了自己的看法。[③]这些都值得研究者在研究中加以融会吸收，同时也需要以研究实绩去丰富充实。

以上只是就20世纪中国内地（大陆）的研究情况做了一个简略的概述。下面再对中国香港和中国台湾以及海外的有关研究情况做点介绍。中国香港和中国台湾及海外论著搜索极为不易，仅就目力所及，稍做论列。

在文选学研究中，海外学者有关《文选》文体观的重要研究成果有中国台

① 吴承学：《中国古典文学风格学》，广州：花城出版社，1993年。

② 吴承学：《中国古代文体形态研究》，第2页。

③ 收入朱迎平：《古典文学与文献论集》。

湾齐益寿的《〈文心雕龙〉与〈文选〉在选文定篇及评文标准上的比较》、日本清水凯夫的《〈文心雕龙〉对〈文选〉的影响——关于散文的研讨》、美国詹姆斯·R. 海陶玮的《〈文选〉与文体理论》。[①]

在中国香港和中国台湾学术界，徐复观的《文心雕龙的文体论》一文影响巨大，并引起了学者的争论。[②]龚鹏程针对徐文，也发表了一篇《文心雕龙的文体论》，反对徐氏将“文类”与“文体”分开，不同意徐氏将“文体”只做近乎现代风格学上的阐释（徐氏是反对将“文体”直接对应于风格的）。[③]随后颜昆阳又发表了《论文心雕龙“辩证性的文体观念构架”——兼辨徐复观、袭鹏程〈文心雕龙的文体论〉》一文，对徐、龚二文展开批评。[④]中国香港和中国台湾学者对《文心雕龙》文体论的探讨大多在此一背景下展开，对厘清文体概念多有发明。

此外，日本铃木虎雄的《中国诗论史》是考察汉魏六朝诗体、诗论应该参考的著作[⑤]。中国香港何文汇的《杂体诗释例》是研究杂体诗的第一部专书[⑥]；中国澳门邓国光的《挚虞研究》则是迄今唯一的一本挚虞研究专著，为研究挚虞文体论不可不读的参考书[⑦]。

三

跨入21世纪，中国古代文体学研究呈方兴未艾之势，无论是在文体史研究方面还是在文体理论与批评研究方面，论著层出，成果累累。各体文学研究都取得了显著进步，文体个案清理越来越广泛，亦越来越深入，文体学研究在中国古代文学研究中蔚为大观。

诗赋作为汉魏六朝文学史的重心重点，继续受到研究者的重视，出版了郭

① 以上论文均收入俞绍初、许逸民主编：《中外学者文选学论集》。

② 徐复观：《文心雕龙的文体论》，《中国文学论集》，台北：台湾学生书局，1976年。

③ 龚鹏程：《文心雕龙的文体论》，《中国文学批评史论》，北京：北京大学出版社，2008年。

④ 颜昆阳：《论文心雕龙“辩证性的文体观念构架”——兼辨徐复观、袭鹏程〈文心雕龙的文体论〉》，《六朝文学观念丛论》，台北：正中书局，1993年。

⑤ 铃木虎雄：《中国诗论史》，许总译，南宁：广西人民出版社，1989年。

⑥ 何文汇：《杂体诗释例》，香港：香港中文大学出版社，1986年。

⑦ 邓国光：《挚虞研究》，香港：学衡出版社，1990年。

建勋《先唐辞赋研究》[①]、韩高年《诗赋文体源流新探》[②]、冯莉《〈文选〉赋研究》[③]、胡大雷《中古赋学研究》[④]、冷卫国《汉魏六朝赋学批评研究》[⑤]、鄢化志《中国古代杂体诗通论》[⑥]、饶少平《杂体诗歌概论》[⑦]、何丹《〈诗经〉四言体起源论》[⑧]、韩高年《礼俗仪式与先秦诗歌演变》、[⑨]卫绍生《六言诗体研究》[⑩]、王今晖《魏晋五言诗研究》[⑪]、蔡宗齐《汉魏晋五言诗的演变》[⑫]、胡大雷《文选诗研究》[⑬]、吴相洲《乐府学概论》[⑭]、周仕慧《乐府诗体式研究》[⑮]，等等专著。这些著作多从体制体式着眼，体现出强烈的文体学意识，而区别于以往的文学史研究论著。特别是葛晓音先生的《先秦汉魏六朝诗歌体式研究》一书，提出了诗歌分体研究的新思路，把语言学分析方法引入诗歌的体式研究，注重诗歌的节奏结构和诗行建构，在此基础上探求诗歌表现艺术和诗歌体制之间的内在联系，为诗体研究创立了新范式，提供了新方法。[⑯]笔者认为，葛先生的研究思路和研究取向对中国古代其他文体的研究亦具有重要的借鉴意义。

在散文领域，过去鲜少研究者关注的一些文类，如诔文、碑文、铭文、戒文、颂文、箴文、赞文等，都成了古代文学硕博士论文选题的热点。公开发表了不少相关论著，出版了黄金明《汉魏晋南北朝诔碑文研究》[⑰]、何如月《汉

① 郭建勋：《先唐辞赋研究》，北京：人民出版社，2004年。
② 韩高年：《诗赋文体源流新探》，成都：巴蜀书社，2004年。
③ 冯莉：《〈文选〉赋研究》，北京：北京语言大学出版社，2016年。
④ 胡大雷：《中古赋学研究》，桂林：广西师范大学出版社，2011年。
⑤ 冷卫国：《汉魏六朝赋学批评研究》，北京：商务印书馆，2012年。
⑥ 鄢化志：《中国古代杂体诗通论》，北京：北京大学出版社，2001年。
⑦ 饶少平：《杂体诗歌概论》，北京：中华书局，2009年。
⑧ 何丹：《〈诗经〉四言体起源论》，北京：中国社会科学出版社，2001年。
⑨ 韩高年：《礼俗仪式与先秦诗歌演变》，北京：中华书局，2006年。
⑩ 卫绍生：《六言诗体研究》，北京：社会科学文献出版社，2009年。
⑪ 王今晖：《魏晋五言诗研究》，北京：中国社会科学出版社，2010年。
⑫ 蔡宗齐：《汉魏晋五言诗的演变》，北京：北京大学出版社，2015年。
⑬ 胡大雷：《文选诗研究》，桂林：广西师范大学出版社，2000年。
⑭ 吴相洲：《乐府学概论》，北京：人民文学出版社，2015年。
⑮ 周仕慧：《乐府诗体式研究》，北京：北京大学出版社，2013年。
⑯ 葛晓音：《先秦汉魏六朝诗歌体式研究》，北京：北京大学出版社，2012年。
⑰ 黄金明：《汉魏晋南北朝诔碑文研究》，北京：人民文学出版社，2005年。

碑文学研究》[①]、李小荣《汉译佛典文体及其影响研究》[②]等专著。再如诏策、章表之类应用公文，同样亦备受研究者青睐，出版了闵庚尧《中国公文研究》[③]、丁晓昌和冒志祥等《古代公文研究》[④]、胡元德《古代公文文体流变》[⑤]、侯迎华的《汉魏六朝公文批评研究》[⑥]等专著。

除分体研究之外，汉魏六朝文体史研究还出现了综合性的断代研究论著，如于雪棠《先秦两汉文体研究》[⑦]、郗文倩《中国古代文体功能研究：以汉代文体为中心》[⑧]、吕逸新《汉代文体问题研究》[⑨]、何诗海《汉魏六朝文体与文化研究》[⑩]。此外，徐艳的《中国中世文学思想史——以文学语言观念的发展为中心》一书，从语言观念出发论析文学思想之发展演变，亦对汉魏六朝文体学研究多有启发和助益。[⑪]

在文体论与文体学研究方面，虽然有关曹丕《典论·论文》、陆机《文赋》、挚虞《文章流别论》、萧统《文选》等文体思想的研究论著时有发表，但作为六朝文体论集大成的《文心雕龙》，无疑是研究者的富矿。21世纪以来，有关《文心雕龙》文体论的研究论文骤然增加，一改之前的沉寂局面，还出版了林杉《文心雕龙文体论今疏》[⑫]、张利群《〈文心雕龙〉体制论》[⑬]、万奇和李金秋主编《文心雕龙文体论新探》[⑭]，等等专书。虽然论著数量增加，但研究的深度和广度仍有待开掘拓展。近十余年来，研究者们更多的是

① 何如月：《汉碑文学研究》，北京：商务印书馆，2010年。

② 李小荣：《汉译佛典文体及其影响研究》，上海：上海古籍出版社，2010年。

③ 闵庚尧：《中国公文研究》，北京：中国社会科学出版社，2000年。

④ 丁晓昌、冒志祥等：《古代公文研究》，合肥：安徽文艺出版社，2000年。

⑤ 胡元德：《古代公文文体流变》，扬州：广陵书社，2012年。

⑥ 侯迎华：《汉魏六朝公文批评研究》，上海：上海人民出版社，2013年。

⑦ 于雪棠：《先秦两汉文体研究》，北京：北京师范大学出版社，2012年。

⑧ 郗文倩：《中国古代文体功能研究：以汉代文体为中心》，上海：上海三联书店，2010年。

⑨ 吕逸新：《汉代文体问题研究》，济南：齐鲁书社，2011年。

⑩ 何诗海：《汉魏六朝文体与文化研究》，北京：北京大学出版社，2011年。

⑪ 徐艳：《中国中世文学思想史——以文学语言观念的发展为中心》，上海：上海古籍出版社，2012年。

⑫ 林杉：《文心雕龙文体论今疏》，呼和浩特：内蒙古教育出版社，2000年。

⑬ 张利群：《〈文心雕龙〉体制论》，桂林：广西师范大学出版社，2010年。

⑭ 万奇、李金秋主编：《文心雕龙文体论新探》，北京：中央民族大学出版社，2012年。

以理论探索的热情，致力于宏观的中国文体学的建构，而其中魏晋南北朝文体论无疑是论述重心所在，出版了郭英德《中国古代文体学论稿》[①]、马建智《中国古代文体分类研究》[②]、姚爱斌《中国古代文体论思辨》[③]、曾枣庄《中国古代文体学》[④]、邓国光《文章体统：中国文体学的正变与流别》[⑤]、吕红光《唐前文体观念的生成与发展》[⑥]、欧明俊《古代文体学思辨录》[⑦]等专著。特别是吴承学师的《中国古代文体学研究》一书，既有对文体学学科体系的构拟思考，又有对文体概念的思辨探析，还有对文体学理论命题的阐释发明，宏观和微观结合，不仅通过对学科概念的辨析使中国固有的文体观念得以呈现，而且通过对历代重要命题的梳理使中国文体学的脉络变得清晰。[⑧]可以说，立足于本土与本体的中国文体学学科体系初步确立了起来。

在这样的学科研究背景之下，关于汉魏六朝文体论的研究终于出现汇流之势，以往零散的论述、专题的研究，开始被整合而为全面的系统的建构，学者开始对汉魏六朝文体论做整体性的考察和审视。汉魏六朝文体论研究有了自己的专著出现，这就是北京师范大学文艺学专业2001届贾奋然的博士学位论文《六朝文体批评研究》[⑨]，以及山东大学中国古代文学专业2002届李士彪的博士学位论文《魏晋南北朝文体学》[⑩]。

《六朝文体批评研究》和《魏晋南北朝文体学》在研究旨趣上有明显的差别。前者的“引言”声言其研究的主要旨趣是：“试图将六朝文体批评置于古代文体批评的完整系统中进行翔实而全面的评述，考察六朝文体论源起、发展及对后世文体批评的影响；考察六朝文体批评所显示的时人的文体观念和审

① 郭英德：《中国古代文体学论稿》，北京：北京大学出版社，2005年。

② 马建智：《中国古代文体分类研究》，北京：中国社会科学出版社，2008年。

③ 姚爱斌：《中国古代文体论思辨》，北京：北京大学出版社，2012年。

④ 曾枣庄：《中国古代文体学》，上海：上海人民出版社，2012年。

⑤ 邓国光：《文章体统：中国文体学的正变与流别》，上海：上海古籍出版社，2013年。

⑥ 吕红光：《唐前文体观念的生成与发展》，杭州：浙江大学出版社，2014年。

⑦ 欧明俊：《古代文体学思辨录》，北京：人民出版社，2015年。

⑧ 吴承学：《中国古代文体学研究》，北京：人民出版社，2011年。

⑨ 贾奋然：《六朝文体批评研究》，北京：北京大学出版社，2005年。

⑩ 李士彪：《魏晋南北朝文体学》，上海：上海古籍出版社，2004年。

美文化观念。”“试图对六朝文体批评中特定的关于‘文体’的概念进行综合而深入的研究。本文所论及的‘文体’作为六朝文体批评中的完整概念，指特定范围的文体体裁、语体及风格，它是对文类及文类特性、风貌的描述。其中‘文’偏于对文本和文类共同的特征的规范并以此确定文学文体的内涵和外延，‘体’则是对文本与文本类型外在形式特征及形貌的描述，偏于对文本和文类个性特征的考察。”可知《六朝文体批评研究》的兴趣在于对理论概念的阐释。该论文的第二章“六朝文体问题辨析”分列四题：一，体类与体貌；二，文的界域；三，小说没有进入文体；四，古今文体之争。是其论述的重心所在。而后者在其“绪论”中说：“本书主要目的是恢复魏晋南北朝文体学的原貌，以便准确地认识魏晋南北朝文学及其历史地位。探讨魏晋南北朝文体学，应该文论与作品并重，也就是说文学理论与创作实践并重。”可知《魏晋南北朝文体学》一书侧重于对史的描述。从材料的取舍和运用来看，《六朝文体批评研究》以对文体论本身的材料辨析为主，而《魏晋南北朝文体学》则钩稽了不少文体自身发展演变的材料，对这些材料的排比占了全书很大的篇幅；而文体论本身的材料，似只作为文体史的一种印证。对材料取舍范围和运用的不同，一定程度上反映出对文体学史研究对象理解的不同。二书的不同或者与两位作者的专业背景不无关系，《六朝文体批评研究》偏于文艺学的方法理路，而《魏晋南北朝文体学》一书似偏于文体史的研究类型。我认为，对中国古代文体论或者说是文体学史的研究，若想形成一个有自己鲜明特色的学科方向，在研究的旨趣上，在材料的运用上，在研究的对象上，仍需学界做进一步的磨合和探索。虽然学者的研究可以各有特色，但文体论的研究也应该有自己的“文体”。

从二书的结撰框架来看，似乎都没有以史为纲目。《六朝文体批评研究》以专题论述的方式建构全书，全书分三章，第一章“六朝的文体与文体批评”；第二章“六朝文体问题辨析”；第三章“六朝文体与文体批评的生成”。三章下分九个专题。而《魏晋南北朝文体学》则以“体裁学”“篇体学”“风格学”三个范畴统领全书内容。文体论演进在各个历史阶段的特征，在二书的论述中表现得并不显豁。笔者认为，既然是史的研究，就应该有史的分期，就应该突显出文体论自身承传演变在各个历史段落中的特点。以整个魏晋南北朝为一历史发展段落亦未尝不可，但一定要对此前历史阶段文体论的特点有一总体的把握，才能概括出文体研究方法和文体观念有了一个怎样的变化，哪些是通的，哪些是变的。而这样的一个变化，往往是和文学观念的变化联系在一起的。而《六朝文体批评研究》与《魏晋南北朝文体学》二书，对此前的先秦和两汉的文体论并未进行归纳总结，只是将先秦和两汉有关文体的论述作为辅助材料来看待。

文体论或者说文体学史的研究，虽然在最近几年成为学术界的一个热点，有了一些基础，但还有很长的路要走。它的研究对象是什么？它和文学批评史以及文体史研究的分野在哪里？“文体”的含义是什么，它应该有哪些基本的范畴？这些问题也许会在一个相当长的时间里困扰着我们。实际上，如上文所述，人们已经开始对有关问题进行思考。可以想见，争论也会越来越激烈。笔者在为文体论的研究提供另外一种写法的同时，也试图能够表达出一点自己对这些问题的粗浅看法。

四

本书的撰写，主要遵循的理念和原则是：突出文体论自身源起、承传、演变的历史。以古人对文体的论述作为中心材料，辅之以相关的材料，对之进行分期研究，揭示出文体研究与文体观念在不同历史段落中的发展演变及其特征，使文体学史的研究既与文体史的研究、又与一般文学理论史的研究有所区分。笔者认为，文体论研究，应该是对古人的文体研究的研究。但在具体研究中，在操作方法上，则力图做到以下几点。

一是把文体创作演变与文体论结合起来进行考察。

文体论的产生来源于文体创作演变本身。刘师培在《中国中古文学史》中说：“文章各体，至东汉而大备。汉魏之际，文家承其体式，故辨别文体，其说不淆。”[①]文体论在汉魏六朝的产生，说到底，它的直接动因是文学创作的繁荣、文章体类的逐渐丰富。而今天，研究者对许多文体的认识不是从对文体发展史的梳理得出的，而更多的是从文体论本身得来的。这样，理论的阐释只是文体论之间的演绎，不仅缺乏鲜活的历史实感，而且没有文体文本的印证，对文体论论述本身的理解也存在诸多误解。而汉魏六朝的文

① 刘师培：《中国中古文学史　论文杂记》，第23页。

体论，本来就是和具体的作家作品论紧密联系在一起的。因此，文体论研究的基础工作是对文体创作实践的考察，是对文体创作观念演变的考察，文体史的研究是文体论研究的前提。只有在文体文本辨析这一前提下，才能深入体察领会文体论，并且可以弥补文体论资料散佚所带来的某些理论环节的缺失。

二是把文体论和汉魏六朝文学批评理论结合起来进行考察。

目前的文体论研究成果主要体现在文体分类和文体辨析上，应该说抓住了汉魏六朝文体论的基础。研究的切入点多在对文体学的目录学渊源和集部的编纂分类上。无疑，这种研究显得很实在，但却缺乏一种宏观的理论把握的气度。我以为，把文体论和汉魏六朝文学批评理论结合起来，寻找其中的内在联系，并把文体论与其时文学观念的演进结合起来考察，才能真正突显出文体论理论本身传承的逻辑性，从而增强研究的理论性和思辨性。

三是以“文体”概念蕴含的历史演变作为论述的中心线索。

古人对文体的研究，直接反映着他们的“文体”概念。“文体”概念在中国古代是一个牵涉域甚广、综合性极强的概念，它又是一个不断发展的概念，其在不同的历史时期和不同的语境中，含义各有偏重。因此有必要适当参照现代的文体观念及方法，对其含义的演变构成，予以清理，从而使古代混沌不清的文体观念得以逐步彰显。本书以“文体”概念蕴含的历史演变作为论述的中心线索，而以古人对文体的研究和论述作为立论的基础，则既基于此种考虑，又缘于与现有研究有所区别的想法。这样的一种操作方法，也许会使对文体论的研究更为明确和集中。

五

本书共五章，每章分述文体论在各个历史时期的基本状况，而以文体论理论形态和文体观念的承传、演变为结构全书的内在线索，构成一史的逻辑的框架。

第一章对先秦时期的文体思想进行评述，意欲为汉魏六朝的文体论及相关的文体观念做一点溯源的工作。以为先秦时期作为文体论的发轫期，在文体的分类和有关论述中，奠定后代文体功用说的基础。而先秦时论礼乐及言辞所体现出的一些思想观念，如“中和”“文质”等，皆融入了后代文体概念的理论建构之中。本章还通过对传统的“文体渊源于先秦说”的评说，考察先秦文体观念对后代有关文体性质与功能的看法、对后代文体研究的方法取向的直接和间接影响。

第二章通过对《汉书·艺文志》“诗赋略”的研究，以为中国古代的文体分类学产生于汉代，而后代的文体流别论即在史学目录学的传统下产生。史学目录学对文体的分类和辨析，成为后代文体论的一条重要线索。通过对蔡邕《独断》的研究，以及对汉代文体创作倾向的考察，认为文章学意义上的作为体式规范的文体概念在汉代已经生成，但在写作动机和文章功用同一的前提下，汉代人对不同文体艺术个性的差异并没有深入的认识，而未能真正从艺术特点和美学风貌上来论文体。

第三章对魏晋时期的文体论和文体观念进行描述概括。以曹丕、陆机为代表的文体风格论和以挚虞、李充为代表的文体流别论是魏晋时期文体论理论形态的两大表现形式。曹丕将才性论引入文体论，陆机从艺术特征上论文体，实质上意味着体类、体性、体貌结合的综合性文体观念已经形成，标志着文体批评和文体观念的自觉。而挚虞、李充则在史学目录学的传统下，把集的编纂和体的辨析结合在一起，发展出大规模分论各种文体源流演变的文体专论形式。

第四章侧重描述南朝时期文体研究和文体批评的状况。最能反映其时文体认识成熟和深化的是有关文笔问题和有关古今文体问题的论争。文笔问题论争的基础是文体的分类，但论争已涉及文学的质性问题；古今文体问题的论争，更是通过对文体古今之变的探讨，将以往文体论侧重于各别文体的论述，引向了对各体文类共有的文学质性和文学形式技巧的探求上。从文体论的形态演变来看，魏晋以来的文体风格论和文体源流论逐渐合流，并发展出作家专论和文学史专论的形式。南朝的文体论研究拓宽了自身的研究领域，而且引导着文学批评和文学研究走向了更为宽广的天地。

第五章对最能代表汉魏六朝文体论成就的刘勰的文体研究和文体观念进行专门论述。刘勰的“论文叙笔”将传统的文体流别论和文体风格论结合在一起，形成了一个文体研究的独立自足的体系，使后人难以超越。而刘勰综合性的辩证的文体概念的形成，将内容和形式、主观和客观等多种关系引入到其文体理论架构之中，则又使中国古代的文体学成为一个指涉内容极其丰富的开放系统。

文体论和文体观念在汉魏六朝的演变说明，文体论形态的衍化发展，是文学研究和文学批评不断走向深入的前提；而文体观念的成熟，使文学的概念也逐步得到净化，使文学自身的特质和特征得以彰显。汉魏六朝的文体论实在是汉魏六朝文学理论批评的基础性环节。

第　一　章

先秦的文体观念

先秦时期是中国古代文体的滥觞期，许多文类或初显胚胎，或已具雏形，后代学者推原各类文体之渊源起始，往往及于先秦。先秦时期也是文体学的发轫期，不仅在于其时已有了初步的文体类分观念，并已论及一些文类的特点，而且在于其时论礼乐和言辞的一些思想，逐渐积淀而成为后代文体概念的原质。

第一节　先秦的文体分类

文体的成立，要以文字的产生作为条件，而有组织的文字篇章，才可以称为文章。文章因时空场合、人事对象的不同，而有不同的要求、不同的格式，所以有不同的文体出现。随着社会的发展、语言的变迁，文体不断发展、不断增多。

文体的增繁，是文体学得以产生的前提。虽然后代学者以为众多的文体皆总源于先秦时期，却不尽符合文体史之发展实际。但文章不同形式的产生、文体分工及相关意识的出现甚早却是事实。大概在殷商时期，古人即有文体分类意识。《尚书·多士》谓："殷先人有册有典。"[①]册、典是一种对文献档案的分类，隐然有"类"的意识。《周礼·春官》载"太史掌建邦之六典"[②]，"小

① 阮元校刻：《十三经注疏》上，北京：中华书局，1980 年，第 220 页。

② 阮元校刻：《十三经注疏》上，第 817 页。

史掌邦国之志”[①]，“内史掌书王命”[②]，“外史掌书外令、掌四方之志、掌三皇五帝之书、掌达书名于四方”[③]。可见其时对图书文献及公文文书的分工和分类。古代史官对图书文献及公文的分工分类，引发了后代目录学对文体的分类。作为我国最早的一部历史文献《尚书》已出现了“典”“谟”“誓”“诰”“训”“命”等文体名称。[④]《周礼·春官·大祝》曰：“作六辞以通上下亲疏远近：一曰祠，二曰命，三曰诰，四曰会，五曰祷，六曰诔。”[⑤]又《诅祝》曰：“掌盟、诅类、造、攻、说、禬、禜之祝号，作盟、诅之载辞。”[⑥]即“六祈”“六辞”之说。《尚书》和《周礼》的记载说明商周时期的应用文体已产生了初步的分类。《国语·鲁语》云：“昔正考父校商之名‘颂’十二篇于周太师，以《那》为首。”[⑦]《论语·子罕》：“子曰：‘吾自卫反鲁，然后乐正，《雅》《颂》各得其所。’”[⑧]说明在诗乐上也有了明确的分类。[⑨]后人亦往往对先秦典籍中的文章进行归纳分类。南宋陈骙《文则》对《左传》中的文体予以总结说：

---

① 阮元校刻：《十三经注疏》上，第818页。

② 阮元校刻：《十三经注疏》上，第820页。

③ 阮元校刻：《十三经注疏》上，第820页。

④ 孔颖达《尚书正义》罗列出10种文体：“致言有本，名随其事，检其此体，为例有十：一曰典，二曰谟，三曰贡，四曰歌，五曰誓，六曰诰、七曰训、八曰命，九曰征，十曰范。”见阮元校刻的《十三经注疏》上（第117页）。近人徐望之举公文名称始于三代前者17种：典、谟、训、诰、誓、命、教、令、方、简、契、判、符、玺书、上书、檄、移书，其中出于《尚书》者有典、谟、训、诰、誓、命、教、令8种。见徐望之的《公牍通论》（第8-13页）。陈梦家以为孔颖达的分类，“乃取《古文尚书》篇名末字，自不足据”。见其《尚书通论》（石家庄：河北教育出版社，2000年，第348页）。

⑤ 阮元校刻：《十三经注疏》上，第809页。

⑥ 郑玄注：“八者之辞皆所以告神明也。”见《十三经注疏》上，第816页。关于这些文辞名目的考释，可参考陈梦家的《论尚书体例》（载于《尚书通论》，第348-353页）。

⑦ 徐元诰撰：《国语集解》，北京：中华书局，2002年，第205页。

⑧ 阮元校刻：《十三经注疏》上，第2419页。

⑨ 关于《诗》之分类，通行的说法为风、雅、颂三分。《周礼·春官·大师》：“教六诗，曰风、曰赋、曰比、曰兴、曰雅、曰颂。以六德为之本，以六律为之音。”章太炎《检论·六诗说》以为六诗皆体。见陈平原编校《中国现代学术经典·章太炎卷》（石家庄：河北教育出版社，1996年，第176-179页）。

春秋之时，王道虽微，文风未殄，森罗辞翰，备括规摹。考诸左氏，摘其英华，别为八体，各系本文：一曰命婉而当；二曰誓谨而严；三曰盟约而信；四曰祷切而悫；五曰谏和而直；六曰让辨而正；七曰书达而法；八曰对美而敏。①

不仅进行了分类，而且对各体风格做了概括。近人薛凤昌受陈氏启发，对《三礼》中的文体进行总结说：

至于《三礼》的制作，都是成周一代制礼作乐的典章，本不能以文体拘泥的。若就文体论之，则《小戴礼》之《冠义》、《乡饮酒义》、《聘义》等篇，近于序跋；又《深衣》、《投壶》二篇，及《周礼》之《轮人》、《舆人》、《辀人》、《梓人》、《匠人》诸篇，近于杂记；《仪礼》之《士昏礼》、《丧服》、《士葬礼》、《既夕》、《士虞礼》、《特牲》、《馈食礼》各篇，近于典志；那又未尝不可以文体分之。②

此外，像旧题为梁任昉的《文章缘起》、明吴讷的《文章辨体序说》、明徐师曾的《文体明辨序说》等论及多种文体时，皆探源至先秦，并以例证之。这不过是后人的事后总结。实则，先秦时恐难有如此明确的文体分类，但亦从中可以窥见先秦文体发展的情状及其时潜藏的文体意识和观念。

先秦时期还产生了一些对文体看法的言论。《左传·襄公十九年》载有一段臧纥的论“铭”专论：

夫铭，天子令德，诸侯言时计功，大夫称伐。今称伐，则下等也；计功，则借人也；言时，则妨民多矣，何以为铭？且夫大伐小，取其所得以作彝器，铭其功烈，以示子孙，昭明德而惩无礼也。③

① 陈骙著，王利器校点：《文则》，北京：人民文学出版社，1960年，第37页。
② 薛凤昌：《文体论》，台北：台湾商务印书馆，1998年，第27-28页。
③ 阮元校刻：《十三经注疏》下，北京：中华书局，1980年，第1968页。

《礼记·祭统》亦有一大段文字论“铭”：

> 铭者，自名也。自名以称扬其先祖之美，而明著之后世者也。为先祖者，莫不有美焉，莫不有恶焉。铭之义，称美而不称恶，此孝子孝孙之心也，唯贤者能之。铭者，论撰其先祖之有德善、功烈、勋劳、庆赏、声名，列于天下，而酌之祭器，自成其名焉，以祀其先祖者也。……身比焉，顺也。明示后世，教也。夫铭者，壹称而上下皆得焉耳矣。是故君子观于铭也，既美其所称，又美其所为。

前者对铭的功用、内容做了阐述，而后者不仅对铭的名称、具体用途，而且对铭的体制形式做了说明。据郑玄注，“身比焉”谓“自著名于下”[①]，涉及文章的格式。于此，我们可以看到，先秦时论“铭”仅着眼其功用内容，而《礼记》只是约略涉及文章的体制问题。

先秦时论诗亦多从内容功用处着眼。孔子论诗，大抵皆从诗之思想内容所兴发之伦理教化作用出发，所谓“兴于诗，立于礼，成于乐”（《论语·泰伯》）者是。《论语》中记载了很多孔子的论诗言论，前人已论之甚详，不庸赘语。2001年11月，《上海博物馆藏战国楚竹书》（一）（书名以下简称《上博楚简》）由上海古籍出版社出版，其中有题名为“孔子诗论”的材料公布。[②]其中研究者讨论的一个重要问题是风、雅、颂的排序。《上博楚简》发表时的“序”称：“今本《诗经》以《国风》、《小雅》、《大雅》和《颂》为序。竹书《孔子诗论》中的序列与此恰相反，称为《讼》、《大夏》、《小夏》和《邦风》。”[③]此后李学勤先生发表了《〈诗论〉分章释文》，姜广辉先生也发表了《古〈诗序〉

---

① 阮元校刻：《十三经注疏》下，第1606页。

② 关于此竹书的作者有种种之推测。或以为子夏，或以为孔子之其他弟子或再传弟子所作。但大多数论者皆以为竹书中的说诗者为孔子。关于此竹书之篇题，或以为宜命名为古《诗序》，或以为宜命名为竹书《诗序》。但不论如何，《孔子诗论》是迄今为止所发现的以孔子为代表的早期儒家的《诗》学观点的最为系统的陈述，大概已成为学术界的共识。有关《孔子诗论》的研究综述，可参看刘信芳《孔子诗论述学》（合肥：安徽大学出版社，2003年）一书。

③ 马承源主编：《上海博物馆藏战国楚竹书》（一），上海：上海古籍出版社，2001年，第3页。

复原方案》。[1]姜广辉先生根据自己对《诗论》的编联分章指出："从笔者所排定的简文来看，孔门论《诗》基本上是顺着风、雅、颂的次序的，但在第十章中却又是以颂、大夏、小夏、邦风为序的"；"《诗》在当时其体裁不可能无主次之分，其篇章也不可能漫无次序。那时《诗》的排序可能是什么样的，我们不得而知。"[2]我们感兴趣的问题是：风、雅、颂的不同排序是否反映着对《诗》的不同体类有一个观察衡量，进而说有一个区分取舍的标准呢？《诗论》论颂曰："颂，平德也，多言後，其乐安而迟，其歌绅（引）而葛（逖），其思深而远，至矣！"论雅曰："大夏（雅），盛德也，多言……也，多言难，而悥（怨）退（怼）者也，衰矣！少（小）矣！"论风曰："邦风，其内物也専（博），观人谷（俗）焉，大佥（敛）材焉。其言文，其声善。"[3]以德论《诗》大概是《诗论》的一个特色，"德"字在《诗论》中共出现九次。《诗论》中有论《关雎》等七首一章："《关雎》之改，《樛木》之时，《汉广》之知，《鹊巢》之归，《甘棠》之保（报），《绿衣》之思，《燕燕》之情，曷？曰：童而皆贤于其初者也。"姜广辉先生说："作者通过七首诗表达这样一种理念，即道德和礼仪在人的生命中的根本地位。《诗》教是儒家思想教化的重要方面之一，由《诗》义转出社会、政治、人生的根本意义。"[4]对《诗》之解读，对《诗》中之不同种类的认识，皆从"德"和"礼"的角度切入，就这一点，应该说《诗论》与《论语》中的孔子说诗是相一致的。《荀子·儒效》曰："故《风》之所以为不逐者，取是以节之也；《小雅》之所以为小雅者，取是而文之也；《大雅》之所以为大雅者，取是光之也；《颂》之所以为至者，取是而通之也。天下之道毕是矣，乡是者臧，倍是者亡。"[5]区分风、雅、颂，同样从伦理道德标准出发。《礼记·乐记》曰："故听其雅、颂之声，志意得广

① 李、姜二先生对《诗论》的重新编联与分章二文均载于《经学今诠三编》（《中国哲学》第二十四辑，沈阳：辽宁教育出版社，2002年）。此外还有其他人的种种编联与分章，此不赘。

② 姜广辉：《关于古〈诗序〉的编连、释读与定位诸问题研究》，《经学今诠三编》（《中国哲学》第二十四辑）。

③ 引文均来自李学勤先生之《〈诗论〉分章释文》。下同。

④ 姜广辉：《关于古〈诗序〉的编连、释读与定位诸问题研究》，《经学今诠三编》（《中国哲学》第二十四辑）。

⑤ 王先谦撰：《荀子集解》，北京：中华书局，1988年，第133-134页。

焉。执其干戚，习其俯仰诎伸，容貌得庄焉。行其缀兆，要其节奏，行列得正焉，进退得齐焉。”[①]虽述及乐舞之声貌，但重点亦在强调诗乐之伦理教化提升作用。

现今的文学史著作一般认为，《诗》的风、雅、颂之分乃源于音乐曲调上的一种划分，这大概已成为人们的共识。先秦时人对此虽有论及，但显然不是论诗之重心所在，说风、说雅、说颂多从伦理教化礼制之用出发申论，至《毛诗序》更发展出：“风，风也，教也；风以动之，教以化之”；“雅者，正也，言王政之所由废兴也。政有小大，故有小雅焉，有大雅焉”；“颂者，美盛德之形容，以其成功告于神明者也”[②]之类政治教化说教。有的论者在对《诗论》与《毛诗序》进行比较时敏锐地指出：“实际上，《诗论》、《诗序》乃代表了同一事物在不同时代的不同形态。如果说《诗序》是乐教的成果，那么，《诗论》则是乐语之教的反映。”[③]《诗论》与《毛诗序》虽然形态不同，但其思想实质及思维取向是相同的。

文体的实际发生与发展演化有一个过程，同一种文体，在不同的历史时期有不同的形态。人们对文体的认识与观念也有一个发展变化的过程，对同一种文体，不同的时代会有不同的认识，而文体之发生发展与人们的文体观也并不完全是一回事。这种文体与文体观之间的不平衡，恰恰是推动各种文体发展的动力之一（不管我们对推动的方向做何种评价）。先秦时期，《诗》之发生时音乐曲调的不同被人们忽略了，其中的意义内涵与伦理教化作用却被放大了，从而影响了汉代人的诗体观念。至宋郑樵始廓清此历史迷雾，《通志·乐略·正声序论》明确指出：“诗在于声，不在于义”，“汉儒不识风雅颂之声，而以义论诗也。”[④]朱自清《诗言志辨》说：“风、赋、比、兴、雅、颂似乎原来都是乐歌的名称，合言‘六诗’，正是以声为用。《诗大序》改为‘六义’，便是以义为用了。”[⑤]实则，先秦时论“诗”已多从义用着眼了。但不论

① 阮元校刻：《十三经注疏》下，第 1545 页。

② 阮元校刻：《十三经注疏》上，第 272 页。

③ 王小盾、马银琴：《从〈诗论〉与〈诗序〉的关系看〈诗论〉的性质与功能》，《文艺研究》2002 年第 2 期。

④ 郑樵著，王树民点校：《通志二十略》，北京：中华书局，1995 年，第 887 页。

⑤ 朱自清：《诗言志辨》，上海：华东师范大学出版社，1996 年，第 79 页。

如何，由“六诗”到“六义”，皆强调一“用”字，是其所同。“体”未从其形制及艺术特点以分，而是从政治教化之用以分。这种“体以其功用而分”的文体观念，深刻地影响了后人的创作观念，也成为后世文体理论的一个立论出发点。

第二节　文体渊源于先秦说

中国古代文体体类繁富，这众多的文体渊源何自？是不是有个总源？这似乎是一个需要落实于考据的学术史命题，但它却从来难以实证，亦如万物之起源总是以假说的形式出现。但有关这一问题的解说，则反映人们对文体本质特性的看法。

一

文体渊源论中影响最大的是“文体原于五经”说。刘勰《文心雕龙·宗经》曰：

> 故论说辞序，则易统其首；诏策章奏，则书发其源；赋颂歌讚，则诗立其本；铭诔箴祝，则礼总其端；纪传铭檄，则春秋为根：并穷高以树表，极远以启疆，所以百家腾跃，终入环内者也。①

北齐颜之推《颜氏家训·文章》曰：

> 夫文章者，原出五经：诏命策檄，生于书者也；序述论议，生于易者也；歌詠赋颂，生于诗者也；祭祀哀诔，生于礼者也；书奏箴铭，生

① 刘勰著，范文澜注：《文心雕龙注》，北京：人民文学出版社，1958年，第22-23页。因本书征引《文心雕龙》文本甚夥，故后文征引《文心雕龙》文本皆据此版本，不再一一出注，只随文提示篇名。

于春秋者也。[①]

文章诸体原起于五经，其思想当来源甚早，但刘、颜二家之说可以说是最早的集中的明确的说法。后世遂陈陈相因，文论著作自不待言，各种选集、文集序言开首更是屡申此旨。“文体原于五经”成为中国古代文体渊源说的主流，论先秦文体思想，于此不得不有所论焉。

五经（加《乐》即所谓“六经”）乃先秦儒家之经典，亦是其时教育之标本，《庄子·天下》曰：

> 其在于诗书礼乐者，邹鲁之士搢绅先生多能明之。诗以道志，书以道事，礼以道行，乐以道和，易以道阴阳，春秋以道名分。[②]

《荀子·儒效》曰：

> 圣人也者，道之管也。天下之道管是矣，百王之道一是矣，故诗、书、礼、乐之道归是矣。诗言是，其志也。书言是，其事也。礼言是，其行也。乐言是，其和也。春秋言是，其微也。[③]

二者表述稍有不同，但诗、书、礼、乐、易、春秋皆道体之分用，皆关乎个人之修身、家国之制度、公共之礼仪、行事之善恶。《国语·楚语上》曰：“教之诗而为之导广显德，以耀明其志”；“教之礼，使之上下之则”；“教之乐，以疏其秽而镇其浮”；“教之春秋，而为之耸善而抑恶焉，以戒劝其心。”[④]《礼记·经解》曰：“入其国，其教可知也。其为人也，温柔敦厚，诗教也。疏通知远，书教也。广博易良，乐教也。洁静精微，易教也。恭俭庄敬，礼教也。属辞比事，《春秋》教也。”[⑤]《左传·僖公二十七年》载赵衰语曰：“诗书，

① 颜之推著，王利器集解：《颜氏家训集解》，北京：中华书局，1993年，第237页。

② 郭庆藩撰：《庄子集释》，北京：中华书局，1985年，第1067页。

③ 王先谦撰：《荀子集解》，第133-134页。

④ 徐元诰撰：《国语集解》，第485页。

⑤ 阮元校刻：《十三经注疏》下，第1609页。

义之府也。"[1]可见，先秦时人们从六经中更多汲取的是其思想意义资源，以为伦理教化之用。而六经之要在于礼，儒家文化即是孔子在继承综合夏、商、周三代之礼的基础上发展起来的。[2]礼仪之原型乃来源于原始的祭祀仪式，表现为对鬼神的敬事，后渐及于社会人事，演成为礼乐制度。原初的祭祀仪式及后来的各种典礼活动是一个内容丰富的完整体系，其中一个相当重要的组成部分是语言文字的表现。这种语言文字的表现随着礼仪活动的反复举行而逐渐凝固定型，成一定之格式和体制，比如盟誓在先秦时即已形成一定的样式体制[3]。《仪礼》中记载的一些祀礼祭辞也已表现为程式化的文字，如《士冠礼》《士昏礼》等，后世大抵也承其用语格式。刘师培《文章学史序》谓：

> 吾观成周之制，宗伯掌邦礼，于宗庙鬼神之典，叙述尤详；而礼官协辅宗伯者，于祭祀之典，咸有专司，如巫、史、祝、卜是也。试观《周礼》太祝掌六祈以同鬼神示，即后世祭父之祖也。殷史辛申作《虞箴》以箴王缺，即后世官箴之祖也。又太祝所掌六词，命居其次，诔殿其终：命也者，后世哀册之祖也；诔也者，后世行状、诔文之祖也。颂列六义之一，"以成功告于神明"，屈平《九歌》，其遗制也；铭为勒器之词，以称扬先祖功烈，汉、魏墓铭，其变体也。且古重卜筮，咸有繇词，遂启《易林》、《太玄》之体，古重盟诅，咸有誓诰，遂开《绝秦》、《诅楚》之先。况古代祝宗之官，类能辨姓氏之源，以率遵旧典，由是后世有传志、叙记之文；德刑礼仪，记于史官，由是后世有典志之文，文章流别，夫岂无征？[4]

---

① 阮元校刻：《十三经注疏》下，第1822页。

② 顾易生、蒋凡《先秦两汉文学批评史》（上海：上海古籍出版社，1990年）之"孔子"专节。

③ 吴承学：《先秦的盟誓》，《文学评论》2001年第1期，后收入《中国古代文体形态研究》。吴师谓："春秋时简单的誓辞格式大致是'所不……者，有如……'"又指出先秦盟誓大致是由三部分组成：盟誓缘起；遵誓要求；违盟恶果。

④ 刘师培：《文章学史序》，舒芜、陈迩冬、周绍良、王利器编选：《近代文论选》下，北京：人民文学出版社，1999年，第564-565页。

对儒家经典思想精神的吸收，而至语言文字形式一定之体的渐次生成，大概是在社会生活中礼的学习和实践中达成的。儒家在后代的独尊地位和五经的经典地位，确实造成了中国古代相当多的文类皆衍生于儒家礼教文化这一事实。[①]特别是有关国之大体的文章，更是据经典“依样画葫芦”，因循而成定体，如后代之劝进文多仿《左传·僖公二十四年》所载介之推语“天未绝晋，必将有主，主晋祀者，非君而谁”而成定格。[②]就这一点来讲，“文体原于五经”说自有其合理性。

但像刘勰以五经为一切文章之源，所谓“百家腾跃，终入环内”却是言过其实。即如其所提到的“论说辞序，则易统其首”便显狭隘，不若清姚鼐《古文辞类纂》的说法通达。姚氏以为论辩：“原于古之诸子，各以所学著书诏后世，孔、孟之道与文，至矣。自老、庄以降，道有是非，文有工拙。”[③]虽宗孔、孟，但言及诸子，近乎史实矣。

五经虽不具直接证成后代各类文体的作用，但我以为“文体原于五经”说却自有其内在的逻辑。中国古代的文类大多是“因事而立体”，相当多的文体始终未能完全脱离其实用功能而成为纯文学的形式。文体由实用而产生，事义始终是第一位的，面对实际的场合和特定的对象，人们的习惯和思维定势是从儒家经典中去寻求对策、搜索文字。这样，文章虽体用各别，但不同的文体类别却又回到了同一母体——五经中来了，不同的文体皆可以“禀经而制式”，皆可以从五经中吸取资源，以一总多，多复归于一，从而形成了古代文体论中的探源宗经思想。

其实，五经除对一些由儒家礼教文化生成的应用文体体制有直接影响外，更多的是对文体精神格调方面的影响。《左传·昭公三十一年》曰：“《春秋》之称，微而显，婉而辨，上之人能使昭明，善人劝焉，淫人惧焉，是以君子贵之。”[④]《左传·成公十四年》载：“故君子曰：‘《春秋》之称，微而显，志而晦，婉而成章，尽而不汙，惩恶而劝善。非圣人谁能修之？’”[⑤]尽管后代的史

① 贾奋然的《六朝文体与儒家礼教文化》（《孔子研究》2003年第5期）有所论及。

② 钱钟书：《管锥编》第三册，北京：中华书局，1986年，第1071页。

③ 姚鼐纂集：《古文辞类纂》，上海：上海古籍出版社，1998年，第1页。

④ 阮元校刻：《十三经注疏》下，第2126-2127页。

⑤ 阮元校刻：《十三经注疏》下，第1913页。

传记叙类散文衍生分化出多种文体，但讲求用词细密而意义显明，行文婉转而事理明辨，曲尽其事而无所歪曲，以收劝善惩恶之效，则是其共同的品格要求。《左传·宣公二年》记孔子语："董狐，古之良史也，书法不隐。"[①]《礼记·经解》评《尚书》的记事特点为"疏通知远而不诬"。[②]刘师培《文说》曰："皇古学术，溯源史官，记动记言实惟史职，是记事之文之起源至古。观虞、夏之书，据事直录，事必征实，言匪蹈虚。"[③]中国古代史传记叙类文体重"实录"的传统更是在先秦时期就已经形成。

二

在"文体原于五经"说的基础上，清章学诚《文史通义·诗教上》曰：

> 周衰文弊，六艺道息，而诸子争鸣。盖至战国而文章之变尽，至战国而著述之事专，至战国而后世之文体备；故论文于战国，而升降盛衰之故可知也。战国之文，奇邪错出，而裂于道，人知之；其源皆出于六艺，人不知也。后世之文，其体皆备于战国，人不知；其源多出于《诗》教，人愈不知也。[④]

提出了所谓的"文体备于战国"之说，章氏《论课蒙学文法》曰："论事之文，疏通致远，《书》教也。传赞之文，抑扬咏叹，辞命之文，长于讽谕，皆《诗》教也。叙例之文与考订之文，明体达用，辨名正物，皆《礼》教也。叙事之文，比事属辞，《春秋》教也。五经之教，于是得其四矣。若夫《易》之为教，系辞尽言，类情体撰，其要归于洁净精微，说理之文所从出也。"叶瑛《文史通义校注》引此段文字后曰："是后世之文并导源《五经》，特至战国而其体始备耳。"[⑤]冯书耕和金仞千编的《古文通论》在评论章氏"文体备于战国"说时云："观此，可得一宗两源之解说。所谓一宗，即

① 阮元校刻：《十三经注疏》下，第1867页。
② 阮元校刻：《十三经注疏》下，第1609页。
③ 刘师培：《文说》，舒芜、陈迩冬、周绍良、王利器编选：《近代文论选》下，第537页。
④ 章学诚著，叶瑛校注：《文史通义校注》，北京：中华书局，1985年，第60页。
⑤ 章学诚著，叶瑛校注：《诗教上》注六，《文史通义校注》，第64页。

为后世之文，其体备于战国。所谓两源：即一为战国诸家之文本于六艺；其言本于六艺，即战国诸子为文之思想，皆为六艺所该。一为战国诸家之文，出于诗教；其言出于诗教，即战国诸子文之体格，皆由诗教演化而出。”[①]是则知所谓“文体备于战国”说与“文体原于五经”说并不相悖。章氏以为，战国之文其源皆出于六艺，是因为“道体无所不该，六艺足以尽之”。此就战国之文的思想学术渊源而言。但就战国之文的体格而言，章氏《诗教上》又曰：

> 战国之文，既源于六艺，又谓多出于《诗》教，何谓也？曰：战国者，纵横之世也。纵横之学，本于古者行人之官。观春秋之辞命，列国大夫，聘问诸侯，出使专对，盖欲文其言以达旨而已。至战国而抵掌揣摩，腾说以取富贵，其辞敷张而扬厉，变其本而加恢奇焉，不可谓非行人辞命之极也。孔子曰：“诵诗三百，授之以政，不达，使于四方，不能专对，虽多奚为？”是则比兴之旨，讽谕之义，固行人之所肄也。纵横者流，推而衍之，是以能委折而入情，微婉而善讽也。九流之学，承官曲于六典，虽或原于《书》《易》《春秋》，其质多本于礼教，为其体之有所该也。及其出而用世，必兼纵横，所以文其质也。古之文质合于一，至战国而各具之质，当其用也，必兼纵横之辞以文之，周衰文弊之效也。故曰：战国者，纵横之世也。[②]

战国之文，其质多本于礼教，当其用世之时，必兼纵横之辞以文之，而纵横之辞乃推衍诗教之比兴之旨、讽谕之义，敷张扬厉，变本加奇，故能委折入情，微婉善讽。所谓“百家驰说，皆为声《诗》之变也”（《诗教下》）。章氏为六艺与其后文体之间架一中介桥梁，此点为传统的“文体原于五经”说未曾道及。以诗教为六艺衍出后世文体之桥梁，章氏侧重的是为文之总体格调精神，而非为文之具体形制体貌，其《诗教下》曰：

① 冯书耕、金仞千编：《文体源流》，《古文通论》中篇，台北：台湾编译馆中华丛书编审委员会，1979年，第627页。

② 章学诚著，叶瑛校注：《文史通义校注》，第61页。

学者惟拘声韵之为诗，而不知言情达志，敷陈讽谕，抑扬涵泳之文，皆本于《诗》教。是以后世文集繁，而纷纭承用之文，相与沿其体，而莫由知其统要也。至于声韵之文，古人不尽通于《诗》，而后世承用诗赋之属，亦不尽出六义之教也，其故亦备于战国。①

叶瑛《校注》引章氏《陈东浦方伯诗序》云："学诚尝推刘、班区别五家之义（《汉志·诗赋略》分五目），以校古今诗赋，寥寥鲜有合者。诗家不胜患苦，或反诘如何方合五家之推？则报之曰：古诗去其音节铿锵，律诗去其声病对偶，且并去其谋篇用事琢句炼字一切工艺之法，而令翻译者流，但取诗之意义，演为通俗语言，其中果有卓然其不可及，迥然其不同于人者，斯可以入五家之推矣。苟去是数者，而枵然一无所有，是工艺而非诗也。"②如果去掉诗之声韵格律、谋篇用句、琢字炼词，诗果为诗耶？文体之别在其意亦在其形，而章氏以为善论文者，"贵求作者之意指，而不可拘于形貌也"（《诗教下》）。故章氏之论后世之文体"备于战国"，亦从文之大体意旨出发。《诗教上》曰：

今即《文选》诸体，以征战国之赅备。京都诸赋，苏、张纵横六国，侈陈形势之遗也。

《上林》《羽猎》，安陵之从田，龙阳之同钓也。《客难》《解嘲》，屈原之《渔父》《卜居》，庄周之惠施问难也。韩非《储说》，比事征偶，《连珠》之所肇也。而或以为始于傅毅之徒，非其质矣。孟子问齐王之大欲，历举轻煖肥甘，声音采色，《七林》之所启也；而或以为创之枚乘，忘其祖矣。邹阳辨谤于梁王，江淹陈辞于建平，苏秦之自解忠信而获罪也。《过秦》《王命》《六代》《辨亡》诸论，抑扬往复，诗人讽谕之旨，孟、荀所以称述先王，儆时君也。淮南宾客，梁苑辞人，原、尝、申、陵之盛举也。东方、司马，侍从于西京，徐、陈、应、刘，征逐于邺下，谈天雕龙奇观也。遇有升沉，时有得失，畸才汇于末世，利禄萃其性灵，

① 章学诚著，叶瑛校注：《文史通义校注》，第78-79页。

② 章学诚著，叶瑛校注：《诗教上》注一四，《文史通义校注》，第83-84页。

> 廊庙山林，江湖魏阙，旷世而相感，不知悲喜之相从，文人情深于《诗》《骚》，古今一也。[①]

皆就文章之立意和精神素质而言，似嫌笼统泛泛。从章氏的论述中，我们大抵找不到文体体式承传演变的具体联系。章氏的论述是重其“神”而略其“形”，并不是从形态体制上论文体。

不过，章学诚的“文体备于战国”说比“文体原于五经”说更注重历史发展之实际演进，他为儒家经典与后代文体之间找出了一个中介环节。他敏锐地注意到了文体至战国时期因用世而渐分渐繁的现象，注意到了文章敷张扬厉、变本恢奇的趋势，尽管他讲述的文体在今人看来并不完全“备于战国”，但对文体分化发展的把握却是正确的。

对文体起源问题的探讨，直接影响了人们对文体本质与功能的认识，甚至也影响了后代文体研究的方法取向。前人论文体，每每溯源于先秦时期，但就文体发展的实际情况来说，“在唐、虞三代之时，可谓文体胚胎之期，春秋、战国之时，为渐次形成之期，秦、汉之时，则为固定之期；两汉而下，为递增之期”[②]。后代大多数文体在先秦尚未形成一定之体，先秦文学亦尚处于文、史、哲合而未分之时，故后代所论往往只能从为文之气质神情言说，从文之意旨功用言说，不可能完全从文体的体制体式角度看问题。我们考察先秦时的文体观念，除了一些直接的材料外，大概也只能更多地去挖掘那些及于后代间接、潜在影响的观念。

第三节 有关“体”概念的思想渊源

“体”作为一个概念或范畴，在中国文化思想学术中内涵丰富，使用至为广泛；而“文体”之“体”，在中国古代文学理论与批评中同样也是语义复杂、空灵飘忽。本节试图从先秦有关礼乐、言辞的论述中寻绎其与后代“体”思想

---

① 章学诚著，叶瑛校注：《文史通义校注》，第61-62页。

② 冯书耕、金仞千编：《文体源流》，《古文通论》中篇，第637页。

之联系，虽琐碎隐约，仍仿佛可见“体”概念之渊源所在。

一

先秦时人很早就意识到礼乐文化乃一综合各种要素而成的浑然整体，论礼如此，论德如此，论乐亦如此。《左传・桓公二年》记鲁大夫哀伯对鲁桓公曰：

> 君人者，将昭德塞违，以临照百官，犹惧或失之，故昭令德以示子孙。是以清庙茅屋，大路越席，大羹不致，粢食不凿，昭其俭也；衮、冕、黻、珽，带、裳、幅、舄，衡、紞、纮、綖，昭其度也；藻、率、鞞、鞛，鞶、厉、游、缨，昭其数也；火、龙、黼、黻，昭其文也；五色比象，昭其物也；钖、鸾、和、铃，昭其声也；三辰旂旗，昭其明也。夫德，俭而有度，登降有数，文、物以纪之，声、明以发之，以临照百官。百官于是乎戒惧，而不敢易纪律。[①]

君王之德体现于礼之规定之中，礼则表现为俭、度、数、文、物、声、明诸项之配合，而此诸项之下又各有相应之种种表现，由是而构成一显现君王之德（即“昭德”）的礼的完整体系。

《左传・昭公二十年》记晏子对齐景公论乐曰：

> 声亦如味，一气、二体、三类、四物、五声、六律、七音、八风、九歌，以相成也。清浊、小大、短长、疾徐、哀乐、刚柔、迟速、高下、出入、周疏，以相济也。君子听之，以平其心；心平德和。[②]

“乐”乃众多因素的相成相济，是形式上各要素和合而成的和谐之美。亚里士多德《诗学》说，“关于诗的艺术本身、它的种类、各种类的特殊功能，各种类有多少成分，这些成分是什么性质，诗要写得好，情节应如何安排”

① 阮元校刻：《十三经注疏》下，第1741-1743页。
② 阮元校刻：《十三经注疏》下，第2093-2094页。

等问题，“我们都要讨论”。[①]这里，提出了要研究诗（即文学）的“各种类有多少成分，这些成分是什么性质”的问题。中国古代文学独立较晚，但先秦时人们在论述“礼”“乐”时似已接触到了“礼”“乐”之表现构成要素问题。特别是在论述“乐”时，更是不断强调构成“乐”之不同因素的协调一体。《礼记·乐记》曰：“五色成文而不乱，八律从风而不奸，百度得数而有常”[②]，即是此种思想的集中表述。先秦时期，语言形式逐渐从礼乐制度中离析独立，这种强调艺术形式的各种要素对立统一而被人们称为“中和”的美学思想，亦对后代文学批评中重视“体”的整体和谐的观念有重大的影响。

今人论“中和”多侧重其伦理美学效用对中国文学之影响，此固为事实。但亦不能忽视其对于中国古代文体构成多维整合观念的潜在的巨大影响。所谓“中和”即各要素、各对立的方面融洽相处、各不相犯，浑然一体，多总而为一。《文心雕龙·总术》曰：“况文体多术，共相弥纶，一物携贰，莫不解体。所以列在一篇，备总情变，譬三十之辐，共成一毂，虽未足观，亦鄙夫之见也。”周振甫注释谓：“文体多术：如情志、风骨、事义、辞采、音律、章句等等，互相影响，有一样背离，全篇受害。”[③]周说是。又《文心雕龙·声律》曰：“气力穷于和韵。异音相从谓之和，同声相应谓之韵。韵气一定，故余声易遣；和体抑扬，故遗响难契。”文体乃文章各构成要素整合而成，各要素之和谐方能形成均衡统一之结构，而各要素自身亦须达到和谐之状态。即以为文体之特点为其构成诸要素共同作用下之综合体现，如声律自身抑扬谐调，又与已达“和体”之其他要素如事义、辞采、章句等融合而为一协调整一之体。有一样背离，即坏全篇，好比乐之一音不谐，即成乱调。这种重视构成要素的和谐，强调部分，更重视整体的思想，应该说在先秦时期即已萌生。中国古代文体论，既谓文章整体之为“体”，又取部分而谓之为“体”，“体”概念辩证于一和多的关系之中，浑融各要素而为一和谐之体。因而在批评实践中，对文体或就总体风貌而评论，或就其某一侧面而评论，视角飘忽不定，多合而为一，一体现为多，对“体”之把握，是在整体和部

① 伍蠡甫主编：《西方文论选》上卷，上海：上海译文出版社，1979年，第50页。

② 阮元校刻：《十三经注疏》下，第1536页。

③ 刘勰著，周振甫注：《文心雕龙注释》，北京：人民文学出版社，1981年，第473页。

分的辩证关系中把握的。这种观念似由先秦之强调“中和”之体的观念中发展而来。

二

先秦时所提出之文质概念，在后代的文学批评特别是文体论中屡被提及，然追原其意义内涵，实在是一个复杂的问题。有学者认为：“‘文质’观念，在中国文化思想史中，其原始的发生意义，并非针对文学本身的问题所提出的解答，而是针对人以至宇宙一切生命存在本质与表现的这个问题所提出的解答。文学上的‘文质’观念，只是这一问题发生过程中，所涉及的一个次级性问题。”[①]确实，文质概念在先秦时期运用甚广，涉及社会生活的各个方面，本书不拟对“文质”的本义及其引申之义作全面的考论，而仅从其对后代文体观念的影响这一侧面进行探讨。

《周易·系辞下》曰：

> 易之为书也，原始要终，以为质也。

王弼注：“质，体也。”孔颖达正义亦曰：“质，体也。”[②]《礼记·礼运》曰：

> 五行之动，迭相竭也，五行、四时、十二月，还相为本也，五声、六律、十二管、还相为宫也，五味、六和、十二食，还相为质也，五色、六章、十二衣，还相为质也。[③]

孔颖达疏曰：“质，体也。”[④]而所谓“还相为本”“还相为宫”，含义大概与“还相为质”相同。质即体，即事物之本质、事物之实体、事物之根本。而与此本

---

① 颜昆阳：《论魏晋南北朝文质观念及其所衍生诸问题》，《六朝文学观念丛论》，台北：正中书局，1993年，第6页。

② 阮元校刻：《十三经注疏》上，第90页。

③ 阮元校刻：《十三经注疏》下，第1423页。王文锦曰：还相为质：戴震云：“《五经算术》作‘还相为滑’。此所引在唐以前，应是古本。”王引之云：“今作质者，因与下文相涉而误。”可为一说。见《礼记译解》，北京：中华书局，2001年，第300页。

④ 阮元校刻：《十三经注疏》下，第1423页。

质、实体、根本相应之现象、形式、表现即为文。所以《周易·系辞下》曰："物相杂，故曰文。"[①]《礼记·乐记》曰：

> 屈伸俯仰，缀兆舒疾，乐之文也。
> 升降上下，周还裼袭，礼之文也。
> 论伦无患，乐之情也；欣喜欢爱，乐之官也。
> 中正无邪，礼之质也；庄敬恭顺，礼之制也。[②]

《礼记·礼器》曰：

> 先王之立礼也，有本有文。忠信，礼之本也；义理，礼之文也。无本不立，无文不行。[③]

符合伦理道德而无害，是乐之根本，而声律、节奏之曲调变化乃乐之表现形式；中正无邪是礼之本质，而动作、举止、服饰、仪态之礼制仪式则为其形式表现。就这一点来讲，质隐于内，文现于外，文质一体，文由质以定，质因文而显。《左传·襄公二十五年》记载：

> 仲尼曰："《志》有之：'言以足志，文以足言。'不言谁知其志？言之无文，行而不远。晋为伯，郑入陈，非文辞不为功。慎辞哉！"[④]

《荀子·礼论》曰：

> 文理，情用相为内外表里，并行而杂。[⑤]

文质相附，文对质的传达极为重要，文本身之文采亦不容轻视，但文之根本毕

① 阮元校刻：《十三经注疏》上，第 90 页。
② 阮元校刻：《十三经注疏》下，第 1531 页。
③ 阮元校刻：《十三经注疏》下，第 1431 页。
④ 阮元校刻：《十三经注疏》下，第 1986 页。
⑤ 王先谦撰：《荀子集解》，第 357 页。

竟在于质，质则表现为一种精神、一种观念、一种认识、一种价值，如中正无邪为礼之质。文之价值正在于其内在规定性的质的意义显现。

这样的一种文质思想，以及古文《尚书·毕命》中“辞尚体要”命题的提出，影响到了后代的文体论。曹丕《典论·论文》在论述“四科八体”时说“文本同而末异”，此“本”“末”似相当于“质”“文”，凡文体皆由其内在之质（或曰气、或曰情）所主，只因其表现形式之不同而分衍为不同之文类。刘勰文体论中一个重要的概念便是“体要”，“体要”概念的提出，基源于文质理论，亦在强调为文之内在规定性（文章总体有“体要”，不同文类各有“体要”，文章总体之“体要”涵摄不同文类之“体要”），在“体要”的规定下，方生成各类文体。[①]文质相附、以质为本的文质理论对于后代文体论的影响在于其暗示出了文体的深层结构和表层结构的关系，文体的深层结构决定于为文之内在精神价值的取向，而文体之题材内容、形态体式等表层结构则是深层结构的外显形式。说到底，文体是时代精神观念的产物，而文体形态、功能的演化则决定于时代之世界观、价值观的变化。中国古代“质”的价值内涵基本上被局限于儒家的框架之内，较少变化，人们因而忽略了潜藏于文质关系论说中的理论价值，仅仅视其为一种内容与形式关系的理论。事实上，质更多地体现为一种观念，至于文之具体内容，则是由此种观念所选择的。由质而及于文体内在结构之规定性的“体要”，渐及于文体外在形式上的规范，最后生出为文之“法”的观念，其思想理路应溯源于此。

三

先秦时期一些关于语言修辞方面的言论，对后代文体论特别是对作为文体特征重要方面的语体风格观念的形成，也产生了直接或间接的影响。

孔门授徒，设教四科，言语即为一科，重在训练学生的语言技巧。《论语·乡党》记载：

---

① 关于曹丕“文本同而末异”、刘勰“体要”说的详细阐释，详本书第三章、第五章之有关论述。

孔子于乡党，恂恂如也，似不能言者。其在宗庙朝廷，便便言，唯谨尔。

朝与下大夫言，侃侃如也；与上大夫言，訚訚如也。[①]

孔子在不同的场合，面对不同的对象，其语言的气度与风格各有不同。《论语·宪问》则记载了孔子关于言辞的直接议论："邦有道，危言危行；邦无道，危行言孙。"[②]邦之有道无道，其言辞也应或直或婉，有所区别，揭示出语体受制于具体的语境这样一个事实。

《墨子·非命上》曰：

（言）必立仪。言而毋仪，譬犹运钧之上而立朝夕者也，是非利害之辨，不可得而明知也。故言必有三表。[③]

提出了"三表"说。《非命中》曰：

凡出言谈，由文学之为道也，则不可而不先立义法。[④]

认为言辞要有一个准则和法度，即有一定之体。墨子还认为："立辞而不明于其类，则必困矣。"进而涉及言辞的分类问题。

《孟子·公孙丑》则提出了"知言"说：

何谓知言？曰："诐辞知其所蔽，淫辞知其所陷，邪辞知其所离，遁辞知其所穷。"[⑤]

虽然是从思想认知角度评判言辞，但毕竟对片面性的言辞做了区别，似乎一定程度上也可以理解为一种对言辞语体的分类。至于《庄子》，则明确提出"三

① 阮元校刻：《十三经注疏》下，第2493页。
② 阮元校刻：《十三经注疏》下，第2510页。
③ 孙诒让撰：《墨子间诂》，北京：中华书局，1986年，第240页。
④ 孙诒让撰：《墨子间诂》，第247页。
⑤ 阮元校刻：《十三经注疏》下，第2686页。

言”：卮言、重言、寓言，已经能通过不同的表达方式对言辞进行分类。

先秦时期，人们还认识到言辞风格与人的性情心理、道德品格之间的关系。《国语·晋语》曰：

> 夫貌，情之华也；言，貌之机也，身为情，成于中。言，身之文也。言文而发之，合而后行；离则有衅。[①]

言说者之情，决定了言说者之文，这样就引入了决定语体风格的主观因素。《周易·系辞下》曰：

> 将叛者其辞惭，中心疑者其辞枝，吉人之辞寡，躁人之辞多，诬善之人其辞游，失其守者其辞屈。[②]

涉及语体与言说者的关系问题，与后世文体论中的体性说隐然有相类之处。陆机《文赋》：“夸目者尚奢，惬心者贵当，言穷者无隘，论达者唯旷。”[③]刘勰《文心雕龙·知音》：“慷慨者逆声而击节，酝籍者见密而高蹈，浮慧者观绮而跃心，爱奇者闻诡而惊听。”虽立论之角度不同，但其间的关联还是依稀可以窥见。

先秦时期论言辞，对言辞进行分类，既强调其受制于不同的场合和对象因而各有仪则，又论及主观情性对语体风貌之影响，于此，后代文体论中文体客观规范与作者主观性情两不偏废的观念仿佛呈现。

综合性“文体”概念的生成，大概要等到魏晋南朝时期，特别是刘勰的《文心雕龙》问世，其“体”概念在理论上辩证圆融，至精至密，但其理论创造的资源，却可以追索于先秦。先秦时一些论礼乐和言辞的思想在历史发展中不断地改变着自己的形态，已经不知不觉地进行转化而融入到后代文体论的理论建构之中。

---

① 徐元诰撰：《国语集解》，第376页。

② 阮元校刻：《十三经注疏》上，第91页。

③ 萧统编，李善注：《文选》卷一七，上海：上海古籍出版社，1986年，第765页。因本书征引《文选》文本甚夥，故后文征引《文选》文本皆据此版本，不再一一出注，只随文揭示篇名和卷次。

第　二　章

汉代的文体研究与文体观

汉代是古代文章体类渐趋繁富的历史期。刘师培说："文章各体，至东汉而大备。汉魏之际，文家承其体式，故辨别文体，其说不淆。"①文学创作的繁荣，文章体类的丰富，推动了汉代文体研究的开展，也催生出了相对明确的文体观念。目录学中对文体的类分辨别是中国古代文体分类学的开端；公文研究中对文章用语及程式规格的规定说明，诗赋创作中的一些倾向及相应之理论表述，使文章学层面上的语言形式意义上的体制体式概念得以明确显现。汉代的文体研究和对文体的认识为魏晋以后文体批评与文体观念之自觉奠定了坚实的基础。

第一节　史学目录学传统下的文体分类与辨析

我国目录学之起源甚古，与传统的史官文化关系密切。《隋书·经籍志》序谓："古者史官既司典籍，盖有目录，以为纲纪，体制湮灭，不可复知。"②但目录学的正式确立是在西汉时期，刘向、刘歆父子的《别录》和《七略》是我国目录学的奠基开创之作，其书已佚，原貌不得其详。现存最早的综合性目录学著作是班固的《汉书·艺文志》。《汉志》即取材于向、歆父子。班固在《汉

① 刘师培：《中国中古文学史　论文杂记》，第23页。

② 魏征等：《隋书》，北京：中华书局，1987年，第1992页。

书·艺文志》序中明言，《汉志》乃是在《七略》的基础上“删其要，以备篇籍”。可见《别录》《七略》与《汉书·艺文志》是一脉相承的。[①]目录学既要对图书文献进行类分，那么，面对汉代以来大量的诗赋创作，它就不得不处理对文体分类的问题。

《汉书·艺文志》对各类图书文献“条其篇目，撮其指意”[②]，总群书而分为六大类，即《六艺略》《诸子略》《诗赋略》《兵书略》《数术略》《方技略》。“诗赋”单列而为一大类。《诗赋略》序谓：

> 《传》曰：“不歌而诵谓之赋，登高能赋可以为大夫。”言感物造耑，材知深美，可与图事，故可以为列大夫也。古者诸侯卿大夫交接邻国，以微言相感，当揖让之时，必称《诗》以谕其志，盖以别贤不肖而观盛衰焉。故孔子曰：“不学《诗》，无以言”也。春秋之后，周道寖坏，聘问歌咏不行于列国，学《诗》之士逸在布衣，而贤人失志之赋作矣。大儒孙卿及楚臣屈原离谗忧国，皆作赋以风，咸有恻隐古诗之义。其后宋玉、唐勒，汉兴枚乘、司马相如，下及扬子云，竞为侈丽闳衍之词，没其风谕之义。是以扬子悔之曰：“诗人之赋丽以则，辞人之赋丽以淫。如孔氏之门人用赋也，则贾谊登堂，相如入室矣，如其不用何！”自孝武立乐府而采歌谣，于是有代、赵之讴，秦、楚之风，皆感于哀乐，缘事而发，亦可以观风俗，知薄厚云。[③]

审其文意，盖谓诗赋历时而变：由《诗》而及贤人失志之赋，前有“作赋以风”“恻隐古诗之义”的赋，后有“竞为侈丽闳衍之词，没其风谕之义”的赋。汉武立乐府，又有“感于哀乐，缘事而发”“可以观风俗，知薄厚”的歌诗。而考察诗赋流变的着眼点则主要是“志意”和“风谕”两个关键词。前者重作者情志，后者重作品功用。有的学者在评价《七略》和《汉书·艺文志》时说：“全书分类皆以义（书籍包含的内容）为准，而不同时采用体（书

---

① 姚振宗：《汉书艺文志条理》，二十五史刊行委员会：《二十五史补编》，北京：中华书局，1986 年，第 1525-1532 页。

② 班固：《汉书》，北京：中华书局，1987 年，第 1701 页。

③ 班固：《汉书》，第 1755-1756 页。

籍组织的形态）与义两个标准。后来的目录，在这点上往往不统一。如《四库全书总目》的集部，其中《楚辞类》、《词曲类》、《诗文评类》是按义分的，而《总集类》、《别集类》又是按体分的。体与义在同一级别上并用是不合逻辑的，而《七略》则大体按义分类，没有牴牾。”[①]衡之以《诗赋略》序，其对诗赋之判析确是以“义”（“志”“讽谕之义”）为准，并在此基础上隐然对诗赋有以区分：《诗》、“恻隐古诗之义”之赋、“没其风谕之义”之赋、歌诗。但如果对照《诗赋略》著录作品时的具体分类，则“以义为准”这一标准似乎并不显明。《诗赋略》分诗赋为五种：一，屈原赋之属；二，陆贾赋之属；三，荀卿赋之属；四，杂赋；五，歌诗。《诗》虽以其为诗赋之源，但在汉代被尊为经，故著录于《六艺略》，姑置不论。歌诗单列一类，与《诗赋略》序并无矛盾。矛盾产生于对赋的分类著录，与序之论说歧异甚为显豁，前人已注意到此点。姚名达《中国目录学史》谓：“《诗赋略》分为五种，而前三种概以一《赋》字为标题，漫无区别。小序复称‘大儒孙卿及楚臣屈原离谗忧国，皆作赋以风，咸有恻隐古诗之义’。则孙屈二家，作风如一，何缘而判为二种。‘其后宋玉、唐勒，汉兴枚乘、司马相如，下及扬子云，竞为侈丽闳衍之词，没其风谕之义。’既与屈原不同，何缘独置《扬雄赋》于《陆贾赋》之后而悉列其他数家于《屈原赋》一种中？除非不问作风之同异而惟体裁之同异是问，否则殊乖分类之义。”[②]《诗赋略》赋之分类似别有义例，无从于其序中索解之。但于其序中对赋和诗歌起源之论述，及所著录之五种名目来看，赋与诗歌则明显判为二体，实是以体而分。殆无疑义。刘师培《论文杂记》谓：“观班志之分析诗赋，可以知诗歌之体，与赋不同，而骚体则同于赋体。”[③]那么，《诗赋略》对赋之分类是否是从“体”这一标准来划分的呢？

姚振宗《汉书艺文志拾补》卷三明确说：“按诗赋略，旧目凡五，一、二、三皆曰赋，盖以体分，四曰杂赋，五曰歌诗。其中颇有类乎总集，亦有似乎别集。”论第一类曰：“此二十种大抵皆楚骚之体，师范屈宋者也。”论第二类曰：“此二十一家大抵不尽为骚体，观扬子云诸赋，略可知矣。”论第三类曰：“此

① 程千帆、徐有富：《校雠广义·目录编》，济南：齐鲁书社，1998年，第110-111页。

② 姚名达：《中国目录学史》，上海：上海古籍出版社，2002年，第56页。

③ 刘师培：《中国中古文学史　论文杂记》，第116页。

二十五家大抵皆赋之纤小者，观孙卿《礼》、《知》、《云》、《蚕》、《箴》五赋，其体类从可知矣。”论第四类曰：“此十二家大抵尤其纤小者，故其大篇标曰《大杂赋》，而《成相辞》、《隐书》置之末简，其例亦可从矣。”[①]后来顾实《汉书艺文志讲疏》曰：“此屈原赋之属，盖主抒情者也。”“此陆贾赋之属，盖主说辞者也。”“此荀卿赋之属，盖主效物者也。”“此杂赋尽亡不可征。盖多杂诙谐，如《庄子》寓言者欤。”[②]刘师培《论文杂记》曰：“自吾观之，客主赋以下十二家，皆汉代之总集类也。余则皆为分集。而分集之赋，复分三类：有写怀之赋，有骋辞之赋，有阐理之赋。写怀之赋，屈原以下二十家是也；骋辞之赋，陆贾以下二十一家是也；阐理之赋，荀卿以下二十五家是也。写怀之赋，其源出于《诗经》；骋辞之赋，其源出于纵横家；阐理之赋，其源出于儒、道两家。”[③]三家对《诗赋略》赋之分类标准及义例之发明，实主以“体”而分，着眼于赋之不同的表现功能和形式。

综上所述，《诗赋略》之序，考察文体从内容和功用切入；而其具体分类和著录则又隐约是以文体之表现功能和形式为标准，触及文体分类中的形式范畴。此点实至为重要。所谓“抒情”“说理”“效物”“诙谐”，拈出了不同赋类在表达功能上的主要特征，从现代文体学的意义上来说，它是对文体本质特征的一个揭示。先秦时期对文体的分类论述，多从题材内容和实际功用着眼，并没有接近文体自身之特质所在。

虽然以上的论述有推测的成分，但一个不争的事实是，《汉志》的分类为人们对文体进行辨析提供了一个基础，一个论说的基点。因此，我们可以说《七略》和《汉书·艺文志》是中国古代文体分类学的开端。

冯友兰先生曾经说：“凡是分类学都要用三个概念。一个是类，就是它所要分的类；一个是名，就是它所要分的类的名字；一个是实，就是属于它所要

---

① 姚振宗：《汉书艺文志拾补》，二十五史刊行委员会：《二十五史补编》，第 252 页。

② 顾实：《汉书艺文志讲疏》，上海：上海古籍出版社，1987 年，第 171-183 页。

③ 刘师培：《中国中古文学史 论文杂记》，第 115-116 页。此外，章太炎、程千帆对此问题亦有论述，与姚氏、顾氏、刘氏之说法大致相同，亦从赋之表现功能及渊源流变说之。章氏说见章太炎：《国故论衡·辨诗》，陈平原编校：《中国现代学术经典·章太炎卷》。程氏说见其《俭腹钞》中之“《汉志·诗赋略》首三种分类”“《汉志·诗赋略》首三种分类之标准”“《汉志》杂赋义例说臆”等条，上海：上海文艺出版社，1998 年。

分的类的具体的个体。从事分类学的人，不一定有这样明确的认识，但这是分类学的前提，离开了这个前提就没有分类学。从事分类学的人所分的类可能有错误，那是另一个问题。”[1]《七略》和《汉志》以“诗赋”标大类之名。章太炎《国故论衡·辨诗》云：“《七略》分诗赋者，本孔子删诗意，不歌而诵，故谓之赋；叶于箫管，故谓之诗。其他有韵诸文，汉世未具，亦容附于赋录。”[2]《汉志·诗赋略》所收诗主要是“歌诗”，但不包括《诗经》，因其已入《六艺略》。所收赋乃“辞赋”，包括“楚辞”体作品在内，与今人之“汉赋”观念不同，赋与诗之分别在于其“不歌而诵”，但二者皆为有韵之作（因此，我怀疑魏晋南北朝时期文笔之争所谓“有韵为文”的说法源于《汉志》）。在西汉，最主要的文学体裁也就是歌诗和辞赋两大类。就《七略》和《汉志》所分的类来讲，在其时之历史条件下自有其道理。但在今人看来，西汉毕竟尚有除诗赋之外的其他文体。所以章氏谓：“其他有韵诸文，汉世未具，亦容附于赋录。”如后人即从汉人所谓“赋”中析出颂、设问、七等多种文类。据学者考证，《诗赋略》中之“杂赋”类所著录者多为各种民间艺术形式（如说唱、戏剧之文体），六言诗、七言诗亦在其中。[3]这样，就造成赋类之过分膨胀，所包含的体类过于繁杂。这一方面与诗赋外的其他文体尚未成熟有关，另一方面也说明其时对文章体裁类别的认识是模糊的、不清晰的，因此其分类也是笼统的、宽泛的。就《诗赋略》分类之命名来讲，其“名”之内涵多从推本溯源中演绎而出。《汉书·刘向刘歆传》赞曰：“《七略》剖判艺文，总百家之绪。”[4]后来章学诚《校雠通义》叙说：“刘向父子，部次条别，将以辨章学术，考镜源流。”《七略》和《汉志》的分类是以学术源流的考辨为基础的，对每一类之命名及其内涵属性之陈述亦从其起始渊源中来。然后判别其衍化流变，凡处于此衍化流变系统内的个体，即归入此类，并在此系统内对其品评辨析。如《汉志·兵书略》总序：

① 冯友兰：《中国哲学史新编》中，北京：人民出版社，1998 年，第 396-397 页。

② 章太炎著，陈平原编校：《中国现代学术经典·章太炎卷》，第 82 页。

③ 伏俊琏：《〈汉书·艺文志〉“杂赋”臆说》，《文学遗产》2002 年第 6 期。

④ 班固：《汉书》，第 1972-1973 页。

> 兵家者，盖出古司马之职，王官之武备也。《洪范》八政，八曰师。孔子曰：为国者“足食足兵”“以不教民战，是谓弃之”，明兵之重也。《易》曰：“古者弦木为弧，剡木为矢，弧矢之利，以威天下。”其用上矣。下及汤武受命，以师克乱而济百姓，动之以仁义，行之以礼让，《司马法》是其遗事也。自春秋至于战国，出奇设伏，变诈之兵并作。汉兴，张良、韩信序次兵法，凡百八十二家。删取要用，定著三十五家。诸吕用事而盗取之。武帝时，军政杨仆捃摭遗逸，纪奏兵录，犹未能备。至于孝成，命任宏论次兵书为四种。①

《六艺略》“诗”类小序：

> 书曰：“诗言志，歌咏言。”故哀乐之心感，而歌咏之声发，诵其言谓之诗，咏其声谓之歌。故古有采诗之官，王者所以观风俗，知得失，自考正也。孔子纯取周诗，上采殷，下取鲁，凡三百五篇。遭秦而全者，以其讽诵，不独在竹帛故也。汉兴，鲁申公为《诗训故》，而齐辕固、燕韩生，皆为之《传》，或取《春秋》，采杂说，咸非其本义。与不得已，鲁最为近之。三家皆列于学官。又有毛公之学，自谓子夏所传。而河间献王好之，未得立。②

这种考镜源流的方法成为中国古代文体论方法论的一个重要方面，后来挚虞、李充、刘勰的文体论皆深受其影响。正因为《七略》和《汉志》在对文献文体分类时使用了推源溯流的方法，故后代研究《诗赋略》之分类义例者，亦往往从渊源流变中察其所由。前引刘师培说以为，写怀之赋，源出《诗经》；骋辞之赋，源出纵横家；阐理之赋，源出儒、道两家。即是显例。不同的类有不同的源，而不同的源规定了不同的类的特质和属性。推本溯源的方法背后实隐藏着一种价值认知判断。班固在《两都赋序》中说：“或曰：‘赋者，古《诗》之流也。’昔成康没而颂声寝，王泽竭而诗不作。大汉初定，日不暇

① 班固：《汉书》，第1762-1763页。

② 班固：《汉书》，第1708页。

给。至于武宣之世，乃崇礼官，考文章，内设金马石渠之署，外兴乐府协律之事，以兴废继绝，润色鸿业。是以众庶悦豫，福兴尤盛。”（《文选》卷一）言《诗》乃赋之源，之后例举西汉之众多赋家，并谓：“或以抒下情而通讽喻，或以宣上德而尽忠孝，雍容揄扬著于后嗣，抑亦《雅》、《颂》之亚也。”即以《诗》来衡量赋之创作，赋之价值是以其源来判断的。《诗》为风教之源，作为古《诗》之流的赋自应有风教之义。这种价值认知判断造就了后代文体论重视“体源”的思想，得其源即得其本，亦得其正。刘勰文体论文之“大体”即来源于“释名以章义”“原始以表末”“选文以定篇”的推本溯源工作，文体规范的获得即在于正本清源。罗宗强师谓：“文体论，如果作为一种文学体裁的性质与特点阐释，不作史的回顾也能办到。事实上曹丕和陆机正是这样做的。他们论文体，仅论其特点，而置史的发展脉络于不顾。相比之下，可以看出刘勰论文体起源，受著目录学上‘考镜源流’的学术思想的影响。”[①]史学目录学对文体的分类和辨析是中国古代文体论的一条重要线索。

要而言之，不论《七略》和《汉志》对诗赋之分类的义例和原意如何，它毕竟是对文体的一种直接的分类，有了这样一种类分，人们才会去对不同的文类进行思考、辨析，才会促成人们文体意识的产生，因此，我们可以说，史学目录学是文体论得以产生的一个学术源头。而史学目录学的推本溯源的方法，亦对后世之文体论的研究方法和取向有深刻的影响。

第二节　汉代的应用文体研究

周勋初先生曾经说：“考文体论的产生，是由研究朝廷公文格式开始的。汉末蔡邕著《独断》，就对天子下令群臣的策书、制书、诏书、戒书，群臣上天子的章、奏、表、驳议等体裁进行了研究，而在《铭论》一文中，更从历史发展的观点详加论述，这是因为朝廷的公文格式特别要求措词得

① 罗宗强：《刘勰文体论识微》，《道家道教古文论谈片》，台北：文津出版社，1994年，第201页。

体的缘故。”[①]跃进先生说：“从现存资料来看，有关文体研究的论著，当以蔡邕《独断》为最早。”[②]蔡邕的《独断》在中国古代文体论之发展历程中意义重大，笔者以为其意义在于最早从文章学的层面论及文体，在格式用语上突显出文体的体制形态。

中国古代的应用文体，无论官私文书，很早即形成一定的规格要求，如《仪礼》中记载的一些祀礼文字已经呈现出程式化的特征；司马迁《报任少卿书》中的开头称谓“太史公牛马走司马迁再拜言少卿足下”及结语“书不能悉意，略陈固陋，谨再拜”，使我们了解到私人信函文字的用语格式。官文书因其关乎礼制典章，故较早受到学者重视。《独断》即是把官文书作为礼制的重要组成部分来看待的。《南齐书·礼志上》谓：“汉初叔孙通制汉礼，而班固之志不载，及至东京，太尉胡广撰《旧仪》，左中郎蔡邕造《独断》，应劭、蔡质咸缀识时事，而司马彪之书不取。”[③]《四库全书总目》谓：“是书于礼制多信《礼记》，不从《周官》。”[④]可见，《独断》是一部论述礼制典章的著作，殆无异议。前章我们在论述先秦文体时已指出儒家礼教与文体生成之关系，认为语言文字形式一定之体的渐次生成，是在社会生活中礼的学习和实践中达成的，《独断》对公文之论述则又是一例。《独断》将天子独用之文体分为四种：“一曰策书，二曰制书，三曰诏书，四曰戒书。”并解释曰：

> 策书，策者，简也。《礼》曰：“不满百丈，不书于策。”其制长二尺，短者半之，其次一长一短，两编，下附篆书，起年月日，称“皇帝曰”，以命诸侯王、三公。其诸侯王、三公之薨于位者，亦以策书诔谥其行而赐之，如诸侯之策。三公以罪免，亦赐策，文体如上策而隶书，以尺一木两行，唯此为异者也。
>
> 制书，帝者制度之命也。其文曰“制诏三公”，赦令、牍令之属是也。刺史太守相劾奏申，下土迁书，文亦如之。其征为九卿，若迁京师近官，

① 周勋初：《中国文学批评小史》，《周勋初文集》第二卷，第 180 页。

② 跃进：《〈独断〉与秦汉文体研究》，《文学遗产》2002 年第 5 期。

③ 萧子显：《南齐书》，北京：中华书局，1987 年，第 117 页。

④ 永瑢等：《四库全书总目》，北京：中华书局，1983 年，第 1015 页。

则言官具言姓名；其免若得罪，无姓。凡制书有印，使符下，远近皆玺封；尚书令印重封；唯赦令、赎令，召三公诣朝堂受制书，司徒令印封，露布下州郡。

诏书者，诏诰也，有三品。其文曰：“告某官；官如故事”，是为诏书。群臣有所奏请，尚书令奏之，下有“制曰：‘天子答之曰可’，若‘下某官’”云云，亦曰诏书。群臣有所奏请，无尚书令奏“制”之字，则答曰“已奏如书，本官下至所当至”，亦曰诏。

戒书，戒敕刺史太守及三边营官，被敕文曰“有诏敕某官”，是为戒敕也，世皆名此为策书，失之远矣。①

又称“凡群臣上书于天子者有四名：一曰章，二曰奏，三曰表，四曰驳议”，并分述如下：

章者，需头，称“稽首上书”，谢恩，陈事，诣阙通者也。

奏者，亦需头，其京师官但言“稽首”，下言“稽首以闻”。其中者所请若罪法劾案，公府送御史台，公卿校尉送谒者台也。

表者，不需头，上言“臣某言”；下言“臣某诚惶诚恐，顿首顿首，死罪死罪”；左方下附曰“某官臣某甲上”。文多用编两行，文少以五行。诣尚书通者也。公卿校尉诸将不言姓，大夫以下有同姓官别者言姓。章曰报闻，公卿使谒者将大夫以下至吏民，尚书左丞奏闻报可，表文报已奏如书。凡章表皆启封，其言密事，得皂囊盛。

其有疑事，公卿百官会议，若台阁有所正处而独执异议者，曰驳议。驳议曰：“某官甲议以为如是”，下言“臣愚憨议异”；其非驳议，不言“议异”；其合于上意者，文报曰“某官某甲议可”。

论及诏令章奏之用途，施用对象和范围，书写材料的形制、书体、封印以及文书的运行和传递，这些，我们不拟理论。其可注意者乃对用语和程式之语言形制方面的描述。

---

① 引文据上海古籍出版社 1990 年影印《四库全书》本，第 3-4 页。标点为笔者参考各种文本所加，下引同。

在用语格式结构上，汉代的官文书已形成一套相对稳定的规范。策书起首为年月日，称“皇帝曰”；制书起首作“制诏三公”；诏书则可依其用语分为三种情况；戒书则有“有诏敕某官”的专用语；章在开头皆有“稽首上书”之语；奏起首言“稽首”，结尾言“稽首以闻”；表起首言“臣某言”，结尾时言“臣某诚惶诚恐，顿首顿首，死罪死罪”，左方下附以“某官臣某甲上”；驳议开头言“某官甲议以为如是”，结尾言“臣愚憨议异”。据汪桂海先生《汉代官文书制度》一书的研究，汉代的章奏文书在结构上也大致定型。第一部分为奏文日期，均按年、月、朔日、日数（以数字记日）、日子（以干支记日）的顺序。第二部分是上书者的官爵身份与名字，接在上书者名字之后的是“昧死再拜上疏皇帝陛下”或“稽首再拜皇帝陛下”“稽首言”“顿首死罪上尚书”这类的话。再下面一部分是奏章的主题内容，即正文。正文之后是结束语。常见的如西汉时曰“臣某昧死再拜以闻皇帝陛下”，东汉时曰“臣某愚憨，诚惶诚恐，顿首顿首，死罪死罪，稽首以闻”，“臣顿首死罪，稽首再拜以闻”等。[①]汉代官文书在用语格式结构方面的特征不仅在史传的记载中可以得到证明，在出土的碑铭和简帛中也可以得到印证。高文先生曾指出：“汉碑中还保存了汉代文书的体裁格式，如《礼器碑》、《史晨碑》及《乙瑛碑》等皆是。《乙瑛碑》的碑文主要分三部分：即（一）三公上奏天子；（二）朝廷下郡国；（三）郡国上奏朝廷。历代公文中，每说一事，再三重复，抄录原文。这种格式，汉时已经形成，以后成为定例。”[②]

在行文及语体风格上，汉代的官文书亦逐渐形成自身突出的特点。皮锡瑞《经学通论》谓汉代“君之诏旨，臣之章奏，无不先引经义”[③]。这种现象与汉武帝的“罢黜百家，表章六经”有极为密切的关系。《汉书·严助传》载，武帝赐书于严助，令其上奏章报告情况，并要求他上奏时“具以《春秋》对，毋以苏秦纵横”。[④]故武帝后之官文书，一改文、景时贾谊、晁错为代表的纵横家作风。《文心雕龙·诏策》谓：“观文景以前，诏体浮杂。武帝崇儒，选言弘奥。策封三王，文同训典；劝戒渊雅，垂范后代。”说的就是这一情况。据汪

① 汪桂海：《汉代官文书制度》，第45-46页。

② 高文：《汉碑集释》，开封：河南大学出版社，1997年修订本，“前言”，第4页。

③ 皮锡瑞：《经学通论》，北京：中华书局，1982年，第1页。

④ 班固：《汉书》，第2775-2791页。

桂海先生的《汉代官文书制度》对《汉书》诸帝纪引用经传语辞的诏书统计，“此类诏书计有二十五件，在这些诏书中引用《尚书》十五次（包括同一诏书里多次引用），《诗经》（包括逸《诗》）十一次，《周易》两次，《论语》八次，合计在二十五件诏书中引经传三十六次之多”[①]。至东汉，朝廷公文大抵亦因循陈规，但渐趋骈化，多以四言为主，间或杂以散句。左雄可为代表，《后汉书》本传谓其“每有章表奏议，台阁以为故事”[②]。

诏令类文书中的策书和制书，“似与《尚书》所谓‘命’或西周金文所载册命之辞属于同一类”；而诏书，“也与《尚书》所谓‘训’、‘诰’有渊源关系”；“‘戒敕’与商周时期的‘戒’也有关系”。[③]据《史记·秦始皇本纪》记载，秦统一六国后，将“命”改称为“制”，“令”改称为“诏”。汉代将诏令类文书分为策书、制书、诏书、戒敕，章奏类文书分为章、奏、表、驳议，一般认为是汉高祖时叔孙通定仪则的结果。蔡邕的《独断》对官文书体式的总结和阐释，标志着诏令、章奏等凝固着特定内容的朝廷专用文书，由先秦至两汉，其内在形式已逐渐外化而成为相对稳定的形态规格，趋向于程式化、公式化，从而在用语格式结构上确立起一套体式规范。

“公文之要，首在辨体”，“每体各有一定之格律，凛然不相侵犯”。[④]公文之体式规范极为严格，如果说文学文体的规范具有某种程度的隐匿性、潜在性，那么公文的文体规范则具有明确性、强制性。汉人的“文章”概念涵盖了文学文体和应用文体，而文体体制体式观念的产生和文体规范的建立，正是在应用文体中得以明确的。“文体”概念的正式提出最初也是局限在指导应用文体写作的文章学意义上。

蔡邕在《独断》中即运用了“文体”一词，论策书时曰“文体如上策而隶书”，此“文体”即指策书之用语格式。既谓“如上策而隶书”，则“文体”不可能指书体，其下又谓“以尺一木两行，唯此为异者也”，则又决非指书写材料之形制。《独断》中出现的这一“文体”，似是最早出现的较为接近今天意义

① 汪桂海：《汉代官文书制度》，第 90 页。

② 范晔：《后汉书》，北京：中华书局，1991 年，第 2022 页。

③ 李零：《简帛古书与学术源流》，北京：生活·读书·新知三联书店，2004 年，第 69 页。

④ 徐望之：《公牍通论》，第 35 页。

上的“文体”概念语词[①]。

用语格式不仅是官文书所应遵守的体式规范，亦是其他一些文体的形式表征。如连珠体每章起句往往是用“臣闻”“盖闻”“窃闻”“常闻”“妾闻”等固定用语，而诔文每章则往往以“呜呼哀哉”收尾。从用语格式结构之程式规格来说明文类的特点，似乎比较机械，但它毕竟从语言体制上树立起“文体”的概念，毕竟是从形态上明确论文体的开始。我以为，蔡邕《独断》的理论价值或许正体现在这里。

《后汉书·左雄传》载雄上书言：“自今孝廉年不满四十，不得察举，皆先诣公府，诸生试家法，文吏课笺奏。”[②]《后汉书·灵帝纪》光和元年二月“始置鸿都门学生”条李贤注曰：“鸿都，门名也，于内置学。时其中诸生，皆敕州、郡、三公举召能为尺牍辞赋及工书鸟篆者相课试，至千人焉。”[③]故《文心

---

① 王常新《中国古代文体学思想》(《华中师范大学学报（哲社版）》1991年第2期）一文认为，“文体”一词最早见于汉代贾谊的《新书·道术》，语谓：“动有文体谓之礼，反礼为滥。”在这里，“文体”指的是文雅有节的体态。后来王充的《论衡·正说》谈道：“夫经之有篇也，犹有章句也，有章句犹有文字也。文字有意以立句，句有数以连章，章有体以成篇，篇则章句之大者也。”这里的“体”，指的是段落根据文体而成篇，也就是我们这里讲的“文体”。颜昆阳《六朝文学观念丛论》(见该书附录，第360页）一书中指出：“体”即“文体”。“体”字之用于文学理论，而作“文体”解者，较早的史料应推东汉扬雄《法言·问神篇》：“惟圣人得言之解，得书之体”；所谓“书”即指以文字写成之作品，“得书之体”即能掌握最正当之文体。李士彪《魏晋南北朝文体学》(见该书绪论，第5页）一书认为：“文体”作为一个词语，汉代已有之，始见于西汉贾谊《新书·道术》：“动有文体谓之礼，反礼为滥。”此处“文体”是指礼节、服饰，和本书讨论的文体没有关系。《北堂书钞》卷九十九引东汉卢植《郦文胜诔》：“自龀未成童，著书十余箱，文体思奥，烂有文章。”这里的“文体”已指文章之体，具体指文章风格。按：王说举《论衡》例，“体”字似指文章之语言结构组织，接近于文章学意义上之“文体”概念。颜说举《法言》例，“体”字联系上文“言不能达其心，书不能达其言，难矣哉！惟圣人得言之解，得书之体”来看，似从《易·系辞》“书不尽言，言不尽意”角度立论，若释为“文体”较勉强。王、颜皆举单字之“体”，姑勿论。李说举卢植《郦文胜诔》例，“文体思奥，烂有文章”为对言，此“文体”似指文章之情思义理。《文心雕龙·杂文》中“蔡邕释诲，体奥而文炳”，略与卢植句同，所谓“体奥”即指文章之情思义理深奥隐复。“文体”与“文章”，“体”与“文”并举，大概相当于内容与形式或结构与文采。故卢植之“文体”若径理解为“文章风格”，似有未安处。卢植与蔡邕为同时代人，两人曾同在东观撰著，同卒于初平三年（192）。

② 范晔：《后汉书》，第2020页。

③ 范晔：《后汉书》，第340-341页。

雕龙·章表》曰："及后汉察举，必试章奏。"可见，章、表、奏、议等官文书为汉代官吏们的基本课程，蔡邕的《独断》大概亦意在为人们学习写作这些官家文书提供一范式。而不同文类各有一定之体的观念在人们的写作学习和实践中想必会更加明确强化，用语格式结构的强制性规定则标志着作为语言体式规范的"文体"概念业已生成。

第三节　汉代的文体观念

除《汉书·艺文志》和蔡邕《独断》对文体问题的论述较为集中外，汉人对文体的认识和观念，则大多散见于对诗、骚、赋等文类作品的具体评论之中，以及对"文""文章"概念构成的阐释说明之中，琐碎而难以见出其系统。倒是汉人在创作实践中往往流露出他们的文体意识，如果将其与汉人文论结合起来考察，我们大概可以勾勒出汉人文体观念的轮廓，并能给以初步的评价。

一

汉人创作中与文体观念相关联的一个重要现象便是四言雅颂体正体地位的确立及其在诸种文体中的渗透。

四言体是《诗经》中运用的主要句式。葛晓音先生说："四言在先秦时代，并不是诗歌专有的句式。那么为什么它会从《诗经》开始，成为秦汉诗歌的一种主要体裁呢？"葛先生认为："早期诗文具有某些共通之处，早期诗歌没有形成稳定的诗化四言句式，即《诗经》中的某些四言句式从句法特点看保留着先秦一般散文的构句方法，从而决定了早期四言句的散文本质；四言的诗化主要是通过建构一批典型的句式来完成的，而句式的序列规律是四言诗化的一条重要途径；四言体中有相当一部分是三言加'兮'的形式，只要把这些句子和节奏延长一倍，即可构成楚辞句式，而四言的赋化趋势也与辞赋的产生有着密切的关系。"[①]也就是说，四言体从句式语法上说，在不同的文体中各有不同

① 葛晓音：《四言体的形成及其与辞赋的关系》，《中国社会科学》2002年第6期。

的结构形式，诗、骚、赋之句式皆由早期散文性质的四言句进化而来。问题是，诚如葛晓音先生所说："《诗经》四言的典型句式取决于春秋前以单音词为主的语汇特点。到汉代汉语结构发生了明显的变化，四言诗虽然已经以双音词为主体，但仍然袭用《诗经》的典型句式，这样就不得不使用《诗经》式的语汇，特别是雅颂体。"①

四言体是汉代最为正统的诗体，庙堂颂歌绝大多数为四言体，文人创作亦大多采用四言体，且多模拟《诗经》之雅颂体。我们知道，语言的发展是文体变革最为重要的动因。若就这一点来说，汉语词汇在汉代发生了明显的变化，双音节词大量产生，四言体明显不适应语言的发展，起自民间的五言体应该迅速成为文人们所掌握的主要语言体式，但西汉初期以迄东汉中叶，文人们却很少创作五言诗，或是即使创作了也羞于著名。挚虞《文章流别论》曰："五言者，'谁谓雀无角，何以穿我屋'之属是也。于俳谐倡乐多用之。"②《文心雕龙·明诗》谓："汉初四言，韦孟首唱，匡谏之义，继轨周人。孝武爱文，柏梁列韵，严马之徒，属辞无方。至成帝品录，三百余篇，朝章国采，亦云周备；而辞人遗翰，莫见五言，所以李陵班婕妤，见疑于后代也。"黄侃《文心雕龙札记》释曰："此以当世文士不为五言，并疑乐府歌诗亦无五言也。"③詹锳先生《文心雕龙义证》引赵翼《陔余丛考》卷二十三《五言诗》曰："《文心雕龙》曰：汉成帝品录，三百余篇，不见有五言。盖在西汉时，五言犹是创体，故甄录未及也。"又引《文心雕龙》范文澜注曰："彦和之意，似谓三百余篇中不见著名文士作五言诗，非谓三百余篇无一五言诗也。采自民间之歌谣，非辞人所作，而尽多五言，彦和殆未尝疑之也。"詹先生则认为："因为五言诗起自民间，歌谣乐府用五言的比较多。文人学士每每不重视这种新体，纵然有人作，也不自居其名。"④可见四言正体的观念在汉代文人心中根深蒂固，一定程度上限制了五言诗的发展。不仅如此，四言体还向其他文类渗透泛滥。倪其心先

① 葛晓音：《四言体的形成及其与辞赋的关系》，《中国社会科学》2002年第6期。

② 严可均辑：《全梁文》卷七七，《全上古三代秦汉三国六朝文》，北京：中华书局，1985年，第1905页。本书引用严可均所辑此书文本甚夥，后引不再一一出注，随文揭示篇名和卷次。

③ 黄侃：《文心雕龙札记》，上海：华东师范大学出版社，1996年，第35页。

④ 刘勰著，詹锳义证：《文心雕龙义证》，上海：上海古籍出版社，1989年，第185页。

生在《汉代诗歌新论》一书中说："四言诗在汉代始终居有正统雅诗地位，因而四言这一体裁和修辞形式也在社会交际上，尤其在文学上有着雅辞体类的地位。如果把四言诗在汉代的应用范围，进行一番实际考察，不拘泥于标题为'诗'或'歌'的作品，而扩大到运用四言文体的各类作品，以及运用四言句式作为主要修辞的各类作品，那么不难发现，四言诗歌在汉代发生了异化的演变。所谓'异化'，是指四言诗歌变为四言的其他文体，实质是四言的韵文韵语，大多属于应用文体。具体地说，汉代四言诗歌的异化，主要是在实际应用中促成三类不同的现象：一是形成了颂、赞、铭、箴等专类应用的四言韵文；二是导致了大量民间谚语采取四言韵语形式；三是影响到辞赋创作中大量运用四言骈语韵句。"[①]虽然同是使用四言句式，但在不同的文类中，有些四言句式已悄然改变了自己的语法结构，我们不能简单地对各类文体中的四言体等量齐观，但不容置疑的是，四言体在汉代的广泛运用尽管一定程度上是语言节奏的惯性使然（人们要改变一种写作语言和节奏需要相当长的历史时间），但实质上更是人们自觉摹拟《诗经》特别是四言雅颂体所导致的结果，是文学和文体观念使然。

两汉文学理论之正统乃儒家诗教说，诗教说由先秦发展而来。先秦说《诗》已重诗之伦理教化功用，汉代至《诗经》被经典化、意识形态化之后，则《诗》不仅被奉为创作效仿的对象，而且被奉为衡量各类文体的标准和规范。创作上，像韦孟的《讽谏诗》、韦玄成的《自劾诗》和《诫子孙诗》、傅毅的《迪志诗》等文人四言诗，不仅体现了"经夫妇、成孝敬、厚人伦、美教化、移风俗"（《毛诗序》）[②]、"顺美匡恶"（《诗谱序》）[③]的"讽谏""美刺"的诗歌教化功用说，而且在语言形式上亦以《诗经》为范式，拘守四言体裁，语言古奥典雅。四言诗成为一个框框，成为一套固定的规范模式。在这套规范模式里，没有为作者的主观创造留下过多的空间，因之后人往往指斥汉诗之概念化、公式化之倾向。在汉人的观念里，思想内容的雅正和语言体式的规范是密不可分的。虽然此规范从属于其思想内容，但语言体式规范一经确立，便逐渐凝固硬化而为相对独立的稳定的文体模式，并为人们所习惯、所掌握，发展而为人们的一种

① 倪其心：《汉代诗歌新论》，南昌：百花洲文艺出版社，1992年，第61-62页。

② 阮元校刻：《十三经注疏》上，第270页。

③ 阮元校刻：《十三经注疏》上，第262页。

写作节奏和语感，在不同的文体中自觉不自觉地流露出来。尽管随着社会和语言的变化，四言雅颂体也在改变着自己的结构，也在不断地变异和发展，但毕竟需要一个相当长的历史过程。而人们观念的转变同样也需要相当长的历史过程。即使是在五言诗已大行其时的魏晋之后，仍有人持四言正体的看法。挚虞《文章流别论》就说："然则雅音之韵，四言为正；其余虽备曲折之体，而非音之正也。"（《全晋文》卷七七）

创作中率由《诗经》旧章，四言雅颂体被立为正体并向其他文类渗透延伸。相应的，在论文上，汉人衡量各体创作亦以《诗》之义为依归。汉人论骚、论赋，并以《诗》为立论之基点、考察评价之标准。司马迁引淮南王刘安说："《国风》好色而不淫，《小雅》怨诽而不乱。若《离骚》者，可谓兼之矣。"（《史记·屈原贾生列传》）[①]班固一方面说："谓之兼《诗》风雅，而与日月争光，过矣！"（《离骚序》）一方面说屈原之作"有恻隐古诗之义"（《汉书·艺文志》）。[②]王逸说屈原"独依《诗》人之义，而作《离骚》，上以讽谏，下以自慰"（《楚辞章句序》）。不管对骚之评价如何，皆以《诗》为准的。司马迁评司马相如："相如虽多虚辞滥说，然其要归引之节俭，此与《诗》之风谏何异。"（《史记·司马相如列传》）[③]班固谓汉赋"或以抒下情而通讽谕，或以宣上德而尽忠孝，雍容揄扬，著于后抑亦《雅》、《颂》之亚也"（《两都赋序》）。汉宣帝谓"辞赋大者与古《诗》同义，小者辩丽可喜"（《汉书·王褒传》引）。[④]说赋同样是方之以《诗》。诗教说延伸至对骚、赋之论说，而论骚、论赋实以《诗》之讽谏、美刺衡之。诗、骚、赋在今人看来本为不相同的文体，却被放在以《诗》为源的同一序列中。《汉书·艺文志》"诗赋略"总序，体现的也是同样的思想观念。可见，在文学功用说的前提下，不同的文体被同一化了。如汉人之所以赋颂不分，[⑤]大概也是着眼于赋之"颂美"的功用。又如《论衡·对作》曰："上书奏记，陈列便宜，皆欲辅政。今作书者，犹上书奏记，说发胸臆，文成

---

① 司马迁：《史记》，北京：中华书局，1982年，第2482页。

② 班固：《汉书》，第1756页。

③ 司马迁：《史记》，第3073页。

④ 班固：《汉书》，第2829页。

⑤ 可参考万光治《汉赋通论》（第79-86页）一书中的有关论述，以及李士彪《魏晋南北朝文体学》（第8-10页）一书中的有关论述。

手中，其实一也。夫上书谓之奏，奏记转易其名谓之书。建初孟年，中州颇歉，颍川、汝南民流四散，圣主忧怀，诏书数至。《论衡》之人，奏记郡守，宜禁奢侈，以备困乏。言不纳用，退题记草，名曰《备乏》。酒縻五谷，生起盗贼，沉湎饮酒，盗贼不绝，奏记郡守，禁民酒。退题记草，名曰《禁酒》，由此言之，夫作书者，上书奏记之文也。”[①]于迎春先生在《汉代文人与文学观念的演进》一书中引此段文字后说：“著论成了与章记奏疏实同末异并且可以轻易转化之物，在写作动机和文章功用同一的前提下，不同文体之间的差别就被淡化、甚至取消了。”[②]文体之异，着眼于其外形、规格，而没有深入到文体的内部特质。

四言雅颂体正体地位的确立，一定程度上成为文体发展的阻力；“正体”观念的产生，也与中国古代文体论中轻视民间文类和后起文类的倾向关系至为密切。[③]四言雅颂体在各体文类中的渗透，又一定程度上使各类文体的语体特征变得模糊，从而在语言风格上缺乏个性。诗教说和文学功用说的弥漫，可以说漠视和忽略了各类文体本应各不相同的表达功能。如此看来，汉人并未能清晰地认识到不同文体各自在艺术上所应具有的特点。

二

汉人创作中另一个值得重视的现象是摹拟文风的盛行。

关于汉代之摹拟文风，今人已有很好的论述。[④]其可论者，是摹拟文风与汉人文体观念间之关系。

“摹拟作为一种较为普遍的风气，实形成于汉代，其文学样式主要

---

① 王充著，黄晖校释：《论衡校释》，北京：中华书局，1990年，第1181-1182页。

② 于迎春：《汉代文人与文学观念的演进》，北京：东方出版社，1997年，第147-148页。

③ 四言是正体，五言、七言等后起的、起于民间的诗体便被视为“俗体”，西晋的挚虞持这种观点。文中已引，不赘。西晋的傅毅也持这种观点。其《拟四愁诗序》云：“张平子作《四愁诗》，体小而俗，七言类也。”可见，他认为七言“体小而俗”。直至南朝，刘勰仍在《文心雕龙·明诗》中说：“四言正体，则雅润为本；五言流调，则清丽居宗。”后来文体论中有关文体的雅俗、正变的论述渐多。吴承学在《从破体为文看古人审美的价值取向》一文中对此问题有所论及，可参看。文收入吴承学《中国古典文学风格学》（第117-132页）。

④ 周勋初：《王充与两汉文风》，《文史探微》，上海：上海古籍出版社，1987年。

是赋。”[1]汉代骚、赋不分，汉人最先摹仿的是骚。王逸《楚辞章句·九辩序》说：“宋玉者，屈原弟子也，闵惜其师忠而放逐，故作《九辩》以述其志。至于汉兴，刘向、王褒之徒，感悲其文，依而作词，故号为《楚词》。”所谓“楚词”是由摹拟屈原作品而来，《楚词》是由摹拟屈原的系列作品集合而成。《文选》有“骚”类。赋中之摹拟现象最为突出的是“七”系列作品的出现。晋傅玄曾编有《七林》，其《七谟序》曰：“昔枚乘作《七发》，而属文之士，若傅毅、刘广世、崔骃、李尤、桓麟、崔琦、刘梁、桓彬之徒，承其流而作之者纷焉：《七激》、《七兴》、《七依》、《七款》、《七说》、《七蠲》、《七举》、《七设》之篇。于是通儒大才马季长、张平子，亦引其源而广之。马作《七厉》，张造《七辨》。或以恢大道而导幽滞，或以黜瑰奓而托讽咏，扬辉播烈，垂于后世者，凡十有余篇。自大魏英贤迭作，有陈王《七启》、王氏《七释》、扬氏《七训》、刘氏《七华》、从父侍中《七诲》，并陵前而邈后，扬清风于儒林，亦数篇焉。”（《全晋文》卷四六）《文选》有“七”类（《文心雕龙》列入“杂文”）。此外，有东方朔《答客难》、扬雄《解嘲》和《解难》、班固《答宾戏》、崔骃《达旨》、张衡《应间》、侯瑾《应宾难》、崔寔《答讥》、蔡邕《释诲》等系列作品出现，《文选》有“设论”类（《文心雕龙》列入“杂文”）。还有司马相如《封禅书》、扬雄《剧秦美新》、班固《典引》系列作品出现，《文选》有“符命”类（《文心雕龙》为“封禅”）。

摹拟作品的出现，大概最初是受古人作品志意和人格的感发。汉代摹仿屈原的作品，相当多的是因追悯其人而作，怜其“信而见疑，忠而被谤”，悲其人其文依而作词。《文心雕龙·时序》谓：“爰自汉室，迄至成、哀，虽世渐百龄，辞人九变，而大抵所归，祖述楚辞，灵均余影，于是乎在。”“灵均余影”确是传神之语。摹拟作品亦有因对前人之作不满而意欲回应而作。如班固《答宾戏》乃回应东方朔《答客难》、扬雄《解难》《解嘲》而作；蔡邕《释诲》，乃是在东方朔、扬雄、班固及崔骃之作的基础上“斟酌群言，韪其是而矫其非”而作。汉代摹拟文学的大师是扬雄，《汉书·扬雄传》赞曰：“实好古而乐道，其意欲求文章成名于后世，以为经莫大于《易》，故作《太玄》；传莫大于《论语》；作《法言》；史篇莫善于《仓颉》，作《训纂》；箴莫善于《虞箴》，作《州

① 张伯伟：《中国古代文学批评方法研究》，北京：中华书局，2002年，第129页。

箴》；赋莫深于《离骚》，反而广之；辞莫丽于相如，作四赋。皆斟酌其本，相与仿依而驰骋云。”[①]扬雄可以说是自觉地模仿古人，以经典为范式进行创作。《汉书·扬雄传》说：“顾尝好辞赋。先是时，蜀有司马相如，作赋甚弘丽温雅，雄心壮之，每作赋，常拟之以为式。”桓谭的《新论》载：“扬子云工于赋，王君大习兵器。余欲从二子学。子云曰：‘能读千赋则善赋。’君大曰：‘能观千剑则晓剑。’”（《全后汉文》卷一五）扬雄的摹拟，虽说本意是为了比肩于古人，垂名于后世，但从这两则材料来看，也可以说是学习写作的需要。汉人摹拟文风的成因，固然与汉代经学墨守家法、师法的风气有关。但从写作的角度来说，“因为这本来是一种主要的学习属文的方法，正如我们现在的临帖学书一样。前人的诗文是标准的范本，要用心从里面揣摩，模仿，以求得其神似。所以一篇有名的文字，以后寻常有好些人底类似的作品出现，这都是模仿的结果”[②]。而类似的作品群体的出现，说明文章的某些特点在写作实践中反复出现，并被人们所遵从，意味着其形态体式逐渐趋于稳定，人们的文体意识也由不自觉走向自觉。汉代人的模拟作品系列至魏晋后开始被冠以类名，其文体意识才上升而为理论形态。

摹拟体现在作品的标题、程式、结构、技巧、语体、题材等多个方面。而这些因素都是构成文体的有机组成部分，在某一文类中，往往是其中一个或几个因素得到强调或凸显，甚至成为文体据以命名的根据。而这些因素中的一个或几个在摹仿过程中不断被人们所意识、所强化，进而成为作者在写作时一种内在的预设模式，成为一种被大家所遵守的体式规范，成为引导读者的一种阅读期待，也就表明一种文体的成熟和稳定，也就说明人们对某一文类有了明确的观念和认识。如“七”，西汉枚乘《七发》首发其端，人们似乎也并未将其看作一种文体，而到东汉之后，随着拟作的大量出现，其体制体式也渐趋稳固，因循而成定体。如摹拟《七发》的作品，在标题上，都冠以“七”；在结构程式上，都设主客之问，敷列七事。这是“七”系列作品最为稳固的凸显的形态特征，至于技巧、语体、题材等方面亦有共同之趋向（但不足以成为区别其他非“七”类赋体作品的显豁特征）。“七”之立体，实缘于此。章学诚《文

① 班固：《汉书》，第3583页。

② 王瑶：《拟古与伪作》，《中古文学史论集》，上海：上海古籍出版社，1982年，第73页。

史通义·诗教下》曰："《七林》之文，皆设问也。今以枚生发问有七，而遂标为七，则《九歌》、《九章》、《九辨》，亦可标为九乎？"[①]章氏对《文选》以"七"标目颇不以为然。实则以"七"为文章体类不自《文选》始，乃魏晋以来人的一般看法。[②]同样的，章氏对《文选》别立"符命"亦深不以为是，他说："若夫《封禅》、《美新》、《典引》，皆颂也。称符命以颂功德，而别类其体为符命，则王子渊以圣主得贤臣而颂嘉会，亦当别类其体为主臣矣。"章学诚认为："况文集所裒，体制非一，命意各殊，不深求其意指之所出，而欲强以篇题形貌相拘哉！"章氏以为汉代的摹拟作品系列不当单独立体而聚类区分，萧统的分类是"拘形貌之弊"。章氏的立场本书不拟深究，但他揭示了一个历史事实，即魏晋以后，人们之所以将汉代的这些摹拟作品系列总以类名，是因为拘于形貌，也就是说，是因为它们形态体貌等语言体式方面的相同或相类。我以为，汉人虽未明确将这些摹拟作品系列从赋的大类中判离出来，但在摹拟写作的过程中，以语言体式为规范的文体意识正强烈地酝酿成熟，但尚未发展至理论概括的阶段而已。

蔡邕《独断》明确地从用语程式结构来说明官文书之语言体式特点，只不过因为公文在此方面的文体规范更为严格，显现得更为鲜明，而较早出现有系统的论述。与汉人在摹拟写作中体现出的文体意识，虽然表现形态不同，但其思想实质是相同相通的，语言体式规范的"文体"概念似已深入人心。

宋洪迈《容斋随笔》卷七曰："枚乘作《七发》，创意造端，丽旨腴词，上薄《骚》些，盖文章领袖，故为可喜。其后继之者，如傅毅《七激》、张衡《七辩》、崔骃《七依》、马融《七广》、曹植《七启》、王粲《七释》、张协《七命》之类，规仿太切，了无新意。傅玄又集之以为《七林》，使人读未终篇，往往弃诸几格。"又曰："东方朔《答客难》，自是文中杰出，扬雄拟之为《解嘲》。尚有驰骋自得之妙。至于崔骃《达旨》、班固《宾戏》、张衡《应闲》，皆屋下架屋，章摹句写，其病与《七林》同。"[③]洪迈的说法，想必会被我们今天人所认同。"规仿太切""章摹句写"，可以说直指摹拟文风之弊端。确实，通过摹拟即所谓"规仿太切"和"章摹句写"，汉人树立起了语言体式规范的"文体"

① 章学诚著，叶瑛校注：《文史通义校注》，第 81 页。

② 钱钟书：《管锥编》第三册，第 904 页。

③ 洪迈：《容斋随笔》，上海：上海古籍出版社，1996 年，第 88 页。

观念，但法度过于森严，而成死法；规范过于僵硬，几成公式。某种程度上说，汉人对语言体式的理解较为机械，仍然停留在文章学的层面上，而较少涉及其艺术特点和风貌。王充《论衡·正说》云："文字有意以立句，句有数以连章，章有体以成篇，篇则章句之大者也。"又云："故圣人作经，贤者作书，义穷理竟，文辞备足，则为篇矣。其立篇也，种类相从，科条相附。殊种异类，论说不同，更别为篇。意异则文殊，事改则篇更，据事意作。"[①]事意的不同，决定了结构篇章等语言形制和体式的不同。汉人对文体的认识是平面化的，没有个性的闪耀，没有情感的流露，没有艺术形象的呈现，语言体式只不过是一个僵硬的躯壳，是程式化、概念化语言的有序堆积。汉人的"文体"概念，虽已能在文章的形式表层区分不同的文类，但还没有深入到其内在的深层结构，因而缺乏文学的意味。

三

汉人在辞赋创作中对"丽"的追求及其相关之理论表述，同样是我们据以考察汉代文体观念的一个重要方面。

赋之艺术特点，似已被汉人所体认。魏晋南北朝人对赋之理论概括，曹丕《典论·论文》所谓"丽"，陆机《文赋》所谓"体物而浏亮"，刘勰《文心雕龙·诠赋》所谓"铺采摛文，体物写志"，这些论点实质上皆由汉人之赋论发展而来，有些概念甚至是直承汉人。

"丽"之概念即为汉人所拈出。《史记·太史公自序》谓："《子虚》之事，《大人》赋说，靡丽多夸。"[②]《汉书·扬雄传》载："雄以为赋者，将以风也，必推类而言，极丽靡之辞，闳侈钜衍，竞于使人不能加也。"[③]扬雄《法言·吾子》云："诗人之赋丽以则，辞人之赋丽以淫。"[④]王充《论衡·定贤》云："以敏于赋颂，为弘丽之文为贤乎？则夫司马长卿、扬子云是也。文丽而务巨，言眇而趋深，然而不能处定是非，辨然否之实。"[⑤]赋之特征为"丽"，似为汉人

① 王充著，黄晖校释：《论衡校释》，第 1129、1131 页。

② 司马迁：《史记》，第 3317 页。

③ 班固：《汉书》，第 3575 页。

④ 扬雄著，汪荣宝义疏：《法言义疏》，北京：中华书局，1987 年，第 49 页。

⑤ 王充著，黄晖校释：《论衡校释》，第 1117 页。

之共同体认。关于“丽”之具体表现，詹福瑞先生说：“所谓‘丽’对于赋来说主要是指描写物象和文辞华美。”[①]赋之丽不外是铺陈写物与铺采摛文，铺陈罗列大量同类物象，并极尽刻画渲染之能事。汉大赋的这个特点，文学史研究者多已论及，倒是汉语史研究者的研究和结论更为实在。徐朝华先生在《上古汉语词汇史》一书中指出，汉赋的语汇特点主要有二：一是“记录了大量动植物等的名称，起了汇集类词的作用”；二是“创造了大量新的形容词性词语”。如司马相如《上林赋》中出现的水果名称系列词语就近20个，野兽名称的系列词语也近20个，形容水的新词语就有近10个。[②]同类物象名词的运用，体现了汉大赋铺陈写物的特点，为了描写这些物象而大量使用形容词，甚至是新造形容词，确实可以说是铺采摛文了。物类的丰富与绚烂多姿给人琳琅满目之感，汉赋文体特征的形成实缘于事类与物象的排比。汉人对此点似亦有相当之自觉。在拈出“丽”概念的同时，又拈出一“类”字。“类”字大概即指同类名词和形容词的大量罗列[③]。枚乘《七发》曰：“比物属事，离辞连类。”（《文选》卷三十四）司马相如《封禅文》曰：“厥之有章，不必谆谆，依类托寓，喻以封峦。”（《文选》卷四十八）《史记·屈原列传》曰：“举类迩而见义远。”[④]《史记·邹阳列传》曰：“邹阳辞虽不逊，然其比物连类，有足悲者。”[⑤]扬雄亦曰：

① 詹福瑞：《中古文学理论范畴》，保定：河北大学出版社，1997年，第89页。

② 徐朝华：《上古汉语词汇史》，北京：商务印书馆，2003年，第178-179页。

③ 钱钟书先生曰“邹阳乃从狱中上书”云云；《考证》：“真德秀曰：‘此篇用事太多，而文亦浸趋于偶俪’。”按真氏语本《朱子语类》卷一三九：“问：‘吕舍人言古文衰自谷永’。曰：‘何止谷永！邹阳《狱中书》已自皆作对子了’。”“偶俪”“对子”即司马迁所谓：“邹阳辞虽不逊，然其比物连类，有足悲者。”“比物连类”出《韩非子·难言》：“多言繁称，连类比物，则见以为虚而无用”；枚乘《七发》铺展为八字：“于是使博辩之士，原本山川，极命草木，比物属事，离辞连类。”《宋书·王微传》微奉答始兴王濬牋书，“辄饰以词采”，因与从弟僧绰书自解曰：“文词不怨思抑扬，则流澹无味；文好古贵能连类可悲，一往视之，如似多意”；“连类可悲”正用马迁此传语，“连类”即“词采”，偶俪之词，缛于散行，能使“意”寡而“视”之“如似多”也。钱先生说见《管锥编》第一册（北京：中华书局，1986年，第324页）。按：“类”不仅是罗列事类，而且有铺张偶俪之意，并与抒发情意有关。又《三国志·魏书·王粲传》裴松之注引鱼豢曰：“寻省往者鲁连邹阳之徒，援譬引类，以解缔结，诚彼时文辨之隽也。”亦可证。

④ 司马迁：《史记》，第2482页。

⑤ 司马迁：《史记》，第2478页。

"推类而言。"后来曹丕《答卞兰教》曰："赋者，言事类之附也。"(《三国志·魏书·后妃传》裴松之注引《魏略》)[①]《文心雕龙·诠赋》曰："相如《上林》，繁类以成艳。"可见，汉人实已触摸并意识到赋体之语言风貌、艺术手法及表现特点。赋这一文体的艺术形式特征在汉人的创作实践和评论中较为清晰地浮现出来了。

但汉大赋却是一种不和谐的文体，存在着尖锐的内在矛盾。詹福瑞先生说："以文章学的角度看，汉代的大赋明显存在着文义与文辞的矛盾，讹滥的文辞冲淡、甚至淹没了文义，造成了创作动机与文章效果截然相反的矛盾现象。"[②]汉人在赋的文体观念上确实是充满了矛盾，在拈出"丽"和"类"概念的同时，却往往因文学功用说的伴随而又对赋的形式特征予以限定，甚至是否定。司马迁说"丽"容易导致赋"虚辞滥说""靡丽多夸"，班固说"丽"容易使赋"没其讽谕之义"。王充《论衡·定贤》曰："以敏于赋颂，为弘丽之文为贤乎？则司马长卿、扬子云是也。文丽而务巨，言眇而趋深，然不能处定是非，辩然否之实，虽文如锦绣，深如河、汉，民不觉知是非之分，无益于弥为崇实之化。"[③]赋之"丽"，从实用角度看，也就没有了价值。扬雄大概是对赋之体式风貌与其功用功利间之矛盾体会最深的一位人物。《汉书·扬雄传》记："既乃归之于正，然览者已过矣。往时武帝好神仙，相如上《大人赋》，欲以风，帝反缥缥有陵云之志。由是言之，赋劝而不止，明矣。又颇似俳优淳于髡、优孟之徒，非法度所存，贤人君子诗赋之正也。"[④]赋的形式美感价值，在政教功用目的的权衡下被轻易地否定了。当然，赋作为一代文学之代表，毕竟还是培养了一代文人，即使在观念上拒斥它，但在创作中却还是不知不觉有着它的痕迹。徐复观先生曾经指出："扬雄中年后虽自悔作赋，但在作赋时对文句所用的功力既深，所以在写《太玄》写《法言》时，虽然力图摆脱赋体的铺排繁缛，但用奇字，造新句，不使稍近庸俗的文学家习性，依然发生主导的作用。因此，《法言》字句的结构长短，尽管与《论语》极为近似，但奇崛奥

① 陈寿：《三国志》，北京：中华书局，1982年，第158页。

② 詹福瑞：《汉大赋的内在矛盾与文士的尴尬》，《汉魏六朝文学论集》，保定：河北大学出版社，2001年，第283页。

③ 王充著，黄晖校释：《论衡校释》，第1117页。

④ 班固：《汉书》，第3575页。

衍的文体，与《论语》的文体，实形成两个不同的对极。若说《论语》的语言，给人以‘圆’的感觉，《法言》的语言，却与人以‘锐角’的感觉。”[①]这似乎从一个相反的方面说明了创作与观念间的脱节。扬雄身上典型地映照出汉人赋体观念的深层矛盾，所以他才能说出“诗人之赋丽以则，辞人之赋丽以淫”的话来。

概言之，汉人的赋作和赋论，似已接近赋自身之文学质素，但在功利主义诗教说的强大背景和根基上，又时时不忘对赋的艺术特点加以限定，甚至否定，表现出难以消解的矛盾。《汉书·艺文志》对赋的分类和辨析，同样如此（其序与对赋的具体分类和著录之间就存在矛盾，如本章第一节所述）。后来刘勰的赋论，试图对这种矛盾进行折中、调和，但亦并未形成明快、清晰的论说。[②]也许只有摆脱了文学功用说的羁绊，才能使赋之艺术表现功能得到真正的解放，才能真正从艺术形式上去探讨赋的文体特征。

四

从文体发展的实际状况来看，由西汉至东汉，包含在汉人“文章”概念范围内的体类名目渐多。范晔《后汉书》对众多传主所作文章类别进行了著录记载，近人薛凤昌在其《文体论》一书中对《后汉书》中所出现的文类名目予以总结说：“依所举者观之，辞赋之盛，几于无人不作；而文章的体制，亦渐有分别的端倪。自诗之外，如一赋、二颂、三诔、四弔、五铭、六赞、七书、八祝文、九哀辞、十连珠、十一碑、十二记、十三论、十四箴、十五策、十六七体、十七牋、十八奏、十九令、二十杂文。”[③]范晔《后汉书》所记之诸种文类，不可避免会带有一些南朝人对文章分类的观念和看法。但若说这些文类，从创作的角度来看，在汉代已正式形成和成熟，则应该是符合史实的。《文选》除

① 徐复观：《两汉思想史》第二卷，上海：华东师范大学出版社，2001 年，第 308 页。

② 刘勰在《文心雕龙》中对赋之评价充满歧异。《诠赋》篇多从正面给以积极之评价。而其他篇，如《宗经》：“楚艳汉侈，流弊不还”；《杂文》：“虽始之以淫侈，而终之以居正，然讽一劝百，势不自反”；《情采》：“辞人赋颂，为文而造情”，“远弃《风》、《雅》，近师辞赋，故体情之制日疏，逐文之篇愈盛”。则往往视汉赋为讹滥文风之源。故学者多谓其自相矛盾。

③ 薛凤昌：《文体论》，第 31-32 页。顺便说一句，今之学者在考察汉代文体种类时，往往与薛氏之论述如出一辙，大抵在这些名目的基础上略有增益。

诗赋（包括文体四种）外，所选文体三十五类，两汉入选十七类，计三十九类作品。[①]也可以从一个侧面说明汉代文体的成熟和繁荣。

傅刚先生曾指出："文体辨析观念的产生，来源于文体增繁的事实。这当然要到汉末才构成其所需要的历史条件。"[②]确实，《汉书・艺文志》只是在分类之下隐藏着辨体的意识，并不显豁，所以后人才有种种推测。比较自觉的明确的辨体意识在汉末才表现出来，蔡邕《独断》即是其中的典型。辨体意识的产生自然是建立在文类成熟和繁富的创作实践的基础之上。

但若换一种说法，从观念自身的逻辑来说，辨体意识的产生，也就是从体式上区分各类文体，必然要先树立各类文体各有一定之体的观念，即要有作为体式规范的"文体"概念明确生成，且自觉而深入人心作为条件。我以为汉代文体观念的核心正在于"文体"获得了它最基本的规范的意义。

文体作为一种规范，是有一个从不自觉到自觉的过程的。文章和文体初生之时，对于作者来说，只是为了表达的需要而写作，率意而作，无所依循，也就无所谓什么"体"，所以早期的文章，多表现为零乱散见的一些篇章，表现出一种无序性（它只是被后人追加或者说追补入某一文类序列），因为这些篇章无一定之结构，无一定之形态。但作者既多，文章有了一定的量的积累之后，就会有若干大致相类的文章出现，表现出共同的体制特征，事实上作为客观存在的文体已经产生。但它只不过是一种随意性的偶合，它的体式特点还没有显现出来被人们所意识，这时候，文体尚处于隐形阶段，还不是文体定型的阶段。只有人们认识到了文体的体式特点，并有意识地将其奉为一种规范，或者说是一种法则而遵循，文体才开始趋于稳定，趋于定型，这才能说人们已经有了"文体"的概念。随着语言和社会的发展，或者作者求新求变的主观意图，旧的体式在自觉不自觉中被改变，而逐渐转化为新的体式，旧的规范失去了约束力，新的规范取而代之了。文体和文体观念的演变和发展，也就是一个由规范到不规范再到规范如此这般的历史过程。文体是动态的，文体观念也应是发展的，规范总是具有历史性、时段性的。没有一成不变的文体，也没有可以永远拘守的规范，变是绝对的，不变是相对的。文体

① 关于《文选》所选文体种类，有三十七类、三十八类、三十九类等说。如何界定入选作家之时代归属，亦可能产生很多分歧。此处从傅刚说，见《〈昭明文选〉研究》。

② 傅刚：《〈昭明文选〉研究》，第 76 页。

观念应在通变中求得平衡。

在汉代，各类文体承先秦而由隐形或不定型走向显形或定型，作为体式规范的“文体”概念也由不自觉走向自觉。

西汉文章创格之例甚多，枚乘《七发》、司马相如《喻巴蜀檄》、东方朔《答客难》、扬雄《连珠》等文章，其体式被后人继承，形成相应之作品系列，以至被后人举以为各类文章缘起之作。[①]但西汉末直至东汉中后期，则鲜有后人所谓的“创体”之作。如前所述，四言雅颂体被奉为正体并向诸种文类渗透，摹拟文风的大盛，某种程度上可以说是文体体式规范在走向自觉、在走向确立。赋作中追求“丽”的倾向及相关之评论，从另一个角度来说，表明文体创作与其规范观念间虽然存在矛盾，但人们在试图引导赋的写作走向规范。总之，作为体式规范的“文体”概念确已是深入人心、根深蒂固了。东汉中后期，随着文人五言诗的兴起，抒情小赋以及各体文章新形式、新风貌作品的大量出现，旧的规范已被不同程度地破坏，事实上是在由规范走向不规范。我们说，较为明确的辨体意识产生于汉末，正是立足于这样的一个历史基础之上的。辨体同样是为了获得文体规范，不管它是简单的历史回归、重复古人，捡起旧的规范，还是重视新经验、通变结合，另立新规范。但规范不可不要则是其共同的认识。

汉人文体规范之总体标准则为“雅正”。实则，“雅”是最先出现的概念，“正”是由“雅”衍生而出的。于迎春先生在《汉代文人与文学观念的演进》一书中精辟地指出：“‘雅’在先秦本指京城一带的语言、语音及与之相关的歌诗，后从中抽取出作为标准的‘正’的意义。汉代，原先与代表着地方音声的‘风’相对举而等类的‘雅’，又进而以‘言王政事’称。”“东汉士人对于‘雅’的界定——除了‘正’之义——无疑是模糊而浅显的。”[②]“雅”在汉代最基本最稳固的意义便是“正”，它既是一种价值判断，又是一种规范准则。《后汉书·舆服志》曰：“汉兴，文学既缺，时亦草创，承秦之制，后稍改定，参稽

① 考察旧题梁任昉所作之《文章缘起》，绝大多数文类之缘起皆举秦、西汉之作品，虽不一定符合史实，思维也有些机械，但却从一个侧面说明西汉作品“创体”之例甚多。

② 于迎春：《汉代文人与文学观念的演进》，第 119、127 页。关于“雅”概念之演变，于先生在其书中已论之甚详，故笔者此处简略说之。

六经，近于雅正。”[①]“雅正”是由“承秦之制”和“参稽六经”而获得的。师法古人，特别是以六经为法则，是“雅”规范蕴涵的历史内蕴。在对文章的描述和评价中，虽然“雅”和“丽”有逐渐结合的趋势，如《汉书·扬雄传》：“蜀有司马相加，作赋甚弘丽温雅”[②]，班固《离骚序》：“然其文弘博丽雅，为辞赋宗”，《后汉书·周荣传》：“古者帝王有所号令，言必弘雅，辞必温丽，垂于后世，列于典经”[③]，具有某种审美和艺术的意味，但毕竟是“模糊而浅显的”，汉人的“雅正”规范标准似更多地停留在语言体式的文章学层面上。这从本章的论述中可以得到说明。

魏晋以后的文体论者，正是在汉人的基础上，肯定和发展了“丽”的概念，不仅从语言体式规范上论文体，而且从艺术特点和美学风貌上论文体，并逐渐将“雅丽”树为理想文体之审美标准。如果说汉代人在重功用、求功利的文学观念基础上生成了文章学意义上的“文体”概念，那么建安之后，随着文学抒情特质的被发现，形式上美感特征的被重视，文学的意味才被带进文体论中，才有了文体批评与文体观念的自觉。

---

① 范晔：《后汉书》，第3641页。

② 班固：《汉书》，第3515页。

③ 范晔：《后汉书》，第1537页。

第　三　章

魏晋时期文体批评与文体观念的自觉

魏晋时期，文体论已蔚为大观，诚如论者所指出的："魏晋南北朝文学研究的重心在文体而不在作家，作家研究长期附属于文体研究。"[①]文体批评成为魏晋以来文学批评的主要形式。当然，更为重要的是，建安以来文学创作和文学思想的巨大转变所带来的文学自觉的信息也进入了文体论中。一是文体研究除了从不同文体的不同功用来论文体外，更多的是从不同文体的艺术体式的特点来论文体，具有浓重的文学意味。汉代已形成了语言体式的"文体"概念，但此体式侧重于用语、格式、语体等层面的规范，具有公式化之倾向，较少涉及文体的艺术特点和美学风貌，只能说是文章学意义上的文体论。二是文体研究引入了作者的情感和个性。"文体"不再是一个抽象的、共性的概念，不再是凝固的范式，而是一个具象的、个性和共性结合的、经验性的概念，是艺术形相性的呈现。一句话，体类和体性、体貌开始结合，综合性的文体观念开始形成。因此，我们说，中国古代文体批评和文体观念自觉于魏晋时期。

第一节　建安以来文学创作的发展与文体论的转变

汉末以迄魏晋，文学思想发生了重大转变，两汉的功利主义文学思想消退

① 董乃斌、陈伯海、刘扬忠主编：《中国文学史学史》第一卷，石家庄：河北人民出版社，2003 年，第 158 页。

了，非功利的文学思想成为时代的主流，文学思想沿着重抒情特质、重美感特征的道路发展着，其间虽亦有支流旁出，但文学自觉的潮流已是浩浩荡荡，势不可挡。文学创作的诸多方面都发生了变化。单就文章之语体形式来讲，变化极为明显。刘师培《论文杂记》总结说：

由汉至魏，文章迁变，计有四端：西汉之时，箴、铭、赋、颂，源出于文；论、辩、书、疏，源出于语。观邹、枚、杨、马之流，咸工作赋，沈思翰藻，不歌而诵；旁及箴、铭、骚、七，咸属有韵之文。若贾生作论，史迁报书，刘向、匡衡之献疏，虽记事记言，昭书简册，不欲操觚率尔，或加润饰之功，然大抵皆单行之语，不杂骈骊之词；或出语雄奇，或行文平实，咸能抑扬顿挫，以期语意之简明。东京以降，论辩诸作，往往以单行之语，运排偶之词，而奇偶相生，致文体迥殊于西汉。建安之世，七子继兴，偶有撰著，悉以排偶易单行；即非有韵之文，亦用偶文之体，而华靡之作，遂开四六之先，而文体复殊于东汉。其迁变者一也。

西汉之书，言词简直，故句法贵短，或以二字成一言，而形容事物，不爽锱铢。东汉之文，句法较长，即研炼之词，亦以四字成一语。魏代之文，即合二语成一意。由简趋繁，昭然不爽。其迁变者二也。

西汉之时，虽属韵文，而对偶之法未严。东汉之文，渐尚对偶。若魏代之体，则又以声色相矜，以藻绘相饰，靡曼纤冶，致失本真。其迁变者三也。

西汉文人，若杨、马之流，咸能洞明字学，故选词遣字，亦能古训是式，非浅学所能窥。东汉文人，既与儒林分列，故文词古奥，远逊西京。魏代之文，则又语意易明，无俟后儒之解释。其迁变者四也。①

此就总体趋势而言。而各种文章体类，亦革易前型，刘师培《中国中古文学史》说："魏文与汉不同者，盖有四焉：书檄之文，骋词以张势，一也；论说之文，渐事校练名理，二也；奏疏之文，质直而屏华，三也；诗赋之文，益事华靡，

① 刘师培：《中国中古文学史　论文杂记》，第116-117页。

多慷慨之音，四也。”[①]今略举几类文体，摘录刘氏之论述，胪列于下，以明不同体类文章之变化。

章表奏疏。《中国中古文学史》说：“东汉奏疏，多含蓄不尽之词。魏人奏疏之文，纯尚真实，无不尽之词。”[②]又说：“然晋代表疏，或文词壮丽，或择言雅畅，其弊或流于烦冗，为汉、魏所无。”[③]

论说经注。《中国中古文学史》举丁仪《刑礼论》后说：“东汉论文，如《延笃》、《仁孝》之属，均详引经义，以为论断。其有直抒己意者，自此论始。”[④]又说：“王、何注经，其文体亦与汉人迥异。……厥后郭象注《庄子》，张湛注《列子》，李轨注《法言》，范宁注《谷梁》，其文体并出于此，而汉人笺注文体无复存矣。”[⑤]

子书。《中国中古文学史》说，魏代子书“纯以推极利弊为主，不尚华词，与东汉异”[⑥]。又说：“晋人所撰子书，文体亦异。其以繁缛擅长者，则有葛洪《抱朴子外篇》；其质实近于魏人者，则有傅玄《傅子》及袁准《正论》。”[⑦]

碑铭。《中国中古文学史》说，晋人碑铭之文，“均以汉作为楷模，然气清辞畅，则晋贤之特色”[⑧]。

书札。《中国中古文学史》说：“晋人之书，或质或文，其辩论义理，亦汉、魏所无。”[⑨]

确实，魏晋以来，许多文体与两汉时大异，不仅在表现技巧和形式上、语体风格上，甚至在体制体式和职能功用上都发生了变化。如曹操在建安二十五年临终前有《遗令》一文，鲁迅先生曾经说：“当时的遗令本有一定的格式，且多言身后当葬于何处何处，或葬于某某名人的墓旁；操独不然，他的遗令不

① 刘师培：《中国中古文学史 论文杂记》，第33-34页。
② 刘师培：《中国中古文学史 论文杂记》，第32页。
③ 刘师培：《中国中古文学史 论文杂记》，第66页。
④ 刘师培：《中国中古文学史 论文杂记》，第29页。
⑤ 刘师培：《中国中古文学史 论文杂记》，第41页。
⑥ 刘师培：《中国中古文学史 论文杂记》，第30页。
⑦ 刘师培：《中国中古文学史 论文杂记》，第68页。
⑧ 刘师培：《中国中古文学史 论文杂记》，第63页。
⑨ 刘师培：《中国中古文学史 论文杂记》，第66页。

但没有依着格式，内容竟讲到遗下的衣服和伎女怎样处置等问题。”[①]再如诔文，魏晋之后，其职能发生了很大的变化，“由着重述德逐渐向寄托哀情的抒情方向发展，礼制已难以束缚了”，“诔文已突破了应用文体的束缚，成为抒情文体的一种，担当着哀悼文学中的重要角色”[②]。魏晋时期还出现了一些文体交杂的现象，如阮籍作有《大人先生传》，刘师培以为：“其体亦出于汉人设论，然杂以骚赋各体，为汉人所未有。”[③]徐公持先生以为：“此文名曰‘传’，实非本格传记作品，而与《达庄论》体制略似，介于玄学论文与赋之间。”[④]还有一些作品从文体上难以对其归属，如夏侯湛的《春可乐》《秋可哀》《秋夕哀》《山路吟》等作品，严可均辑入《全晋文》，而逯钦立又将其辑入《全晋诗》，罗宗强师认为：“严可均将其辑入《全晋文》，显然以其为赋；逯钦立辑入《全晋诗》，显然以其为诗。其实，这是夏侯湛对一种文体的新的探索，类赋而似诗。”[⑤]

我们不惮其烦地引述了学术界对魏晋以来文体变迁的一些论说，只是为了说明，人们已经在创作实践中对文体进行了各种各样的探索，许多文体旧有的形态被打破了，在风貌上和已有的同一体类的作品相距甚远，同一体类的作品，魏晋人写来也是各具特色，丰富多彩。文体的发展实在是处于变动不居的状态之中。不过，在创作观念上，自汉代以来所形成的体式规范的“文体”概念，在魏晋人心中依然十分牢固。“文各有体”的观念已成为文体论的基础和核心[⑥]。当然，“文各有体”的“体”已不单纯指一般的语言体式，而且指文体类别所对应的体貌类型。创作中对文体的新的探索也主要表现在对文体表达功能的拓展上，表现在对文体语言文学性质的确认上，表现在文体写作手法的

① 鲁迅：《魏晋风度及文章与药及酒之关系》，《而已集》，《鲁迅全集》第三卷，北京：人民文学出版社，1956年，第382页。

② 徐国荣：《先唐诔文的职能变迁》，《文学遗产》2000年第5期。

③ 刘师培：《中国中古文学史　论文杂记》，第44页。

④ 徐公持：《魏晋文学史》，北京：人民文学出版社，1999年，第194页。

⑤ 罗宗强：《魏晋南北朝文学思想史》，第100页。

⑥ 关于魏晋南北朝文体论的这一特点，吴承学在《文体学源流》和《辨体与破体》二文中均有论及，吴师在后一文中说：“像张融提出的‘文岂有常体’之说，在当时只是空谷足音。宋代以后‘文岂有常体’的观念却蔚然而成堂堂之阵。”此二文均收入吴承学的《中国古代文体形态研究》。

多样化上。这些，似都促发了人们在理论上的探讨和思考，引起了人们对其是非评判的争议，从而丰富和深化了人们对文体的认识。

试以赋为例，考察魏晋时期人们对文体认识和观念的变化。一则因汉人赋作及评论较多，易显出其间之变化；二则因魏晋人赋作多有序，易寻绎其中之观念。

汉末建安以来，抒情小赋的创作成为赋体创作的主流。虽然赋作中京都、羽猎等题材的散体大赋仍不绝如缕，但毕竟已呈式微之势。清刘熙载《艺概·赋概》曰："《楚辞》风骨高，西汉赋气息厚，建安乃欲由西汉而复于《楚辞》者。"[①]论者亦多谓汉末建安赋乃是向楚骚传统的复归。若就汉末建安赋之总体的抒情倾向来讲，确实是由两汉大赋向骚体之反动。但若以赋之体式来考察，汉末建安以来的抒情小赋，有用骚体者，亦有用散体者（当然，此二者常常是互有渗透交融，有时不易明确区别）。我们之所以分而言之，是因为汉赋创作中本即有祖袭屈骚传统体式的抒情赋一类，今人以"骚体赋"称之，故抒情小赋在体式上极易让人们觉得它等同于骚体赋。实际上建安以迄南北朝，抒情赋以散体写作的越来越多，渐成主流。尽管魏晋以来的散体赋篇幅变得短小了，骈句变得多起来了，但它怎么说也还是对大赋的继承。汉人是承认"贤人失志"而赋兴起的，但发展至散体大赋，其写作目的已逐渐让位于功利，义存讽颂而铺采摛文。至汉末，张衡《归田赋》、赵壹《刺世疾邪赋》出，以散体的形式来抒情言志，渲泄愤懑。到了建安，不管是骚体还是散体，以赋来抒情写怀成为一种自觉的追求。曹丕、曹植及"建安七子"之赋作，皆一往情深，不少赋于其序中便直言所作正是为了抒情。赋的抒情功能及其文学表现力得到了极大的发挥，曹植《洛神赋》便是明证，从表现方法看，赋由两汉时的铺陈写物向借物借景抒情的方向发展。由正始而至两晋，赋不仅用于咏物抒情，而且可以用来议论，用来阐发名理，陆机的《文赋》便是其中之隽者[②]；以至描摹山水而杂以玄思，孙绰的《游天台山赋》即为其中之代表。魏晋以来，赋

---

① 刘熙载：《艺概》，上海：上海古籍出版社，1978 年，第 93 页。

② 魏晋时期，许多议论性质的作品，虽不冠以"赋"名，如阮籍《大人先生传》、刘伶《酒德颂》、王沈《释时论》、鲁褒《钱神论》等，但其体式与赋相若。我们既可以将之看作一种文体渗透杂交或移植变异的现象，但亦未尝不可以看作是赋体在表达功能上的一种拓展。

由汉代的强调歌颂、讽谏功用的政教工具中解放出来了，它的表达功能得到了极大的拓展，既可用以体物，亦可用以抒情，还可用以说理议论。题材领域开阔了，写作手法多样了。在语言形式上，魏晋以来之赋作渐趋骈化，所以论者皆以魏晋为骈赋体式形成之时代。徐师曾《文体明辨序说》谓赋"三国、两晋以及六朝，再变而为俳"[①]。赋之骈化，不自魏晋始。元祝尧《古赋辨体》将赋之体式按时代分为：楚辞体、两汉体、三国六朝体、唐体、宋体。其论三国六朝体时说，陆机《文赋》等作全用俳体，而俳体在楚辞体中已肇其端，但像《离骚》"制芰荷以为衣，集芙蓉以为裳"句，虽已似俳，"犹一句中自作对"。至两汉体，像司马相如《子虚赋》"左乌号之雕弓，右夏服之劲箭"之类句子，"始分两句作对，其俳益甚"[②]。祝尧所说大致符合史实。到了魏晋，赋之语体由散体中杂有骈句而迅速骈化，发生了质的变化。陆机、潘岳不用说，曹丕、曹植的很多赋作其主体已成为骈体了。与骈化相伴随的是，辞采也更加繁缛富丽，用典用事也更加频繁，且开始讲求声律之对称回环。赋在汉代"丽"的基础上，踵事增华，其"形"愈"工"。魏晋以来之赋家，在创作上对赋的形式上的美感特质愈来愈自觉，经验体认也愈来愈丰富、愈来愈细腻了。

赋在创作中的巨大变化，在赋论中得到了反映，虽然这种反映并不能涉及赋在创作中各个方面的变化，而且赋论本身也不可能完全脱离其承接汉人赋论之理论发展的逻辑脉络，但还是表现出了文学自觉之后的特点，体现出了关于赋体的新认识、新观念。

建安时期之赋论，以曹丕为重镇。曹丕《答卞兰教》曰：

> 赋者，言事类之所附也；颂者，美盛德之形容也。故作者不虚其辞，受者必当其实。兰此赋，岂吾实哉？昔吾丘寿王一陈宝鼎，何武等徒以歌颂，犹受金帛之赐。兰事虽不谅，义足嘉也。今赐牛一头。（《全三国文》卷六）

① 徐师曾：《文体明辨序说》，北京：人民文学出版社，1998 年，第 101 页。

② 祝尧：《古赋辨体》，上海古籍出版社编：《四库文学总集选刊》本，上海：上海古籍出版社，1993 年影印本，第 101 页。

据《三国志·魏书·后妃传》裴松之注引《魏略》谓，此文为“兰献赋赞述太子德美”[①]，曹丕因而报之。《艺文类聚》卷一六载下兰《赞述太子赋并上赋表》，当即为兰所献，其文有云：“窃见所作《典论》，及诸赋颂，逸句烂然，沈思泉涌，华藻云浮，听之忘味，正使圣人复存，犹称善不暇，所不能间也。”（《全三国文》卷三〇）《魏略》称，兰献赋颂，曹丕报之，“由是遂见亲敬”[②]。看来，曹丕所谓“作者不虚其辞，受者必当其实，兰此赋，岂吾实哉”不过是谦辞而已。其可注意者乃“赋者，言事类之所附也”一句。其下句“颂者，美盛德之形容”，完全袭用《毛诗序》原句。魏晋人释赋名，亦多用汉人成句。班固《汉书·艺文志》曰：“不歌而诵谓之赋。”班固《两都赋序》曰：“赋者，古诗之流也。”郑玄《周礼·大师》注曰：“赋之言铺，直铺陈今之政教善恶。”刘熙《释名·释典艺》曰：“敷布其义谓之赋。”魏晋人或取其中一说，或杂揉几说，要皆拘守于汉儒。而曹丕给赋释名，直截了当地说：“赋者，言事类之所附也。”汉代人已在赋之创作及评论中拈出了“类”字，但多为零散之论，并未像曹丕这样将其提高到理论概括的高度。本书在论述汉代的文体观时已经指出，“类”最基本的含义是指在赋的写作中罗列大量同类物象，亦指铺设俪偶之词。但曹丕“言事类之所附”的提法，重心却落在了附于“类”之上的东西，那么，“类”之所“附”究系何指呢？曹丕《感物赋序》谓：“丧乱以来，天下城郭丘墟，惟从太仆君宅尚在。南征荆州，还过乡里，舍焉。乃种诸蔗于中庭，涉夏历秋，先盛后衰，悟兴废之无常，慨然永叹，乃作斯赋。”《莺赋序》谓：“堂前有笼莺，晨夜哀鸣。悽若有怀，怜而赋之曰。”《柳赋序》谓：“昔建安五年，上与袁绍战于官渡，是时余始植斯柳。自彼迄今，十有五载矣，左右仆御已多亡，感物伤怀，乃作斯赋曰。”咏物是因对物有所感慨，之所以为赋，实是在托物以抒情言志。《玛瑙勒赋序》谓：“玛瑙，玉属也。出自西域，文理交错，有似马脑。故其方人因以名之。或以系颈，或以饰勒。余有斯勒，美而赋之。命陈琳、王粲并作。”《槐赋序》谓：“文昌殿中槐树，盛暑之时，余数游其下，美而赋之。王粲直登贤门，小阁外亦有槐树，乃就使赋焉。”（以上均见《全三国文》卷四）咏物只因赞美而

① 陈寿：《三国志》，第 158 页。

② 陈寿：《三国志》，第 158 页。

作，而证之赋文，要皆写物之形美性美而孕出巧意，有审美之愉悦，有情感之寄托。可见写物是为了写出附于物上之情意。《北堂书钞》卷一百引《典论》佚文有云：

> 或问："屈原相如之赋孰愈？"曰："优游按衍，屈原之尚也；浮沈漂淫，穷侈极妙，相如之长也。然原据讬譬喻，其意周旋，绰有余度矣。长卿子云，意未能及也。"①

曹丕以为，司马相如和扬雄之赋不如屈原是在"意"的方面。曹丕是把"意"作为评判赋作的根本依据。我们再看曹丕《与吴质书》中的一段话："仲宣续自善于辞赋，惜其体弱，不足起其文。"（《文选》卷四二）所谓"体弱"即"气弱"，表现于文中则为"文气"，"文气"也就是流露于作品中的情感意趣。这段话是说，王粲因为体弱，所以其赋中之情感意趣贫弱而缺乏气度，与其文采之飞扬不太相称。综合起来看，所谓"赋者，言事类之所附也"，似可理解为，赋就是要在事类相从的描写中表现出作者的情感意趣。曹丕论赋，实已着眼于赋之表现功能，深透于赋体深层之文学质性，跳出了汉代赋论强调规讽之义的藩篱，没有重复"赋者，古诗之流""赋之言铺，直铺陈今之政教善恶"之类的老调。此其一。其二，曹丕论赋，对赋之"丽"的形式特征加以无条件之肯定。此亦异于汉人者。前引《典论》佚文，曹丕虽然以为司马相如和扬雄在"意"的方面不如屈原，但司马相如也有自己的长处，所谓"穷侈极妙"。"穷侈"即《汉书·艺文志》所说之"竟为侈丽闳衍之词"，但班固显然是以否定的口气说的，它的下句就是"没其风谕之义"。"穷侈"也就是扬雄所说的"丽以淫"，扬雄以为"丽"是不能过分的。《文选·谢灵运传论》李善注引《法言》佚文曰："或问屈原、相如之赋孰愈？曰：'原也过以浮，如也过以虚。过浮者蹈云天，过虚者华无根。'"（《文选》卷五〇）扬雄对司马相如的华丽显然是持贬斥态度的。在曹丕看来，"穷侈"才能"极妙"，根本就不存在过分的问题。所以他的《典论·论文》毫不含糊地说："诗赋欲丽。"其《叙繁钦》曰："钦牋还与余，而盛叹之。虽过其实，而其文甚丽。"（《全三国文》卷七）言过其

① 引自徐志啸：《历代赋论辑要》，第7页。

实，也不影响对繁钦“其文甚丽”的激赏。虽不是论赋，亦可从一个侧面证明我们上述的分析。

值得一提的是，建安时一些零散的对赋的评论，如陈琳《答东阿王笺》称赞曹植赋“清辞妙句，焱绝焕炳”（《全后汉文》卷九二）；卞兰谓曹丕赋颂“逸句烂然，沉思泉涌，华藻云浮”；曹植《前录序》自谓“余少而好赋。其所尚也，雅好慷慨”（《全三国文》卷一六），等等，皆脱却汉人习气，与曹丕相若。只是在讨论辞赋的地位时，偶尔有汉代赋论的声音回旋。但已是借旧调唱新词，与赋之“讽谏”功用论性质不同了。

曹丕等的赋论，被太康文学的中坚人物陆机、潘岳等继承。陆机最著名的论点自然是他在《文赋》中提出的“赋体物而浏亮”说。“浏亮”，清澈明朗貌。陆机的“浏亮”，比曹丕之“丽”说，更为具体形象，也更为细腻，可能带有其个人创作的经验体认，但毕竟把赋的理想体貌讲了出来，是在曹丕基础上的发展。而“体物”是为了表现什么呢？所谓：“遵四时以叹逝，瞻万物而思纷。悲落叶于劲秋，喜柔条于芳春。心懔懔以怀霜，志眇眇而临云。咏世德之骏烈，诵先人之清芬。”[①]“叹”“思”“悲”“喜”“心”“志”等字眼的使用，明白无误地告诉我们，“体物”是为了“缘情”。陆机《怀土赋序》亦云：“方思之殷，何物不感？曲街委巷，罔不兴咏，水泉草木，咸足悲焉。”（《全晋文》卷九六）其弟陆云《与兄平原书》（第九首）便说陆机的《述思赋》“深情至言，实为清妙”；《文赋》“甚有辞，绮语颇多”。（《全晋文》卷一〇二）情深辞绮成为评论赋的标准。至于潘岳，其《悼亡赋》说：“吾闻丧礼之在妻，谓制重而哀轻；既履冰而知寒，吾今信其缘情。”（《全晋文》卷九一）直言赋之托物以言情。

两晋时期，左思《三都赋》出，洛阳为之纸贵，《三都赋》的轰动也引发了人们对赋这一文体更为广泛的评论。左思《三都赋序》云：

> 盖《诗》有六义焉，其二曰赋。杨雄曰：“诗人之赋丽以则。”班固曰：“赋者，古诗之流也。”先王采焉，以观土风。见“绿竹猗猗”，则知卫地淇澳之产；见“在其版屋”，则知秦野西戎之宅。故能居然而辨八方。

---

① 此段泛言各体创作之情形。程章灿指出，陆机之赋作与此段所述之题材范围暗合。见其《魏晋南北朝赋史》，第161页。

然相如赋《上林》，而引“卢橘夏熟”；扬雄赋《甘泉》而陈“玉树青葱”，班固赋《西都》而叹以“出比目”，张衡赋《西京》而述以“游海若”。假称珍怪，以为润色，若斯之类，匪啻于兹。考之果木，则生非其壤；校之神物，则出非其所。于辞则易为藻饰，于义则虚而无征。且夫玉卮无当，虽宝非用；侈言无验，虽丽非经。而论者莫不诋讦其研精，作者大氐举为宪章，积习生常，有自来矣。

余既思摹《二京》而赋《三都》，其山川城邑，则稽之地图，其鸟兽草木，则验之方志。风谣歌舞，各附其俗；魁梧长者，莫非其旧。何则？发言为诗者，咏其所志也；升高能赋者，颂其所见也。美物者贵依其本，赞事者宜本其实。匪本匪实，览者奚信？且夫任土作贡，《虞书》所著；辨物居方，《周易》所慎。聊举其一隅，摄其体统，归诸诂训焉。（《文选》卷四）

于此序中，左思征引儒家经典，举例两汉赋作，再三致意，无非要说明的是赋这种文体，应该征实、写实，所谓“美物者贵依其本”。何以如此？是因为赋应有“观风”之效。而征实、写实则要做到“其山川城邑，则稽之地图；其鸟兽草木，则验之方志”。他批评两汉司马相如、扬雄、班固、张衡之赋作“假称珍怪，以为润色”，“于辞则易为藻饰，于义则虚而无征”。事实上是在反对虚构、夸饰等语言表现技巧的过分使用，他说：“侈言无验，虽丽非经。”不是不要语言形式之华丽，而是要在征实、写实的基础上。如果按照左思的要求，赋大概会写成史书的《地理志》，或者《风俗志》之类的东西，最后只能是“归诸诂训”。“升高能赋者，颂其所见也”说得没有错，但和现实功用纠结在一起，结果就是把赋拉回到实用文章的位置。当然，在实践中，左思还是很注意文学手法的运用的，《三都赋》自有其以文学语言描写之妙处。据《晋书·左思传》载，《三都赋》写成之后，刘逵为注《蜀都》并为之序，卫权为之作《解略》。卫权《三都赋解略序》谓“余观《三都》之赋，言不苟华，必经典要，品物殊类，禀之图籍”，“其山川土域，草木鸟兽，奇怪珍异，佥皆研精所由”，同样强调《三都赋》之征实、写实特点。刘逵《吴都赋蜀都赋注序》谓“非夫研核者不能练其旨，非夫博物者不能统其异”，亦立意于崇实。[①]皇甫谧《三都

① 房玄龄：《晋书》，北京：中华书局，1987年，第2375-2376页。

赋序》则除肯定左思写实的成就之外，对赋之源起、发展、体制特点作了较为全面的论述，并品评了一些作家作品。其基本思路和线索与《汉书·艺文志》“诗赋略”总序相仿，但亦有超越汉人赋论之处。其《序》曰：

玄晏先生曰：古人称不歌而颂谓之赋。然则赋也者，所以因物造端，敷弘体理，欲人不能加也。引而申之，故文必极美；触类而长之，故辞必尽丽。然则美丽之文，赋之作也。

昔之为文者，非苟尚辞而已，将以纽之王教，本乎劝戒也。自夏殷以前，其文隐没，靡得而详焉。周监二代，文质之体，百世可知。故孔子采万国之风，正雅颂之名，集而谓之诗。诗人之作，杂有赋体。子夏序《诗》曰：“一曰风，二曰赋”。故知赋者，古诗之流也。

至于战国，王道陵迟，风雅寖顿。于是贤人失志，辞赋作焉。是以孙卿屈原之属，遗文炳然，辞义可观。存其所感，咸有古诗之意，皆因文以寄其心，讬理以全其制，赋之首也。及宋玉之徒，淫文放发，言过于实。夸竞之兴，体失之渐，风雅之则，于是乎乖。

逮汉贾谊，颇节之以礼。自时厥后，缀文之士，不率典言，并务恢张，其文博诞空类。大者罩天地之表，细者入毫纤之内，虽充车联驷，不足以载；广夏接榱，不容以居也。其中高者，至如相如《上林》，扬雄《甘泉》，班固《两都》，张衡《二京》，马融《广成》，王生《灵光》，初极宏侈之辞，终以约简之制，焕乎有文，蔚尔麟集，皆近代辞赋之伟也。若夫土有常产，俗有旧风，方以类聚，物以群分；而长卿之俦，过以非方之物，寄以中域，虚张异类，讬有于无。祖构之士，雷同影附，流宕忘反，非一时也。

曩者汉室内溃，四海圮裂。孙刘二氏，割有交益；魏武拨乱，拥据函夏。故作者先为吴蜀二客，盛称其本土险阻瑰琦，可以偏王；而却为魏主述其都畿，弘敞丰丽，奄有诸华之意。言吴蜀以擒灭比亡国，而魏以交禅比唐虞。既已著逆顺，且以为鉴戒。盖蜀包梁岷之资，吴割荆南之富，魏跨中区之衍，考分次之多少，计殖物之众寡，比风俗之清浊，课士人之优劣，亦不可同年而语矣。二国之士，各沐浴所闻，家自以为土乐，人自以为我民良，皆非通方之论也。作者又因客主之辞，正之以

> 魏都，折之以王道，其物土所出，可得披图而校。体国经制，可得按记而验，岂诬也哉！（《文选》卷四五）

论赋之源起，与左思一样引用班固《两都赋序》“赋者，古诗之流也”的说法。但皇甫谧高出汉人的地方在于他对赋这一文体作为“美丽之文”的确认和肯定，所谓“文必极美”“辞必尽丽”。这也是他高出左思的地方。论赋之流变，其分期与《汉书·艺文志》略同。但对司马相如等赋家在艺术形式方面的成就给以积极之肯定，所谓“初极宏侈之辞，终以约简之制，焕乎有文，蔚尔麟集，皆近代辞赋之伟也”。对其虚夸不实则似有微词，所谓“过以非方之物，寄以中域，虚张异类，托有于无。祖构之士，雷同影附，流宕忘反，非一时也”。《序》之末段，指出了《三都赋》颂美西晋国家一统的政治作用，实继承了汉人赋论中的“颂美”“讽谏”功用说。

围绕《三都赋》而展开的对赋体的论说，汉儒的文体功用说的身影又仿佛现身。但与汉代赋论不同的是，左思、皇甫谧并没有对赋的文辞之美丽加以否定，尤其皇甫谧，更是以不容置疑的口吻说：“然则美丽之文，赋之作也。”当然，更值得我们注意的是，他们一致地提出和肯定了赋应该写实的问题。

魏晋时期，还有的赋论似接触到了赋之议论说理的问题。嵇康《琴赋序》曰：

> 然八音之器，歌舞之象，历世才士，并为之赋颂。其体制风流，莫不相袭。称其材干，则以危苦为上；赋其声音，则以悲哀为主；美其感化，则以垂涕为贵。丽则丽矣，然未尽其理也。推其所由，似元不解音声，览其旨趣，亦未达礼乐之情也。众器之中，琴德最优，故缀叙所怀，以为之赋。（《文选》卷一八）

“历世才士并为之赋颂”，指的是汉代王褒《洞箫赋》（一作《洞箫颂》）、马融《长笛赋》（一作《长笛颂》）之类描写乐器音声的赋作。嵇康认为这些前代之赋“丽则丽矣，然未尽其理也”。余英时先生曾经指出：“题目虽仿自王子渊《洞箫赋》、马季长《长笛赋》，然一比较其内容则发现有一至不相同之点：即王、马诸赋大体仅能于乐声之描绘曲尽其致，而叔夜则借琴音而论乐理，用意显与前人违异。”并说：“然则至迟在阮、嵇之世，音乐之欣赏亦已发展至探求抽象原理之阶段，一如文学之例，此其故不益可以深长思耶！”[①]确实，《琴赋》已由曲尽其声的铺写具象进入到了议论说理的抽象层面。而且嵇康明言，他的赋就是要在汉人“丽”的基础上“尽其理”。成公绥的《天地赋序》曰：

> 赋者，贵能分赋物理，敷演无方，天地之盛，可以致思矣。天地至神，难以一言定称。故体而言之，则曰两仪；假而言之，则曰乾坤；气而言之，则曰阴阳；性而言之，则曰柔刚；色而言之，则曰玄黄；名而言之，则曰天地。
>
> 历观古人，未之有赋。岂独以至丽无文，难以辞赞？不然，何其阙哉！遂为《天地赋》曰。（《全晋文》卷五九）

成公绥之赋作今存20余篇，皆描写物类，题材较广，论者多以为其赋重在客观“敷演”，无讽谕情志之寄托，纯为辞藻之堆砌，体现出“至丽”之特色。此《序》谓“赋者，贵能分赋物理，敷演无方”。“敷演无方”意为赋之体物应能无所而不包，无所而不能写。但“敷演无方”是要“分赋物理”，即能写出万物之“理”来，就是说，描写各种事类，不仅要写出它们外形的“丽”，也要写出它们内在的“理”。赋天地，是为了说明“两仪”“乾坤”“阴阳”“柔刚”等抽象的概念。所谓“至丽无文，难以辞赞”，说的就是抽象的无形的东西，不容易铺写，而他却是要铺写出来的。所以说，成公绥之赋，看似体物写实，无所兴托，其实他是要在对物的客观描写中见出其理的。他做得好坏与否，那另当别论。至于张华的《鷦鹩赋》（《全晋文》卷五八）、孙绰的《游天台山赋》（《全晋文》卷六一），观其序可知，在细物、山水的描写中杂有哲理玄思，似为一种自觉的赋体创作观念。张华在《鷦鹩赋序》中的表述更具理论气质，同时也富于弹性的色彩。“夫言有浅而可以托深，类有微而可以喻大。”不仅表达了对所谓“小赋”的重视，而且说明赋之写物在于其有所托喻。当然，我们既可以理解为托喻以理，也可以理解为托喻以情，还可以理解为托喻以志。而情理意志有时确实是难以分别言之的。

① 余英时：《士与中国文化》，上海：上海人民出版社，1987年，第367-369页。

在魏晋人看来，赋这种文体，或体物缘情，或体物写实，或体物明理。实际上，此三者并无本质的矛盾，不过是体现出了作者在赋体创作中的不同趣味追求，某种程度上也反映了不同历史时期文学思想的不同倾向。尤其是体物缘情和体物明理二说，似乎深深地刻上了建安慷慨悲歌抒情时代和正始以后玄风大畅思辨时代的印记。魏晋以来的赋论者正是带着对现实的文体创作经验体认来提出自己的观点的。因此，他们的赋论，把文学自觉的时代信息带了进来，明确论述了赋体的表现功能问题，深入到了赋体的艺术特质。而体物写实说，如左思、皇甫谧的赋论，就其理论表现形态来看，对赋体的论述极具系统性，但它更多地侧重于对史的回顾，力图从历史经验的总结中来证明自己的论点。虽不同程度地重复了一些汉人的老调，但不知不觉还是流露出文学自觉的痕迹，为赋论增加了一些新的因素。

从历史回顾的角度，系统而全面的来论赋体的是挚虞。其《文章流别论》论赋曰：

> 赋者，敷陈之称，古诗之流也。古之作诗者，发乎情，止乎礼义。情之发，因辞以形之；礼义之旨，须事以明之。故有赋焉，所以假象尽辞，敷陈其志。前世为赋者，有孙卿、屈原，尚颇有古诗之义，至宋玉则多淫浮之病矣。《楚辞》之赋，赋之善者也。故扬子称赋莫深于《离骚》。贾谊之作，则屈原俦也。古诗之赋，以情义为主，以事类为佐。今之赋，以事形为本，以义正为助。情义为主，则言省而文有例矣；事形为本，则言富而辞无常矣。文之烦省，辞之险易，盖由于此。夫假象过大，则与类相远；逸辞过壮，则与事相违；辩言过理，则与义相失；丽靡过美，则与情相悖。此四过者，所以背大体而害政教。是以司马迁割相如之浮说，扬雄疾“辞人之赋丽以淫”。[①]（《全晋文》卷七七）

① 此段文字，“故有赋焉”前原出《太平御览》卷五八七，“故有赋焉”至文末原出《艺文类聚》卷五十六，又见《太平御览》卷五八五。明张溥辑《挚太常集》拼合而成一段，严可均《全晋文》卷七十七仍之。邓国光以为实不可从，见其《挚虞研究》(第 185 页)。笔者引文从《全晋文》，一则因此处之拼合尚不致引起误读；二则因本书中材料多引自严可均辑《全上古三代秦汉三国六朝文》(除特殊情况注出外，恐文繁而不一一出注)，为统一体例故。

与其他赋论者不同的是，挚虞考察赋体源流，是为了正本清源，明确地提出关于赋的写作规范来，所谓“言省而文有例矣”，即表现出文体规范的意识。此种意识似未在其他的赋论中表现出来。挚虞的思路和《汉书·艺文志》几无差别，对赋体创作之历史评价也大致相同。而具体的阐释和论述，与汉人相较，则多有新异之处。挚虞以“情义”和“事形”来区别“古诗之赋”和“今之赋”。后来，《文心雕龙·诠赋》说：“赋自诗出，分歧异派。写物图貌，蔚似雕画。”清刘熙载《艺概》说：“赋起于情事杂沓，诗不能驭，故为赋以铺陈之。斯于千态万状，层见迭出者，吐无不畅，畅无或竭。”[①]以为诗、赋之分，盖在于一言情志，一写物貌。但一味写物图貌、虚张声势的汉大赋，因缺少主观情志的抒发，而成为美丽的空壳，在创作上被证明并不成功。挚虞要求回归“以情义为主”的“诗人之赋”，可谓切中汉赋之弊，实与魏晋以来赋论中要求赋写物缘情、写物明理的主张暗中有汇通之处。挚虞虽然总体上强调赋的“政教”之用，但在对“古诗之赋”和“今之赋”的具体区分中似乎没有采用汉人有无“风谕之义”的标准。再则，扬雄曾说：“诗人之赋丽以则，辞人之赋丽以淫。”理想之赋体是“丽以则”，过分的“丽”不可取。其对赋体写作要求的陈述，较为笼统。而挚虞则要求赋体在“假象”“逸辞”“辩言”“丽靡”之外形上不过分，要求其与“类”“事”“义”“情”之内结构相称相契。汉人言赋之“丽”，毕竟更多地侧重于语体修辞风格。而挚虞对赋之风格描述，则已从整体的艺术风貌上着眼了，且具体得多。“假象”“逸辞”“辩言”“丽靡”“类”“事”“义”“情”，似已点出文体之构成要素。或者我们可以不同意挚虞儒家的基本立场，但我们不应忽视，挚虞对赋体形式的把握却是从艺术的角度切入的，他对文体之艺术构成是进行过细致思考的。

挚虞的赋论，包括左思、皇甫谧的赋论，呈现出由功用的文章文体论向文学文体论过渡的特征。但不论怎么说，魏晋时期的赋论和汉代相比究竟是大不相同了。就其主流而言，它已变成了具有浓重文学意味的文体论。

不独赋体，对其他文体的论述，也表现出同样的转变趋向。如诔文创作抒情倾向的发展，促成了人们对诔文文体认识和观念的转变。汉代，《诗·鄘

① 刘熙载：《艺概》，第86页。

风·定之方中》毛传说："丧纪能诔。"[①]郑玄《礼记注》说："诔，累也，累列生时行迹，读之以作谥。"[②]刘熙《释名》也说："诔，累也，累列其事而称之也。"[③]只是从功用上论及诔文。魏晋时期，曹丕《典论·论文》说："铭诔尚实。"桓范的《世要论·铭诔》则对诔文创作中的不良倾向进行了批评，谓："势重者称美，财富者文丽。后人相踵，称以为义，外若赞善，内为已发，上下相效，竞以为荣，其流之弊，乃至于此！欺曜当时，疑误后世，罪莫大焉！且夫赏生以爵禄，荣死以诔谥，是人主权柄而汉世不禁，使私称与王命争流，臣子与君上俱用，善恶无章，得失无效，岂不误哉！"（《全三国文》卷三七）仍然从实用角度着眼。陆机的《文赋》说："诔缠绵而凄怆。"到了陆机，诔文论述中的实用色彩终于有所消退，而代之以艺术风貌特点的论述。再如论，汉代桓宽《盐铁论·相刺》曰："论者不期于丽辞，而务在事实。"[④]王充《论衡·自纪》曰："论贵是而不务华，事尚然而不高合。"[⑤]《论衡·超奇》亦曰："论说之出，犹弓矢之发也。论之应理，犹矢之中的。"[⑥]完全忽视"论"之审美价值。到了魏晋，桓范《世要论》说："（书论）不尚其辞丽，而贵其存道也。不好其巧慧，而恶其伤义也。"（《全三国文》卷三七）徐干《中论·夭寿》说："君子之为论也，必原事类之宜而循理焉。"[⑦]曹丕《典论·论文》说："书论宜理。"陆机的《文赋》说："论精微而朗畅。"到曹丕、陆机，文学的意味终于进入了对"论"这一文体的论述中。

中国古代的文体论，真正从艺术体式和艺术特点上论文体，是从魏晋时期开始的。但自先秦奠定其基础至两汉而发展为极端的文体功用论，却一直是人们论文体的一个起点，或者说是立论的一个切入点，文体功用论始终在文体论中有它的一席之地。这种状况是与中国古代的"杂文学"观念互为关联的。因此，中国古代从来也没有纯文学观念的文体论，我们说文体批评和文体观念自

① 阮元校刻：《十三经注疏》上，第 316 页。

② 阮元校刻：《十三经注疏》下，第 1398 页。

③ 刘熙撰，王先谦疏证：《释名疏证补》，上海：上海古籍出版社，1984 年，第 318 页。

④ 桓宽撰，王利器校注：《盐铁论校注》，天津：天津古籍出版社，1983 年，第 252 页。

⑤ 王充著，黄晖校释：《论衡校释》，第 1197 页。

⑥ 王充著，黄晖校释：《论衡校释》，第 609 页。

⑦ 徐干著，徐湘霖校注：《中论校注》，成都：巴蜀书社，2000 年，第 210 页。

觉于魏晋时期，也只是一个方便的说法，不过因为这种提法更容易显示出文体观念性质在一定层次上的巨大变化而已。

第二节 才性论与文体论的结合

汉代人已经形成了体制体式的概念，他们已经能从程式规格等外形上区分各种文章体类，但在写作动机和文章功用同一的前提下，对不同文体的艺术个性的差异，汉代人似未有深入的体察。到了魏晋时期，人们把不同的文体和人的不同个性对应起来，这样，人们对不同文体间的差异的认识，就由文体的表层，而深入到文体的深层。把个性和情感的因素引入文体概念之中，把对文体的论述和具体作家作品的评论联系起来，文体就不仅是一个共性的标准化的概念，不仅是一个抽象的公式，而且是一个具象的、经验性的概念，是艺术形相性的呈现。文章学意义上的语言体式便开始向文学意义上的艺术体式转化。曹丕的《典论·论文》第一次明确地把才性论与文体论结合起来，在文体论中给主观情性以一席之地，意义至为重大。

曹丕之前，由先秦至两汉，人们对言辞著作与主体情性间的关系多有涉及。汉代之作家，悲悯屈原其人，故依而作词，对于屈原其人与其文间之关系亦多有体察，《史记·屈原列传》谓："其文约，其辞微，其志洁，其行廉，其称文小而其指极大，举类迩而见义远。"[①]后来，扬雄的《法言·问神》篇说："故言，心声也；书，心画也。"[②]王充《论衡·书解》篇说："大人德扩其文炳，小人德炽，其文斑。"[③]皆试图寻找人品与文品间之对应关系，不脱汉人以道德论文之习气。而且这些材料的意义似仅局限于作家论。值得注意的是《论衡·佚文》篇的一则材料："造论著说之文，尤宜劳焉。何则？发胸中之思，论世俗之文，非徒讽古经、续故文也。论发胸臆，文成手中，非说经艺之人所

① 司马迁：《史记》，第2482页。

② 扬雄著，汪荣宝义疏：《法言义疏》，第160页。

③ 王充著，黄晖校释：《论衡校释》，第1149页。

能为也。”[①]从主体情性的角度谈到论说与经传的区别，但同样不具文学意味。真正对曹丕产生直接影响的是汉末以来的人物品评风气。《典论·论文》中处处流露着这一风气的印迹。如美国学者宇文所安所说：“文体类型学和性格类型学在传统中国是同时产生的，二者被一套基本通用的有关方式和品质的语汇统一起来。”[②]曹丕正是以“文气说”为枢纽，将才性论中的性格类型说与文体类型说衔接在一起。

《典论·论文》首先谈的便是“文人相轻”的问题。文人之所以相轻，其原因在于：

> 夫人善于自见，而文非一体，鲜能备善。是以各以所长，相轻所短。（《文选》卷五二）

显然，曹丕的立论是从才性的角度切入。人之才性皆有所长，亦有所短，也就是说人都是“偏材”，而“通材”是很少见的。文体类别多种多样，只有“通材”才能“备善”，才能兼善各体；而“偏材”总有自己擅长的文类，同样，更有自己不擅长的文类。作为“偏材”，往往表现出的是自己所擅长的，以自己所擅长的，去看他人所不擅长的，自然会轻视他人。“文人相轻”实因作家之才性各有“偏至”故。所以曹丕在《典论·论文》中用了很大的篇幅来评论当时的文人，主要是“七子”，因其才性不同，而所擅长的文类也各有不同：

> 王粲长于辞赋；徐干时有齐气；然粲之匹也。如粲之《初征》《登楼》《槐赋》《征思》，干之《玄猿》《漏卮》《圆扇》《橘赋》，虽张蔡不过也。然于他文未能称是。琳瑀之章表书记，今之隽也。应玚和而不壮。刘桢壮而不密。孔融体气高妙，有过人者，然不能持论，理不胜辞，以至乎杂以嘲戏，及其所善，扬、班俦也。（《文选》卷五二）

① 王充著，黄晖校释：《论衡校释》，第 867 页。

② 宇文所安：《中国文论：英译与评论》，王柏华、陶庆梅译，上海：上海社会科学院出版社，2003 年，第 67 页。

曹丕《与吴质书》中亦有类似的一段话，足与此段文字相补充：

> 孔璋章表殊健，微为繁富。公干有逸气，但未遒耳。其五言诗之善者，妙绝时人。元瑜书记翩翩，致足乐也。仲宣独自善于辞赋，惜其体弱，不足起其文，至于所善，古人无以远过。（《文选》卷四二）

可知王粲、徐干长于辞赋，陈琳、阮瑀长于章表书记，刘桢长于五言诗，而孔融则不擅长论说之文。曹丕在这两段文字中并未直接使用“才性”一词，而是以“气”来论，实则，“气”与“才性”并无矛盾，“才性”即来源于“气”之所禀。作为汉末以来人物品评理论总结和才性论理论发展重要环节的《人物志》即可为曹丕理论之证明①。《人物志》的作者刘邵（或作劭），与曹丕同时代人，其《人物志》的撰作应稍晚于《典论》。刘邵在《人物志》中也是将“气”和“才性”联结在一起的。

刘邵在《九征》篇里说：“凡有血气者，莫不含元一以为质，禀阴阳以立性，体五行而著形。苟有形质，犹可即而求之。”②所谓“元一”即“元气”，元气分出阴阳二气，阴阳又生出金、木、水、火、土五行。人皆禀此元气，禀此五行。《九征》篇还说：“若量其材质，稽诸五物，五物之征，亦各著于厥体矣。其在体也，木骨、金筋、火气、土肌、水血、五物之象也。”③人之形体即为五行的体现。骨是木的体现，筋是金的体现，气是火的体现，肌是土的体现，血是水的体现，这只是偏重于人的生理方面。刘邵还把五行与五常联系起来，并进而与所谓的“五德”联系在一起。刘邵以为，木表现为仁，还表现为温直而扰毅之德；金表现为义，还表现为刚塞而弘毅之德；水表现为智，还表现为愿恭而理敬之德；土表现为信，还表现为宽栗而柔立之德；火表现为礼，还表现为简畅而明砭之德。人所表现的道德品质和气质性格，是以其所禀受的五行为基础的。所以刘邵紧接着说：“虽体变无穷，犹依乎五质。故其刚柔明畅贞

① 汤用彤先生说：“《人物志》者，为汉代品鉴风气之结果。其所采观人之法，所分人物名目，所论问题，必均有所本。惜今不可详考。”见《读〈人物志〉》一文，收入《魏晋玄学论稿》（上海：上海古籍出版社，2001 年，第 11 页）。

② 刘邵著，李崇智校笺：《人物志校笺》，成都：巴蜀书社，2001 年，第 15 页。

③ 刘邵著，李崇智校笺：《人物志校笺》，第 21 页。

固之征，著于形容，见乎声色，发乎情味，各如其象。”[①]人之性情千变万化，但都不离五行之本质。人禀受五行之成分不同，不仅表现于人的内在品德和气质性情上，还表现于人的外在容貌、声色和情味上。在刘邵看来，只有圣人才具有“中和之质”，即能“调成五材，变化应节”，能“阴阳清和”。也就是说，圣人禀受阴阳二气和五行恰到好处，没有哪一种成分是多的，也没有哪一种成分是少的。而一般的人，都是“偏至之材”，《九征》篇说：“然皆偏至之材，以胜体为质者也。”[②]而偏至之材在禀受阴阳之气和五行时，总是有某种成分占有优势。而且这种偏至之材全由天赋，后天是无法改变的。刘邵在《体别》篇里说：“夫学，所以成材也，恕，所以推情也，偏材之性不可移转矣。”[③]而偏至之材总是有所长亦有所短的。刘邵考察偏至之材的长处和短处，考察各种才性类型的特点，是为了使他们的特点与社会上的各种职业和工作即“流业”的特点互相配合在一起。《流业》篇即意在探讨人物才性类型与“流业”间的对应关系。汤用彤先生在评论此点时指出：“二曰分别才性而详其所宜。凡人禀气生，性分各殊，自非圣人，材能有偏。就其禀分各有名目。陈群立九品，评人高下，各为辈目。傅玄品才有九。《人物志》言人流之业十有二焉。有清节家，师氏之任也。有法家，司寇之任也。有术家，三孤之任也。有国体，三公之任也。有器能，冢宰之佐也。有臧否，师氏之佐也。有智意，冢宰之佐也。有伎俩，司空之佐也。有儒学，安民之任也。有文章，国史之任也。有辩给，行人之任也。有雄杰，将帅之任也。夫圣王体天设位，序列官司，各有攸宜，谓之名分。人材禀体不同，所能亦异，则有名目。以名目之所宜，应名分之所需。”[④]“分别才性而详其所宜”实乃刘邵撰作《人物志》之着落点。

概括起来说，刘邵认为，人之才性皆有所偏至，皆有所长有所短，这主要取决于人所禀受的五行、人所禀受的阴阳之气。所禀之气是人的道德品格和性格才能的基础。他还认为，所禀之气是天赋的，是后天无法改变的。才性的不同决定了每个人的宜为之事。

曹丕正是将这种先天所禀之气转化为文章之气，并据以评断作家和作品

---

① 刘邵著，李崇智校笺：《人物志校笺》，第 24 页。

② 刘邵著，李崇智校笺：《人物志校笺》，第 29 页。

③ 刘邵著，李崇智校笺：《人物志校笺》，第 61 页。

④ 汤用彤：《读〈人物志〉》，《魏晋玄学论稿》，第 4-5 页。

的，他在《典论·论文》中说：

> 文以气为主；气之清浊有体，不可力强而致。譬诸音乐，曲度虽均，节奏同检；至于引气不齐，巧拙有素，虽在父兄，不能以移子弟。（《文选》卷五二）

“文以气为主”的气，指的是文章之气。而“气之清浊有体”的气指的是作者之气。作者之气，乃先天所禀，或清或浊，皆为后天所无法转移，所以说：“虽在父兄，不能以移子弟。”曹丕的气全为自然禀性，因而脱却了道德色彩。曹丕以为文章之气和作者之气有一种对应关系，而作者之气又和先天所禀之气有一种对应关系。也就是说，作者之气为文章之气所本，文章之气虽各不相同，但皆取决于作者之气，则是其所同；而先天所禀之气为作者之气所本，作者之气虽各不相同，但皆取决于先天所禀之气，则是其所同。作者之气，似可理解为作者之才性气质；而文章之气，似可理解为由作者才性气质流入文章所形成的个性特征和形式特征。曹丕用这套理论来评论作家作品，所谓“徐干时有齐气”，“孔融体气高妙”（以上《典论·论文》）所谓“公干有逸气”，王粲“惜其体弱”（以上《与吴质书》），等等，皆着眼于不同作家作品的个性特征，其才性有偏至，为文亦有偏至，故赞其所长，亦指其所短。也许曹丕正是在对作家作品进行归纳和总结的基础上，才把这套理论做了类型学的上升，《典论·论文》说：

> 夫文，本同而末异。盖奏议宜雅，书论宜理，諮诔尚实，诗赋欲丽。此四科不同，故能之者偏也；唯通才能备其体。（《文选》卷五二）

“本同”，即指“文以气为主”。“末异”，在这里指不同的文体类别各有其自身的特点。不同文类虽然其表现形式各异，各有其特殊性，但皆由作者之才性气质所主，这是它们的共同性所在。气为文章之内在之质，文章形态的变化则取决于作者之气，不同的文章体类对应于不同的才性类型。作家是否擅长于某一文类的写作，取决于他的才性气质。因才性有偏至，属于某一才性类型的作者只能擅长与其才性气质相对应的文类，而不能兼善各体。

曹丕的文体论，其理论价值并不在于文体分类，他的四科八体并不是对文体系统而全面的分类，不过是列举了其中的荦荦大者而已。他的价值在于通过举例而第一次对不同文类的不同特点作了对比。他对不同文类各自特点的概括，所谓“雅”“理”“实”“丽”，虽然多非其所首创[①]，也略显简单，但他同时又把不同文类和作者的不同才性气质类型结合起来，从而使对各体文类的论说超越了实用性和功利性，具有了文学的意味。曹丕对文体的论述，实已深透于文体之内在的质性，标志着文体观念的自觉。

汉代人对文体的认识，除了在语言体式规范上能够区分各体文类外，至多是在文辞的修饰程度上来谈对文体的看法。而对文体的本质的认识则皆从实用性和功利性方面考虑，因而汉代人不可能对不同文体的艺术个性有清晰的认识。而曹丕关注的则是让文章写作打上自我个性的印记，关注的是文章体类和自我个性的契合，所以他不仅从外在表现形式上区分各体文类，而且是从内在气质上突显出各类文体的差异。文章写作既然反映的是作者不同的才性气质，自然不能以统一的标准去要求不同的作家和作品，而属于同一体类的作品也当然可以在类型之下表现出不同的个性特点。文体概念成为各具个性的作品在共性上的一个集合，文体概念不再是一个抽象的公式，不再是一个平面化的概念，文体概念是规范效力与主观性情的辩证结合。才性论进入文体论，文体概念立体化了。

曹丕把才性论与文体论结合在一起，其理论架构并不精致。当其以才性评论作家作品时，显得得心应手，但以才性论文体类型时，则显得较为简单。具有何种才性特质，或者说禀何种之气，才能擅长诗赋的写作？才能把诗赋写得“丽”？恐怕曹丕自己也讲不出来。把才性类型与文体类型之间的关系条理化，并不容易。曹丕的可贵之处是他论作家作品和文体类型的思路。

后来，刘勰在《文心雕龙·通变》里说：“凡诗赋书记，名理相因，此有常之体也；文辞气力，通变则久，此无方之数也。”“有常之体”指的是文体之体式规范，而“无方之数”指的是作者主体之创造，也就是刘勰所说的“体性”。文体概念里为作者之才性气质留一席之地，是从曹丕开始的。曹丕已开

① 可参阅王运熙、杨明《魏晋南北朝文学批评史》（第 38-43 页）之“曹丕”专节的有关论述。

始将“体类”和“体貌”两个概念通过其“文气说”联结在一起，只不过曹丕的才性气质强调的是自然天赋的一面；而刘勰则不光重先天之才性，同样重后天之学习，使才性论和文体论结合得更加圆融周密。

第三节　从艺术特征上论文体

魏晋时期，最能体现文学自觉时代特色的文体论者是陆机。他继承了曹丕的《典论・论文》，又能从文学创作的角度出发、从艺术内部的规律出发来论文体，进而把曹丕对文体个性特征的简略的概括，发展为对文体的极具审美意味的形相性的把握，发展为对文体整体艺术风貌特点的描述。严格地说，较为全面的从艺术特征上论文体，是从陆机的《文赋》开始的。从艺术特征上论文体，实质上意味着体类和体貌的结合，或者说是体裁和风格的结合，综合性的文体观念理论框架已逐渐成形。

《文赋》对文体的论述，主要集中在下面的一段话：

> 体有万殊，物无一量，纷纭挥霍，形难为状。辞程才以效伎，意司契而为匠。在有无而僶俛，当浅深而不让。虽离方而遁圆，期穷形而尽相。故夫夸目者尚奢，惬心者贵当。言穷者无隘，论达者唯旷。诗缘情而绮靡，赋体物而浏亮。碑披文以相质，诔缠绵而凄怆。铭博约而温润，箴顿挫而清壮。颂优游以彬蔚，论精微而朗畅。奏平彻以闲雅，说炜晔而谲诳。虽区分之在兹，亦禁邪而制放。要辞达而理举，故无取乎冗长。①

这段话实包括三层意思：一是文章的体貌千变万化，风格多种多样；二是文章的体类却有一定的艺术体式要求，体裁自有其相对应的风格类型；三是虽体裁各有区分，但亦有共同之准则。下面试分别论述之。

---

① 陆机著，张少康集释：《文赋集释》，北京：人民文学出版社，2002年。后文所引《文赋》文本及关于《文赋》文本释义的各种说法，除特别注出，皆引自该书。

一

从“体有万殊”至“论达者唯旷”谈的便是体貌的多变问题。

“体有万殊，物无一量”句，张少康先生释曰：“陆机在这里指出了文体的多变，乃是由于它所描写的客观事物本身千姿百态之故，文乃是物的反映，与序中‘意不称物’，互相呼应。”释“体”为“文体”，“文体”是指文章的体类还是体貌呢？笔者以为，“体有万殊”的“体”指的是文章的体貌。既言“万殊”，当不至于指文章有限的体类，文章体貌的多变，正是由于其所描写之“物”的多变。陆机文学理论的基础便是“物感”说，所谓的“瞻万物而思纷”。见万物而移之己情，思意纷纭，而难以为状（此与后文“其为物也多姿，其为体也屡迁”呼应）。故须修辞立意，“文辞见才以致巧，立意以理要为宗”（《文选》五臣注）。文辞的从无到有，立意的由浅至深，皆应努力勉强以求，当仁而不让（此与后文“其会意也尚巧，其遣言也贵妍”相呼应）。即或背离已有之文章体式法度，亦在所不惜，而务求曲尽物之形相。但此物之形相，已非纯然客观之物象，实已与作者之主观情意相交接。故“夸目者”力尚其“奢”，“惬心者”务求其“当”，“言穷者”通于“无隘”，“论达者”尽于“唯旷”。物自身之千姿百态，作者之各有好尚，是造成文章体貌多变的根本原因。

值得注意的是，陆机在论述文章之体貌多变的时候，提出了“虽离方而遁圆，期穷形而尽相”的主张。如果孤立地看，似乎陆机并不以文体之体式规范为意，而纯任主观情性之发挥。察之以陆机之创作实践，我们就会发现，陆机对文体之体式规范与作家主观情性间之关系，实持一种辩证的看法。

陆机是一位摹拟文学的大家，是西晋摹拟文风的代表人物。他拟古乐府，拟《古诗十九首》，拟“连珠”，拟“七”。钟嵘《诗品上》就评陆机“尚规矩”。应该说，他对文体之体式规范深有体认。但他的摹拟，就其本意来讲，是在一定的体式规范下的创新，如《文赋》所说是“袭古而弥新”。其《遂志赋序》曰：

> 昔崔篆作诗以明道述志，而冯衍又作《显志赋》，班固作《幽通赋》，皆相依仿焉。张衡《思玄》、蔡邕《玄表》，张叔《哀系》，此前世之可得言者也。崔氏简而有情，《显志》壮而泛滥，《哀系》俗而时靡，《玄表》

雅而微素，《思玄》精练而何惠，欲丽前人，而优游清典，漏幽通矣。班生彬彬，切而不绞，哀而不怨矣。崔、蔡冲虚温敏，雅人之属也。衍抑扬顿挫，怨之徒也。岂亦穷达异事，而声为情变乎！余备托作者之末，聊复用心焉。（《全晋文》卷九六）

陆机明言“余备托作者之末”，可见其《遂志赋》亦为“相依仿”之作。虽则依仿，但“穷达异事，声为情变”。指出情为文体形态之内在之质，文体外在形态的变化，要皆归着于情。与曹丕之“本同末异”说相仿佛。故冯衍《显志赋》、班固《幽通赋》、张衡《思玄赋》、蔡邕《玄表赋》、张叔《哀系赋》及作者要作的《遂志赋》，其情各异，则其声亦自异，因而表现出不同的艺术风貌来。这篇赋的正文里也说：“拟遗迹于成轨，咏新曲于故声。”遵从旧有之体式规范，摹拟于成轨之作，是为了藉故声而咏出新曲。此大概为作者“用心”之所在。陆机拟有《演连珠》五十首。历来评价较高。萧统《文选》“连珠”体即只收陆机之作，以其为该体之唯一代表。《文心雕龙·杂文》说：“自连珠以下，拟者间出。杜笃贾逵之曹，刘珍、潘勖之辈，欲穿明珠，多贯鱼目。可谓寿陵匍匐，非复邯郸之步，里丑捧心，不关西施之颦矣!唯士衡运思，理新文敏，而裁章置句，广于旧篇，岂慕朱仲四寸之珰乎！夫文小易周，思闲可赡，足使义明而词净，事圆而音泽，磊磊自转，可称珠耳。”拟前人之体式，能广于旧篇，实缘于主体之创新意识，是作者“运思”的结果。陆机还作有数量众多的挽歌诗。《颜氏家训·文章》评曰：“挽歌辞者，或云古者《虞殡》之歌，或云出自田横之客，皆为生者悼往告哀之意。陆平原多为死者自叹之言，诗格既无此例，又乖制作本意。”[①]吴承学师则谓“从文体的角度看，陆机的挽歌出现了新的艺术形态因素”，“但从文体史的角度看，这恰是对于挽歌文体的创新”[②]。拟前人之体式，而能有所创新。其深层的原因，恐怕与陆机“声为情变”的文体观念关系至为密切。

陆机的热衷摹拟，说明其重文体之体式规范，陆机的意在创新，说明其并不完全如汉代人那样拘守法式，章摹句写，亦步亦趋。他其实是想把文体之体式规范与作者之主体创造结合在一起。所以他在《文赋》中说了“离方遁圆”

① 颜之推著，王利器集解：《颜氏家训集解》，第285页。

② 吴承学：《汉魏六朝挽歌》，《中国古代文体形态研究》，第78页。

之后，还要谈文体类别的艺术体式要求。

汉代人的摹拟是形式上的摹拟，而魏晋以来的摹拟更多的是风格上的摹拟。[①]我以为，形式上的摹拟重文体之体式规范。而风格上的摹拟，说明人们已经认识到了在文体的一般语言体式之上，还有一种风范格调气质存在，一般的语言体式已上升为艺术体式。人们已经体认到了文体类别各自有其相对应的体貌类型。陆机的摹拟甚为广泛、甚为用力，这或许是他能对不同文体的不同艺术体式进行理论概括的一个重要原因。

二

“诗缘情而绮靡”以下十句谈的便是不同的文章体类各有其一定的艺术体式要求。

“诗缘情而绮靡，赋体物而浏亮。”此二句为历来之注家和论者所重视。《文选》李善注曰：“诗以言志，故曰缘情。绮靡，精妙之言。”又曰：“赋以陈事，故曰体物。浏亮，清明之称。”李善注侧重于陆机“继往”的一面。明谢榛《四溟诗话》曰：“夫‘绮靡’重六朝之弊，‘浏亮’非两汉之体。”实侧重于陆机“开来”的一面。当然，谢榛对陆机之说似心存贬意，此点我们置而不论。陆机对诗、赋艺术体式的说明，并不在于对历史的回顾和总结，而在于“正反映着其时创作思想的变化”[②]。陆机对诗、赋这两种主要文学体裁的看法，非意在“继往”，而实意在“开来”。张少康先生说：“陆机关于诗赋的‘缘情’、‘体物’的论述，我们应当看作是一种互文见义的说法。事实上，赋也是要‘缘情’的，诗也是要‘体物’的，不过在当时的创作中，诗歌‘缘情’更突出一些，辞赋‘体物’更突出一些，所谓‘体物’实质上也就是一种形象的描写，它比较明显地反映了文学的形象特征。所以，陆机对诗赋的‘缘情’、‘体物’的特征的论述，已经触及到了文学艺术的两个根本性特点：形象和感情。它充分说明陆机对文学艺术的特征有很深刻的认识。”陆机对诗、赋的论述摆脱了实用的、功利的色彩，汉代的文学功用论已了无痕迹，他对文体的认

① 周勋初：《魏晋南北朝时文坛上的摹拟之风》，《周勋初文集》第三卷，南京：江苏古籍出版社，2000 年。

② 罗宗强：《文赋义疏》，《罗宗强古代文学思想论集》，汕头：汕头大学出版社，1999 年，第 488-509 页。

识已深透到文体的艺术本质。陆机用“绮靡”和“浏亮”来指称诗、赋的形式特点。“绮靡”，周汝昌先生释为细而好、细而精，厘清了以往注家对这一词语的贬义看法。周先生还举了《文心雕龙·时序》篇对西晋文学描述时所用的“结藻清英，流韵绮靡”来说明“绮靡”并非贬意。“绮靡”同样也反映了其时创作追求华美形式的倾向，并且与其时创作中追求绮丽情思的倾向相结合。它概括出了诗体的艺术风貌，甚至传达出了诗体的一种审美情趣。“浏亮”，清明爽朗，描写事物而有一种深透清澈之感，同样是一种美的风貌的呈现。

“碑披文以相质，诔缠绵而凄怆。”方廷珪曰：“碑以叙德。相，犹植也。文不掩质，期于有质。”“碑披文以相质”，不以繁文，而使事意深隐，大概强调碑文应给人以洁净之感。“诔缠绵而凄怆”亦重在一种艺术情味的传达。顾施桢曰：“缠绵，婉挚也。悽怆，悲感也。”诔有一种特殊的情感格调在。

“铭博约而温润，箴顿挫而清壮。”顾随曾释“铭”曰：“‘铭’，名物也，如镜铭、盘铭，故须博约。‘博’，意义之广；‘约’文字之简。”又曰：“‘温润’是可亲可爱之意，因铭除名物外多含教训之意，教训易成为干燥，故须温润。”释“箴”曰：“‘顿挫清壮’才有力，才可以动人。”又曰：“箴篇幅短，故要曲折有力。”[①]顾随的解释亦着眼于铭箴之美感特质。庶几得陆机之本意。

“颂优游以彬蔚，论精微而朗畅。”徐复观释“优游”曰：“乃从容自然，歌功颂德而不著痕迹。”释“彬蔚”曰：“乃文质均衡而气象茂盛。”意谓“颂”在赞美和祝贺时在自然而然中有一种雍容的大气度。《文选》五臣注释“论”曰：“论者，论事得失必须精审，微密明朗，而通畅于情。”论要表现出一种细密简约晓畅的风格。

“奏平彻以闲雅，说炜晔而谲诳。”五臣注释“奏”曰：“奏事帝庭，所以陈叙情理，故和平其词，通彻其意，雍容闲雅。”“平彻”似倾重于语言表现方式，“闲雅”则侧重于风范气度。释“说”曰：“说者，辩词也。辩口之词，明晓前事，诡谲虚诳，务感人心。炜晔，明晓也。”美国学者宇文所安不同意将“炜晔”释为“明晓”。他说：“‘炜晔’暗示令人眼花缭乱，不是让人明晓而是让人看不清。”[②]宇文所安的解释有一定道理。方廷珪曰：“谲诳，恢诡

① 顾随：《文赋十一讲》，《顾随：诗文论丛》，天津：天津人民出版社，1995 年，第 195 页。

② 宇文所安：《中国文论：英译与评论》，王柏华、陶庆梅译，第 136 页。

也。”“说”务使人相信，故炫目变幻，奇异诙谐。

文体类别是一种历史的、客观的存在，总是受到了一定的场合、用途、题材、对象、媒介材料等的限制，这些因素对文体的程式规格方面有一定的体式要求。陆机对各类文体的解说，显然考虑了这些因素。但陆机并没有直接以这些因素为论说的出发点，而是把这些因素所造成的文体的“情”和“意”的特点，作为考虑问题的基础，在此基础上，概括出了不同文体的艺术特征。这种艺术特征的概括，既着眼于其内在的表现功能，又着眼于其外在的形式要求，是对文体的一种整体把握，是对文体的一种充满审美意味的艺术风貌的描述。

三

陆机分述“十体”之后，说：“虽区分之在兹，亦禁邪而制放。要辞达而理举，故无取乎冗长。”“十体”虽各有不同的艺术体式，但亦有其共同的原则。

关于“禁邪而制放”，顾随先生的解释最为通达，他说：“余以为‘邪’即《论语》‘思无邪’之邪，‘放’即孟子‘收其放心’之放。（但不要把‘邪’讲成邪恶，‘放’讲成放心。）‘禁邪’即有纪律（层次、条理、先后、长短）；‘制放’即戒泛滥。”又说：“《文赋》曰：‘禁邪制放’，而简文帝说放荡，二者孰是？皆是也。《文赋》为初学言之，简文为有根基者言之。初学便放荡，非失败不可。”①顾随先生以为“禁邪而制放”就为文之法度言，实跳出旧注之误区。指出“禁邪制放”与简文帝“放荡”之关联，亦为发前人之所未发。唯其谓“禁邪制放”为初学言，而“放荡”为有根基者言之，发挥太过，似非陆机之本意。在陆机看来，文虽可分诗、赋、碑、诔、铭、箴、颂、论、奏、说“十体”，而各有其不同的艺术体式，但也有它们共同的原则要求，那就是“要辞达而理举，故无取乎冗长”。李善注曰：“《论语》：‘子曰：辞，达而已矣。’文颖《汉书注》曰：‘冗，散也。’言文章体要，在辞达而理举也。”五臣注曰：“必须词达其意，理以举事，不在烦多。”每种文体所要表达之“意”不同，所要描述之“事”不同，故文体各别，但“辞达理举”，务在切要，则为其所同。《文赋》有曰：“理扶质以立干，文垂条而结繁。”“质”与“理”相关，而“文”，所谓“垂条而结繁”，实即指“辞”。“辞达理举”，事实上是从

① 顾随：《文赋十一讲》，《顾随：诗文论丛》，第204-205页。

文体内在之质与外现之文的关系角度立论，讲各体文章的共同法则。与先秦两汉之“文质相附”说，曹丕之“文本同末异”说，思路相同。李善注标出“体要”二字，实有发明之功。陆机这里的说法，与刘勰所反复致意的“体要”，隐然有一脉相承之处。正是从“辞达理举”这一各类文体的共同法则出发，从文意和文辞的关系出发，陆机在《文赋》中，由主张意巧辞妍，进而纵论为文之术，陈作文利害之关键，实际上是将文体论和创作论贯通起来了。

四

在具体分析了陆机的文体论之后，我们来谈谈陆机文体论的贡献。

文体风格论是文体论的中心环节。文体风格论的确立和成熟与否，就在于它是否能从艺术特征上论文体，是否能把对文体一般语言体式的要求上升为艺术体式的要求，是否能在艺术风貌上把握文体的本质特征所在。文体风格论是体类概念和体貌概念的结合。

曹丕的《典论·论文》在论述不同文体类别时已经说明了它们各自的特点，开始把每一文体和某一特征联系在一起。曹丕在论述每一文体的特征时，已经舍弃了对它们的功用目的的说明，舍弃了对它们渊源流变的追溯和回顾，舍弃了对它们程式规格等一般性语言体式的解释。曹丕力图从其整体风貌上来概括不同文体的特征，他已经意识到文体的一般语言体式之上有一种气质个性品貌存在。所以他说，奏议应该和“雅”配合，书论应该和“理”配合，铭诔应该和“实”配合，诗赋应该和“丽”配合。但他说的实在是太简略了，两体合而说之，且“雅”“理”“实”“丽”等概念，似乎更多地侧重在语言修辞风格上，特别是像“理”和“实”，并不具有太多的审美意味。到了陆机，对每一种文体皆单独说之，对其风貌的说明也由曹丕极为简单粗糙的“八体”四个字，发展而为“十体”四十个词，重要的是对每一文体的说明都能传达出一种审美的意味，都更富于艺术的气质。

从曹丕到陆机，“诞生了这样一种根本认识：有两种样态的‘体’，一是‘类属的’，一是风格的或形态的。对文体的最恰当描述是把文体之‘体’与恰当的方式之‘体’匹配在一起”[①]。实即“体类”概念和“体貌”概念联结

① 宇文所安：《中国文论：英译与评论》，王柏华、陶庆梅译，第 137 页。

在一起了。从曹丕到陆机，对文体的辨析和对文体风格的说明，愈加精细，综合性的文体观念逐步清晰。

陆机认为“体有万殊”，文章的体貌是多变的。他既强调作者性情和主体创作的自由，又承认不同的文体各有其艺术体式的要求，还归纳总结出各体文类共同的创作原则。文体规范和作者性情的关系，文体的多样性和共同性的关系，都进入了陆机的视野和思考领域，而且他能持一种辩证的看法。陆机还由文体的共同法则出发，将文体论与创作论贯通衔接在一起，由此转向对文体形式技巧的探求。这些问题在刘勰的文体论中得到了系统周密的展开。

吴承学师谓：“陆机的理论，已构成了文体学体系的雏形。”[①]就观念的构成来讲，陆机的文体论已经显现出文体论的一个基本的理论框架。许多概念，陆机并没有概括提出，但他确乎是意识到了。

第四节　集的编纂与体的辨析

中国古代文集的编纂，无论是总集，还是别集，其体例大都采“类聚区分”“以类相从”的形式。特别是总集，于其中之文章类别，则往往有所论说。这种文章总集类聚区分、附论文体的传统，实形成于魏晋时期。总集因之亦成为文体论之大宗。

一

关于集部的产生，梁萧绎《金楼子·立言》谓：

> 诸子兴于战国，文集盛于二汉，至家家有制，人人有集。[②]

语焉不详。“家家有制，人人有集”，或是在以今例古。《隋书·经籍志》“别集

① 吴承学：《文体学源流》，《中国古代文体形态研究》，第 396 页。

② 萧绎：《金楼子》卷四，《丛书集成初编》第〇五九四册，北京：中华书局，1983 年，第 63 页。

类”小序谓：

> 别集之名，盖汉东京之所创也。自灵均已降，属文之士众矣，然其志尚不同，风流殊别。后之君子，欲观其体势，而见其心灵，故别聚焉，名之为集。辞人景慕，并自记载，以成书部。①

“总集类”小序谓：

> 总集者，以建安之后，辞赋转繁，众家之集，日以滋广，晋代挚虞，苦览者之劳倦，于是采擿孔翠，芟剪繁芜，自诗赋下，各为条贯，合而编之，谓为《流别》。是后文集总钞，作者继轨，属辞之士，以为覃奥，而取则焉。②

以为别集产生于东汉，总集始自于西晋挚虞《流别》。《四库全书总目》“别集类”小序亦谓别集始于东汉。③“总集类”小序谓：“《三百篇》既列为经，王逸所裒又仅楚辞一家，故体例所成，以挚虞《流别》为始。”④隐然有以《诗经》《楚辞》为总集之祖之意，但总集体例则正式成立于挚虞《流别》。章学诚《文史通义·文集》谓：

> 集之兴也，其当文章升降之交乎？古者朝有典谟，官存法令，风诗采之闾里，敷奏登之庙堂，未有人自为书，家存一说者也。自治学分途，百家风起，周秦诸子之学，不胜纷纷；识者已病道术之裂矣。然专门传家之业，未尝欲以文名，苟足显其业，而可以传授于其徒，则其说亦遂止于是，而未尝有参差庞杂之文也。两汉文章渐富，为著作之始衰。然贾生奏议，编入《新书》；相如词赋，但记篇目：皆成一家之言，与诸子未甚相远，初未尝有汇次诸体，裒焉而为文集者也。自东京以降，讫乎建安、黄初之间，文章繁矣。然范、陈二史，所次

① 魏征等：《隋书》，第1081页。

② 魏征等：《隋书》，第1089-1090页。

③ 永瑢等：《四库全书总目》，第1271页。

④ 永瑢等：《四库全书总目》，第1685页。

> 文士诸传，识其文笔，皆云所著诗、赋、碑、箴、颂、诔若干篇，而不云文集若干卷，则文集之实已具，而文集之名犹未立也。自挚虞创为《文章流别》，学者便之，于是别聚古人之作，标为别集；则文集之名，实仿于晋代。[①]

以为文集在东汉已具其实，而其名则创始于挚虞，之后才有“别聚古人之作”的别集出现。据叶瑛《校注》：“又按《诗教下》：‘集文虽始于建安，而实盛于齐、梁之际。’自注：‘魏文撰徐、陈、应、刘文为一集，此文集之始，挚虞《流别集》犹其后也。’与此说微异。”[②]章氏有所不察，故其前后说法有异。当以文集始于建安之说为合理。《隋书·经籍志》与《四库全书总目》以为别集创始于东汉，皆泛泛言，未有史籍记载佐证。而文集之编纂在建安时却是有文献可征。曹丕《又与吴质书》曰：“徐、陈、应、刘，一时俱逝……顷撰其遗文，都为一集。”（《全三国文》卷七）又《与王朗书》曰：“故论撰所著《典论》、诗赋盖百余篇，集诸儒于肃成门内，讲论大义，侃侃无倦。”（《全三国文》卷七）曹植《前录序》曰：“余少而好赋，其所尚也，雅好慷慨，所著繁多。虽触类而作，然芜秽者众。故删定，别撰为《前录》，七十八篇。”（《全三国文》卷一六）《三国志·曹植传》亦载，植死后，魏明帝于景初中曾诏“撰录植前后所著赋颂诗铭杂论凡百余篇，副藏内外”。[③]《三国志·吴书·薛综传》记：

---

① 章学诚著，叶瑛校注：《文史通义校注》，第296页。

② 章学诚著，叶瑛校注：《文史通义校注》卷三《文集》注九，第300页。按：章氏所谓东京以降“文集之实已具”，而“文集之名，实仿于晋代”，强辨名实，拘执太过。且不说晋代的文集，多不以“集”名，即挚虞之后的别集如《南齐书·张融传》记融自名其集为《玉海》，总集如《文选》《玉台新咏》等亦不以“集”名。若谓“文集”作为类名出现，则要迟至于梁代阮孝绪的《七录》。章氏在《文集》中的说法和《诗教下》的说法相矛盾，势难避免。

③ 陈寿：《三国志》，第576页。关于曹植文集的情况，可参阅余嘉锡：《四库提要辨证》卷二〇“曹子建集十卷”条，北京：中华书局，1980年，第1238页。今人多从章学诚《文史通义·文集》之论，以为文集之编纂先总集而后别集，故对曹植文集编纂之事予以否认。如郭英德等著《中国古典文学研究史》引此则材料后说：“这显然是将曹植遗作搜集在一起，但仍是说‘凡百馀篇’，可见在名义上这些文章并未结‘集’，在实际上也可能并未成书。”（北京：中华书局，1995年，第123页）又如董乃斌等主编的《中国文学史学史》亦引此则材料后说：“指魏明帝景初中诏追录、搜集曹植遗作，显然未能真正结‘集’。”（见该书第一卷第194页）与余嘉锡说异，余先生则持肯定的说法。

“凡所著诗赋难论数万言，名曰《私载》，……皆传于世。”[①]以上五例编撰文集事，或他编、或自编。其体例如何，虽难以考知，但除第一例没有出现文体名称外，其他几例，皆举出文体名称，似为按体类编次。《三国志·蜀书·诸葛亮传》载有陈寿所编《诸葛氏集》目录，陈寿在书成所上的奏章中说：“删除重复，随类相从，凡为二十四篇，篇名如右。”[②]由其现存的二十四篇目录可以推知，所谓“随类相从”，大抵是“随事”或“随义”，但其中，“与孙权书第十四，与诸葛瑾书第十五，与孟达书第十六”，“军令上第二十二，军令中第二十三，军令下第二十四”，则似为以文章体类相属编次。检明张溥所辑《汉魏六朝百三家集》之《诸葛亮集》目录，其中“书”类有《与吴王书》、《与兄瑾书》九首、《与孟达论李严书》，“令”类有《军令》四首及《兵军要诫》，仿佛与《诸葛氏集》目录合。[③]可为间接一证。《诸葛氏集》的编排体例体现出由“子”向“集”过渡的特征，这是由其书的性质决定的。《诸葛氏集》录存文章时俨然是按文体聚以成类。而纯收作品的文集的编纂，虽然存在以事义相从的可能，但以体类相从的可能似乎更大。如此，文集的编纂，一开始便与文体的分类联系在一起了。

二

魏晋之际，出现了一批专集某一体类的文章总集，如《隋书·经籍志》所著录《应璩书林》，荀勗《晋歌诗》《晋宴乐歌辞》、陈勰《杂碑》《碑文》等，分别各体，一类相从而为一集。可惜均已亡佚。

而其中有迹可寻的是傅玄编纂的汇集“七”体作品的总集《七林》。挚虞《文章流别论》说：“傅子集古今‘七’而论品之，署曰《七林》。”宋王应麟《玉海》卷五四记：“傅玄作《七谟》，又集《七林》。”[④]《七林》已不存，今人多推测傅玄今存之《七谟序》，或与其编纂《七林》有一定的关系。其《七谟序》曰：

① 陈寿：《三国志》，第1254页。

② 陈寿：《三国志》，第929-930页。

③ 张溥编：《汉诸葛亮集》，《汉魏六朝百三家集》卷二二，上海：上海古籍出版社，1994年影印本。

④ 王应麟编：《玉海》，扬州：广陵书社，2003年，第1016页。

> 昔枚乘作《七发》，而属文之士，若傅毅、刘广世、崔骃、李尤、桓麟、崔琦、刘梁、桓彬之徒，承其流而作之者，纷焉：《七激》、《七兴》、《七依》、《七款》、《七说》、《七蠲》、《七举》、《七设》之篇。于是通儒大才马季长、张平子，亦引其源而广之。马作《七厉》，张造《七辨》。或以恢大道而导幽滞，或以黜瑰奓而托讽咏，扬辉播烈，垂于后世者，凡十有余篇。自大魏英贤迭作，有陈王《七启》、王氏《七释》、扬氏《七训》、刘氏《七华》、从父侍中《七诲》，并陵前而邈后，扬清风于儒林，亦数篇焉。世之贤明，多称《七激》工，余以为未尽善也。《七辨》似也，非张氏至思，比之《七激》，未为劣也。《七释》佥曰妙哉，吾无间矣。若《七依》之卓轹一致，《七辨》之缠绵精巧，《七启》之奔逸壮丽，《七释》之精密闲理，亦近代之所希也。（《全晋文》卷四六）

"七"是由摹拟系列作品之纷出而得以立体的，傅玄《七谟》亦为摹拟作品。在这篇序里，傅玄追溯七体之源流，以枚乘《七发》为发端之作，而后世之"七"体作品皆"承其流而作之"，但于马融《七厉》、张衡《七辨》又称"亦引其源而广之"，用语不同。寻其上下文语气，二者似无褒贬抑扬之意。又傅玄的《连珠序》曰：

> 所谓连珠者，兴于汉章帝之世，班固、贾逵、傅毅三子受诏作之，而蔡邕、张华之徒又广焉。[①]其文体，辞丽而言约，不指说事情，必假喻以达其旨，而贤者微悟，合于古诗劝兴之义。欲使历历如贯珠，易观而可悦，故谓之连珠也。班固喻美辞壮，文章弘丽，最得其体。蔡邕似论，言质而辞碎，然其旨笃矣。贾逵儒而不艳，傅毅文而不典。（《全晋文》卷四六）

亦有"而蔡邕、张华之徒又广焉"的说法。摹拟前人而有所"广"，即在摹拟

① 罗宗强师指出："张华比傅玄小十五岁，其文学创作也较傅玄为晚，此处言'蔡邕张华之徒'，张华疑为张衡之误。玄论'七体'亦论及张衡而未及张华，可证。"见《魏晋南北朝文学思想史》（第 124 页）。

前人的基础上有所发扬，有所增广。傅玄是一位摹拟文学的赞成者，是一位自觉奉前人文体为法式的学者，所以他才在《七谟序》里说，通儒大才如马融、张衡都作有摹拟前人的“七”体作品。实际上是为了抬高“七”体的地位。他对前代的“七”体和“连珠”摹拟作品总体上是给予积极评价的，观其对各家作品的评语即可知。这积极的评价大概就因为摹拟文学能在“承其流”“引其源”的基础上而有所“广”。

傅玄自己也是一位摹拟文学的实践者。前人对他的摹拟作品有不少评论。傅玄有《拟四愁诗四首》，明王世贞在《艺苑卮言》卷三评曰：“平子《四愁》，千古绝唱，傅玄拟之，致不足言，大是笑资耳。玄又有《日出东南隅》一篇，汰去精英，窃其常语，尤有可厌者。本词：‘使君自有妇，罗敷自有夫。’于意已足，绰有余味。今复益以天地正位之语，正如低措大记旧文不全，时以己意续貂，罚饮墨水一斗可也。”[①]《日出东南隅》一篇，指傅玄的《艳歌行》。《艳歌行》全篇模仿乐府古辞《日出东南隅》（又名《陌上桑》）。明谢榛在《四溟诗话》卷一亦曰：“傅玄《艳歌行》，全袭《陌上桑》，但曰：‘天地正厥位，愿君改其图。’盖欲辞严义正，以裨风教。殊不知‘使君自有妇，罗敷自有夫’，已含此意，不失乐府本色。”[②]清王士祯《带经堂诗话》卷一“体制类”曰：“若傅玄《艳歌行》云：‘一顾倾朝市，再顾国为墟。’呆拙之甚，所谓点金成铁手也。”[③]都指出傅玄摹拟前人，全篇蹈袭，以至章摹句写，又往往画蛇添足，发以议论，即如谢榛所谓“欲辞严义正，以裨风教”，结果失去了原作的含蓄意味。傅玄的一些诗篇，在摹拟前人的同时，总是试图在原作的基础上发挥议论，加入一些伦理教化的说教。透过傅玄的摹拟作品，与他在《七谟序》里所说的“七”体作品系列“或以恢大道而导幽滞，或以黜瑰奓而托讽咏”、“连珠”体作品系列“合于古诗劝兴之义”的说法相参证，我们似可认为，傅玄提出的摹拟前人而有所“广”，就是要“广”于教化，而在程式规格方面则一依古人。西晋时期，雅颂体四言诗在诗坛的流行，特别是束皙《补亡诗》的写作，有类于傅玄的摹拟。

---

① 王世贞：《艺苑卮言》卷三，丁福保编：《历代诗话续编》，北京：中华书局，1983年，第990页。

② 谢榛：《四溟诗话》，北京：人民文学出版社，1998年，第4页。

③ 王士祯：《带经堂诗话》卷一，北京：人民文学出版社，1982年，第25页。

《文选》卷五四《辩命论》李善注引《傅子》曰："昔仲尼既殁，仲弓之徒追论夫子之言，谓之《论语》。其后邹之君子孟子舆拟其体，作七篇，谓之《孟子》。"王运熙、杨明二先生《魏晋南北朝文学批评史》引此则材料后说："连先秦儒家子书也说成是'拟其体'而作，正表明了傅玄对文章体制的重视，表明他习惯于从'体'的眼光去看待文章著作。"[①]诚然，傅玄在《七谟序》和《连珠序》中对这些因摹拟而得以立体的各篇作品的积极评价，他自己在摹拟乐府诗写作中的亦步亦趋，皆可证明他对文体规格体式规范的遵从和恪守。但这种对文章"体"的重视，实在是和他的强调教化功用的文体观念互为表里的。《傅子》有曰："《诗》之雅颂，《书》之典谟，文质足以相副，玩之若近，寻之若远，陈之若肆，研之若隐，浩浩乎其文章之渊府也。"（《全晋文》卷四九）虽从文体角度立论，但隐藏于其下的则是宗经思想。重体式规范，以经书为法式，如果从这个侧面看，傅玄的文体观念似停留在汉代人的层面上。

但傅玄的文体观念还有另外的一个侧面。他摹拟古人不仅要在教化功用上有所"广"，而且在文辞上也要有所"广"。罗宗强师已经敏锐地指出，傅玄摹拟汉乐府所使用的方法，"只是在原有词句上加以敷演，加以发挥，加以变换"[②]，也就是扩大文字。而这正表明，傅玄在遵守前人体式规范的基础上，开始追求文字的技巧，如铺排描写与形容的拓展等，他已经对文体形式上的美感特质有所自觉。但他的实际创作效果并不太好。傅玄所处的西晋时期是一个摹拟文学盛行的时期。但此时期的摹拟之风已与汉代大不相同，周勋初先生曾经指出，汉末魏初以后，"随着创新意识的加强，摹拟之风又进入了一个新的阶段，不再停留在形式上的亦步亦趋，转而重视摹拟前人的作品而抒发某种情绪"[③]。傅玄的摹拟似未反映其时重情绪抒发的倾向，他的创新主要体现在文辞之表现技巧上。也许正因为他认为摹拟应在文辞上有所"广"，所以他能够在每种文体应有一定规格的前提下，承认不同作家不同作品会有不同的风格特点。《七谟序》和《连珠序》都涉及作家作品的艺术特点。"七"体中，《七依》卓轹一致，《七辨》缠绵精巧，《七启》奔逸壮丽，《七释》精密闲理；"连珠"体中，班固喻美辞壮，文章弘丽，蔡邕言质而辞碎，贾逵儒而不艳，傅毅

① 王运熙、杨明：《魏晋南北朝文学批评史》，第77页。

② 罗宗强：《魏晋南北朝文学思想史》，第88页。

③ 周勋初：《魏晋南北朝时文坛上的摹拟之风》，《周勋初文集》第三卷，第397页。

文而不典。这些评语，说明傅玄对同一文体中不同作家、不同作品艺术风格体认的细腻和真切。

也许正因为傅玄有拟作前人文体的丰富经验，而他又编纂有汇集同类文体的文章总集，所以他才能具体地归纳和概括出文体写作的体制体式要求来。他在《七谟序》和《连珠序》中对文体的论说，溯其源流，举列代表作家和作品，论其风格特点，评价其得失。特别在《连珠序》中，更进一步释其名义，提出其规格体式、风格特点的要求，这种文体论的表述方式经挚虞而至刘勰，遂发展为一套系统成熟的理论形式。

三

在别集和专收一体文章总集出现的同时，汇次诸体的文章总集也随之出现。《隋书·经籍志》《四库全书总目》《文史通义》皆以挚虞《文章流别集》为总集之创制之作①。《晋书·挚虞传》记："又撰古文章，类聚区分为三十卷，名曰《流别集》，各为之论，辞理惬当，为世所重。"②邓国光先生结合《隋志》及本段文字谓："挚虞开编纂总集之体例，自诗、赋以下各体文章，各为条贯，即《晋书》本传所谓'区分'；又合而编之，以见各体文章源流，所谓'类聚'也。挚虞各为之论，乃专论文章之作。以故《文章流别集》既为文章总集，亦属文评。"③而所谓专论文章之作，即今人屡屡称引的《文章流别论》，当初实为《文章流别集》之组成部分，《文章流别论》与《文章流别集》本为一体。如此，《文章流别集》不惟创总集编纂之体例，亦开文体研究之新格局。

挚虞所收"文章"，《隋书·经籍志》说是"自诗赋下"，据现存《文章流别论》之残篇佚文，则包括诗、赋、颂、七、箴、铭、诔、哀辞、对问、

---

① 或以为《文章流别集》仿《善文》而作。《善文》之作者，《隋志》集部总集类著录为杜预撰，而《晋书·华廙传》又谓华廙"集经书要事，名曰《善文》"。王运熙和杨明的《魏晋南北朝文学批评史》（第119页）持存疑的态度。邓国光《挚虞研究》综合各家之说，力辨《善文》乃华廙撰，且其体例近类书，不可谓《流别》仿自《善文》。见该书第十一章"《文章流别集》考"。

② 房玄龄：《晋书》，第1427页。

③ 邓国光：《挚虞研究》，第172页。

哀策、图谶、碑十二种文类。《文心雕龙·颂赞》曰："及迁史固书，托赞褒贬。约文以总录，颂体以论辞，又纪传后评，亦同其名。而仲洽流别，谬称为述，失之远矣。"又颜师古《匡谬正俗》卷五"史记"条曰："挚虞撰《流别集》，全取孟坚书序为一卷谓之《汉述》，已失其意。"[①]可知《文章流别集》有"述"之一类。由这十三类文体，我们似可推测出《文章流别集》所收文类当甚为广泛，亦可见出其时文体分类之繁富。[②]挚虞之前，《汉书·艺文志》仅及诗赋，蔡邕《独断》专论策书、制书、诏书、戒书、章、奏、表、驳议八类朝廷专用文书，桓范的《世要论》涉略赞象、铭诔、序作等文类，曹丕的《典论·论文》论及奏议、书论、铭诔、诗赋"四科八体"、陆机《文赋》论及诗、赋、碑、诔、铭、箴、颂、论、奏、说"十体"。上述论著，除《汉书·艺文志》外，就其立意本身来讲，似皆非专论文体分类，其对文体类别有所论列，带有例举的性质。而挚虞对文章"类聚区分"，并"各为之论"，实是大规模专论文体的开始，应该说，从挚虞开始，中国才有了文体专论著作。

挚虞之后，总集编纂之体例格局基本形成，总集遂成为古代文体论之大宗。李充《翰林论》、萧统《文选》自不用说，明代吴讷的《文章辨体序说》、徐师曾的《文体明辨序说》、姚鼐的《古文辞类纂》这些文体研究的重要著作，皆一脉相承，循挚虞之体例形式。挚虞文体论的影响和意义，此诚然为一大端。

挚虞文体论的又一影响和意义，在于其对文体研究方法论的贡献。罗宗强师谓："他继承了《班志》辨章学术、考镜源流的传统，把这种传统应用到各种文体的研究中。从现存《流别论》残篇看，他每论一种文体，都包括三个方面的内容：究其原始，释其名义，论其演变之得失，有时还对某种文体提出基本要求。这些方法，后来刘勰加以发展，给以明确，演成他的论文体的程式：'原始以表末，释名以章义，选文以定篇，敷理以举统'。"[③]

① 颜师古原著，刘晓东平议：《匡谬正俗平议》，济南：山东大学出版社，1999 年，第 114 页。

② 邓国光先生推测挚虞文体分类在二十五类至四十一类之间。见《挚虞研究》（第 239-247 页）。

③ 罗宗强：《魏晋南北朝文学思想史》，第 106 页。

挚虞对文体的具体论述，与其规模格局，方法体系相比，则相对显得逊色多了。最主要的一点，是他始终未能跳出汉人文体论的思路和框架，依汉人之经典立论，其文体观念总体上是传统的、保守的。其论赋，直承《汉书·艺文志》“诗赋略”总序；其论诗，及“六义”，直承《毛诗序》。对文体性质的认识，对文体发展的评价，与汉人并无大的差别。如谓：“故颂之所美者，圣王之德也。”“前世为赋者，有孙卿、屈原，尚颇有古诗之义，至宋玉则多淫浮之病矣。”论《七发》：“此因膏粱之常疾，以为匡劝，虽有甚泰之辞，而不没其讽谕之义也。”（《全晋文》卷七七）等等，强调美刺讽谏功用，皆重复汉人之陈辞。

但挚虞对文体的认识亦有前人未及之处，他对文体是作了认真且细致的思考的，特别是对文体形式的体认和表述，尤其值得我们重视。挚虞论赋，对赋之艺术形式的构成，就比前人的论述要具体得多，而他的赋论，则被后来的刘勰所继承，所发挥。我们在本章第一节中已经论及，兹不赘。再如其论诗：

> 《书》云：“诗言志，歌永言”，言其志谓之诗，古有采诗之官，王者以知得失。古之诗有三言、四言、五言、六言、七言、九言。古诗率以四言为体，而时有一句二句杂在四言之间，后世演之，遂以为篇。古诗之三言者，“振振鹭，鹭于飞”之属是也，汉郊庙歌多用之。五言者，“谁谓雀无角，何以穿我屋”之属是也，于俳谐倡乐多用之。六言者，“我姑酌彼金罍”之属是也，乐府亦用之。七言者，“交交黄鸟止于桑”之属是也，于俳谐倡乐世用之。古诗之九言者，“泂酌彼行潦挹彼注兹”之属是也，不入歌谣之章，故世希为之。夫诗虽以情志为本，而以成声为节。然则雅音之韵，四言为正；其余虽备曲折之体，而非音之正也。（《全晋文》卷七七）

且不论其以为各种诗体皆为《诗》之流、“四言为正”的文体源流正变观念是否正确，但其对诗从体式上予以分类，并力图考察诗之各种语言体式的起源，似未曾被此前的诗论所涉及。集的编纂是要“类聚区分”，那么，编纂者必然会面临一个具体的问题，如立一类名为“诗”，那么，什么样的作品才是“诗”呢？哪些作品应归入“诗”这一类呢？仅仅说“诗言志”“诗以情志为本”，是解决不了这些实际问题的。所以挚虞还要说诗“以成声为节”，虽然“四言为正”，但三言、五言、六言、七言、九言亦“备曲折之体”，尽管挚虞没有把话讲明白，但似乎有这样的意思：“诗”这一概念涵盖了三至九言各类不同的韵语形式。如此理解，“诗”便成了一个文体表现形式的概念，它引导人们更多地注意诗的语言形式问题。后来，颜延之《庭诰》谓：“挚虞文论，足称优洽。《柏梁》以来，继作非一，所纂至七言而已。九言不见者，将由声度阐诞，不协金石。至于五言流靡，则刘桢、张华，四言侧密，则张衡、王粲，若夫陈思王，可谓兼之矣。”（《全宋文》卷三六）其论诗之语言之形式，明言接受了挚虞的影响。题为任昉所著的《文章缘起》便列有“三言诗”“四言诗”“五言诗”“六言诗”“七言诗”“九言诗”，对诗的体式的分类，实承接挚虞的诗论。萧统的《文选序》谓诗“四言五言，区以别矣。又少则三字，多则九言，各体互兴，分镳并驱”亦袭用挚虞的说法。又如挚虞论“七”：

> 《七发》造于枚乘，借吴楚以为客主。先言“出舆入辇，蹷痿之损；深宫洞房，寒暑之疾；靡曼美色，晏安之毒；厚味暖服，淫曜之害。宜听世之君子要言妙道，以疏神导引，蠲淹滞之累。”既设此辞，以显明去就之路，而后说以色声逸游之乐，其说不入，乃陈圣人辨士讲论之娱，而霍然疾瘳。此因膏粱之常疾，以为匡劝，虽有甚泰之辞，而不没其讽谕之义也。其流遂广，其义遂变，率有辞人淫丽之尤矣。（《全晋文》卷七七）

虽重“七”之教化讽谏作用，但对《七发》的评价却是建立在作品形式分析的基础上。对《七发》之结构的分析可谓要言不烦，“借吴楚以为客主”、“先言”（“既设此辞”）、“而后说”、“其说不入”、“乃”、“而”，便把《七发》的体制结构勾勒出来了。挚虞之前，尚未见对文体之形制结构特征作如此具体的论述者。

挚虞论诗体、“七”体之语言形式和结构特点，某种程度上只能说是汉代人文体认识的一种延伸和深化，文体之规格体式，汉人已有体认，在创作及文论中亦有反映，只不过挚虞的表述更为具体和真切。挚虞真正超越汉人的地方，在于其论文体而能从文体的艺术风貌着眼：

> 若《解嘲》之弘缓优大，《应宾》之渊懿温雅，《达旨》之壮厉忼慷，《应间》之绸缪契阔，郁郁彬彬，靡有不长焉矣。（《全晋文》卷七七）

《文心雕龙·杂文》亦曰："扬雄解嘲，杂以谐谑，回环自释，颇亦为工。班固宾戏，含懿采之华；崔骃达旨，吐典言之裁；张衡应间，密而兼雅。"皆论"对问"这一文体各篇代表作品不同的艺术风貌。所论内容有不同，但思路是相同的。于此，亦可见挚虞文体论对刘勰文体论的影响。挚虞是承认同一体类的作品可以同中有异的。如其论颂："昔班固为《安丰戴侯颂》，史岑为《出师颂》、《和熹邓后颂》，与《鲁颂》体意相类，而文辞之异，古今之变也。"（《全晋文》卷七七）论铭："夫古之铭至约，今之铭至繁，亦有由也。质文时异，论既论则之矣。"（《全晋文》卷七七）不同时代文辞之质文变化，使同一文类的作品在语言风貌上表现出古今的差异，这是正常的现象。但挚虞以为其规格体式却是不能变的，如他说："诗、颂、箴、铭之篇，皆有往古成文，可放依而作。"（《全晋文》卷七七）而此规格体式主要由其功用所决定，如颂："颂之所美者，圣王之德也，则以为律吕。或以颂形，或以颂声，其细已甚，非古颂之意。"而"扬雄《赵充国颂》，颂而似雅；傅毅《显宗颂》，文与《周颂》相似，而杂以风雅之意。若马融《广成》、《上林》之属，纯为今赋之体，而谓之颂，失之远矣"（《全晋文》卷七七）。如铭："铭于宗庙之碑"，"咸以表显功德，天子铭嘉量，诸侯大夫铭太常，勒钟鼎之义。所言虽殊，而令德一也。"而"李尤为铭，自山河都邑，至于刀笔平契，无不有铭，而文多秽病；讨论润色，言可采录"（《全晋文》卷七七）。偏离了文体的功用，不符合文体的规格体式，是不被允许的。只有在文体的规格体式规范之下，文辞才可以变化。那么，我们回过头来看挚虞对对问体作品的评论。所谓"弘缓优大""渊懿温雅""壮厉忼慷""绸缪契阔"，对问体中各篇作品这样的不同，似非古今文辞变化所能全部解释，这些用语的背后，实已隐含有作家不同的气质个性因素在，挚虞对文体的论述不经意中也流露出了文学自觉时代在其身上留下的一些印迹。

挚虞的文体观念，更多的是来自对历史的回顾，是对汉代以来零散、琐碎的文体论的集中总结，但细读其文，在貌似重复汉人论调的述说中，字里行间还是可以发现他与汉人的一些不同。这些不同，恰恰表现出文体批评与文体观念自觉之后的某些特征。这就是对形式的重视，对文体艺术特点的体认。从文体观念自身之发展逻辑来看，挚虞的文体论可以说是由两汉至魏晋的一个中间转化环节，呈现出文体功用论向文学文体论过渡的特征。

四

挚虞之后，以编纂总集的形式来论文体的有东晋的李充。《隋书·经籍志》总集类著录："《翰林论》三卷，李充撰。"注云："梁五十四卷。"[①]故一般认为，李充原撰有文章总集《翰林》，卷帙浩大，后人析出其文体专论部分为《翰林论》。"《翰林》与《翰林论》之关系，犹如挚虞的《文章流别集》与《文章流别论》。"[②]只是其留存至今之残文篇幅甚小，片言短语十数则，实无从概括其文体观念。

据其现存佚文，《翰林论》涉及的文体名目有书、表、论难、图赞、议奏、盟檄、驳事、诫诰、五言诗、赋等，可推知其文体分类的繁富。李充论文体，似多从实用角度考察，如：

> 容象图而讚立。宜使辞简而义正。孔融之讚杨公，亦其义也。
>
> 研核名理而论难生焉。论贵于允理，不求支离。若嵇康之论，成文美矣。
>
> 在朝辨政而议奏出。宜以远大为本。陆机《议晋断》，亦名其美矣。
>
> 盟檄发于师旅。相如《喻蜀父老》，可谓德音矣。（《全晋文》卷五三）

文体之产生，皆有其实用背景。所举作家作品，亦多美其"义用"。论者多谓李充不尚藻饰，如"表宜以远大为本，不以华藻为先""驳不以华藻为先"。（《全晋文》卷五三）此或者与其现存佚文所论文体多为应用文体有关。

---

① 魏征等：《隋书》，第1082页。

② 王运熙、杨明：《魏晋南北朝文学批评史》，第149页。

《翰林论》论文体虽较简括，但论及文体之产生，提出文体之写作要求，并举列佳篇为例，可视为对挚虞《文章流别论》的继承。

当然，从挚虞到李充的文体论，我们更可以看作《汉书·艺文志》所开辟的史学目录学文体辨析传统的一种延续和发展。但这种延续和发展已经深深地打上了文学自觉时代的痕迹。

第　四　章

南朝文体论的发展与文体观念的成熟（上）

南朝是中国古代文体论的成熟期。魏晋以来的文体批评和文体观念得到了进一步的发展和深化。文体分类更加细化，并且在文体分类辨析的基础上开始出现一种朦胧的纯文学意识。对文体源流的论述，对古体与今体关系的论述，关涉的内容更加丰富，对艺术形式的把握也更加深入。文体论不仅是其时文学研究的主要表现形式，而且也是文学思想和主张的主要反映方式。文体观念的成熟，不仅使文体论拓宽了自身的领域，而且引导着文学批评和文学研究走向了更为宽广的天地。特别是齐梁时期，刘勰的文体论和萧统的文体分类，带有集大成的性质，无论从形式、内容还是方法，都奠定了中国古代文体学的基础和格局。刘勰综合性的辩证的文体观念架构体系的形成，标志着中国古代文体观念的成熟。

第一节　杂文学观念下的文体分类

对文体有意识的系统的分类，是在史志目录学的传统下发展起来的。而文集特别是文章总集的出现，使对文体的分类变得更加有目的性，更加专门化。当然，在典章名物的说明中，如蔡邕《独断》、刘熙《释名》等，在作家作品的评论和创作专论中，如曹丕《典论·论文》、陆机《文赋》等，也会涉及文体的分类，但就其立意来说，并非要对文体进行系统的全面的分类。真正开始对文体进行有意识的系统的全面的分类的是挚虞的《文章流别集》、李充的《翰林》等文章总集。可惜其书已佚，而难得其详。进入南朝，文章总集的编纂更为兴盛，编纂者的角色身份也由学者向文人倾斜，文体分类中的文学意识也逐渐增强。萧统《文选》便是其中的杰构。与此同时，泛论各体文类的专门著作，如旧题任昉的《文章缘起》、刘勰的《文心雕龙》，备列各种文章体类，亦是文体分类的系统之作。文体分类学在齐梁时代得到全面的总结和清理，完整地呈现在我们眼前。

《隋书·经籍志》著录汇列诸体的文章总集计有二十七种。唯《文选》独存。《文选》之前的总集，挚虞《文章流别论》残篇涉及文体十二种：诗、赋、颂、七、箴、铭、诔、哀辞、对问、哀策、图谶、碑。[①]李充《翰林论》残篇亦涉及十余种文体名目：书、表、论难、图赞、议奏、盟檄、驳事、诫诰、五言诗、赋等。齐孔逭的《文苑》，据《玉海》卷五十四引《中兴书目》说："孔逭集汉以后诸儒文章，今存十九卷，赋、颂、骚、铭、诔、弔、典、书、表、论凡十属。"[②]而《文苑》一书，《隋志》著录为一百卷。十九卷即涉十种文体。可以推知，这些卷帙浩大的总集，文体分类都很繁富。《文选》的文体分类则有三十九类：赋、诗、骚、七、诏、册、令、教、策文、表、上书、启、弹事、笺、奏记、书、移、檄、难、对问、设论、辞、序、颂、赞、符命、史论、史述赞、论、连珠、箴、铭、诔、哀、碑文、墓志、行状、吊文、祭文。[③]这些还不包括《文选序》中提及而《文选》未收的诫、诰、誓、悲、引、碣等文类。

而旧题任昉的《文章缘起》举例的文体则有八十五类：三言诗、四言诗、五言诗、六言诗、七言诗、九言诗、赋、歌、离骚、诏、玺文、策文、表、让表、上书、书、对贤良策、上疏、启、奏记、牋、谢恩、令、奏、驳、论、议、反骚、弹文、荐、教、封事、白事、移书、铭、箴、封禅书、赞、颂、序、引、志录、记、碑、碣、诰、誓、露布、檄、明文、乐府、对问、传、上章、解嘲、训、辞、旨、劝进、喻难、诫、吊文、告、传赞、谒文、祈文、祝文、行状、哀册、哀颂、墓志、诔、悲文、祭文、哀词、挽词、七发、离合诗、连珠、篇、

① 另，《文章流别集》有"述"一类。邓国光先生推测，挚虞文体分类在二十五类至四十一类之间。见第三章第四节所述。

② 王应麟编：《玉海》，第1016页。

③ 萧统《文选》分文体为三十九类，说详傅刚：《〈昭明文选〉研究》。

歌诗、遗命、图、势、约。[①]

《文心雕龙》涉及的文体名称实在难以统计，粗列如下：骚、诗（四言、五言、三六杂言、离合、回文、联句）、乐府、赋、颂、赞（序、引）、祝、盟（祭文、哀策、誓）、铭、箴、诔、碑（碣）、哀、吊、杂文（对问、七、连珠、典、诰、誓、问览、略、篇、章、曲、操、弄、引、吟、讽、谣、咏）、谐、隐、史传、诸子、论、说（议说、传注、赞评、叙引）、诏、策（命、诰、誓、令、制、戒敕、戒、教）、檄、移（露布）、封禅、章、表（上书、章、奏、表、议）、奏、启（上疏、弹事、封事）、议、对（驳议、对策、射策）、书、记（表奏、奏书、谱、籍、簿、录、方、术、占、式、律、令、法、制、符、契、券、疏、关、刺、解、牒、签、状、列、辞、谚语）。大类为三十四种，若总其细类超过百种。[②]

三书的文体分类，《文选》一书有大类三十九种，《文心雕龙》有大类三十四种，而《文章缘起》则列目八十五题，更为细碎杂乱。傅刚先生说："选本如《文选》，评论如《文心雕龙》，都可以做归类的工作，《文章始》却不可以，

① 关于《文章缘起》一书，今传本是否为任昉《文章始》原作，疑点颇多。朱迎平《〈文章缘起〉考辨》一文认为："从今本《文章缘起》的内容分析，它基本产生于齐梁时代是合乎情理的。本书的结论是：今本《文章缘起》中的大部分仍是任昉《文章始》的原本，我们仍可将它作为产生于齐梁的一部文论著作来研究。"文收入其《古典文学与文献论集》(第 57 页)。按：《四库全书总目》指斥此书"引据颇疏"，谓其立体类名目多有不当，并以之为此书伪托的重要原因。后之学者多从四库馆臣说。然《文章缘起》之分类，如"骚"与"反骚"别立二体，别崔骃《达旨》于扬雄《解嘲》，而另立"旨名"，一方面有其书推原文体起源之体例方面的原因，另一方面也与齐梁时文体分类细碎而层次不清的倾向相合。故论《文章缘起》非任昉《文章始》而全为伪托，仍需从历史文献中寻找坚实证据。从现在占有的文献资料看，《文章缘起》或真或伪，都难以论定，姑且从旧说。吴承学师与李晓虹合撰《任昉〈文章缘起〉考论》一文，对《四库全书总目》疑为伪托的主要理由一一加以考辨，以为其结论不可采信。并主张以审慎的态度尊重唐宋以来的传统说法。文载《文学遗产》2007 年第 4 期。本书举列的文体类别即依据此文。

② 《文心雕龙》论文章体裁，从《明诗》至《书记》二十篇，涉略文体三十三种。当然，这三十三种体类亦不可等同视之，如"杂文""记"情况就相当复杂。一般认为，刘勰论及的文体，还应加上《辨骚》篇里的"骚体"，故我们说《文心雕龙》的文体分类为三十四种大类。至于大类之下的小类细目，有时实在是难以摘举。文中所随列之细目，只是粗略的举例，并不是有标准、有系统的甄别统计。

这也是体例所限。”[①]而《文选》和《文心雕龙》的归类事实上也并不简明而有条例可循。清代章学诚就对《文选》分类的细碎大加指责，他对“符命”“史述赞”“七”的体类设立不以为然，对立“难”为体也深为不满，《文史通义·诗教下》说：“《七林》之文，皆设问也。今以枚生发问有七，而遂标为七，则《九歌》《九章》《九辨》，亦可标为九乎？《难蜀父老》亦设问也。今以篇题为难，而别为难体，则《客难》当与同编，而《解嘲》当别为嘲体，《宾戏》当别为戏体矣。”[②]以篇题为“体”，确是魏晋南北朝人在文体分类中的一个操作方法，它也是造成文体名目纷纭的原因之一。《文选》将汉武帝《秋风辞》与陶渊明《归去来》（后人径题为《归去来兮辞》）放在一起，立一体为“辞”类。两篇文章有什么相同之处？今人一般将《秋风辞》归入“诗”（清人沈德潜即将其收入《古诗源》），而将《归去来》划入“文”，形式上差异很大，且二文之立意、题材等方面亦很难见出其同（若说其同，或在用“兮”字句上。但《文选》又别有“骚”体），“辞”之立体，无例可索，似无必要。《文心雕龙》的归类则较《文选》为严整，如《杂文》即包括了《文选》中的“七”“对问”“设问”“连珠”四个体类；又如《论说》中的“论”即包括了《文选》中的“论”“史论”“史述赞”“序”四个体类。但其琐碎的倾向仍然存在。“囿别区分”，但总体上体现出“杂”的特点。将史传、诸子与其他文类并列，层级关系不分。过分强调题材和功用，纳入了大量应用文牍。其体裁论从《明诗》至《书记》，虽然形式上排列有序，但文体大类之下所涉及的细目，甚至超过了《文选》。其分类实缺乏内在的条理性和相称性。

文体的分类，可以考虑的因素很多，美国学者韦勒克和沃伦合著的《文学理论》一书中说：“我们认为文学类型应视为一种对文学作品的分类和编组，在理论上，这种编组是建立在两个根据之上的：一个是外在形式（如特殊的格律或结构等），一个是内在形式（如态度、情调、目的等以及较为粗糙的题材和读者观众范围等）。外表上的根据可以是‘田园诗的’和‘讽刺的’，外在形式是二音步和平达颂歌式的；但关键性的问题是接着去找寻‘另外一个’根

① 傅刚：《〈昭明文选〉研究》，第184页。

② 章学诚著，叶瑛校注：《文史通义校注》，第81页。

据，以便从外在与内在两个方面确定文学类型。”[①]或许韦勒克和沃伦所说的文学类型与我们所说的文体并不完全重合，但这里所说的“编组”的“根据”，我认为却同样适合于文体分类。基于此，构成文体形式的内在和外在因素中的任何一个都可以成为对文体进行分类的根据。而决定文体之内在形式和外在形式的因素是多种多样的，文体的分类也应是多元化的。但在每一种分类体系中，标准则应是一定的，在每一种分类中，只能有一个前后一贯的标准。中国古代的文体分类，则往往在同一个分类体系中，从多个角度对文体进行分类和归类，《文心雕龙》和《文选》都是这样。《文心雕龙》且不说其文体大类下细目划分时标准的多变，如诗从语言形式上可分为三言、四言、五言、六言、七言、杂言等小类；从结构上又举出离合、回文、联句等小类。即使从大类上来讲，先“文”后“笔”，从语体形式分，但下面对三十四种文类的划分，并未贯彻这一标准。诗、乐府、赋来源相同而分为不同的文类，颂赞功用相同而分为不同的文类，诏策、章表又因题材不同而分为不同的文类。或用此标准，或用彼标准，杂陈于同一分类体系中，则文体分类自然层级不分，名目繁多而难以把握。

不过，造成文体分类繁芜琐碎的更为重要的原因则是总分对象义界的庞杂，实质上是杂文学的观念使然。

究竟什么样的文章可以被划入文体分类的范围，什么样的文章可以被列为文体分类的对象，只有对分类的具体对象和范围加以必要的限定，才能够减少分类的随意性和不确定性，才有助于文体分类体系和层级关系的确定。在“文”的概念和义界还没有被厘定之前，文体分类就不可能是井井有条、界域分明的。

虽然古人关于“文”的概念的界定，经历了一个逐步发展和演进的过程，但始终并未产生纯文学的概念。先秦两汉不用说，即使是被称为“文学自觉”的魏晋之后，依然并未产生明确的纯文学概念。曹丕《典论·论文》中的“四科八体”，陆机《文赋》中的“十体”，在今天人看来，除了诗、赋两类之外，其他的文体，大都有其实用的目的。挚虞《文章流别论》、李充《翰林论》也

① 雷·韦勒克、奥·沃伦：《文学理论》，刘象愚等译，北京：生活·读书·新知三联书店，1984年，第263页。

是将诗赋和大量的应用文类并列在一起，《文心雕龙》甚至将诸子、史传也纳入其论文的体系之中。《文选》虽不收经、史、子之作，但也是在诗赋外，收入了大量的应用文类。“文”的义界和范围的驳杂，说明“文”的本质特质虽然被人们有所意识，但并未完全与其实用性的目的剥离。激进如萧纲，也在《与湘东王书》中说：“至如近世谢朓、沈约之诗，任昉、陆倕之笔，斯实文章之冠冕，述作之楷模。”（《全梁文》卷一一）诗、笔被等而视之。应用文和文学作品交错重叠，二者没有明显的界域。确实，就中国文学的发展实际来看，就中国古代作家的写作实践来看，我们很难明确划分出哪些文体属于纯文学，哪些文体属于非文学。诗赋可能会写得质木无文，了无文学性，而一些应用文体如诏令、奏议等公牍文亦可写得文采飞扬，成为文学性很强的作品，如三国时陈琳《为袁绍檄豫州》、诸葛亮《出师表》等。“文”不可能排斥实用性的文体，况且汉魏以来的许多纯文学作品，本来采用的就是应用文的体裁形式，如汉王褒的《僮约》、齐孔稚珪的《北山移文》、梁沈约的《修竹弹甘蕉文》等。吴承学师曾指出：“中国古代实用文体形态与文学文体形态是浑成一体的。”[①]中国古代的文体分类也始终面对的是一个宽泛的“文章”对象。

《文心雕龙》的“文章”范围就至为宽广庞杂，其广义的“文”概念几乎无所不包。狭义的“文”概念，则将所有的文字形式，都包揽其中，而未加以区别。如果说实用性的诏策、章奏、檄移等在有些时候也可以写得像诗赋等文学文体那样富于文学性，而“书记”中的谱、籍、簿、录等则无论如何也很难写成文学作品。把差别如此之大的文字形式统统纳入其分类体系之中，而偏重于从应用角度出发进行分类，难免会使文章体类名目繁多，无逻辑规则可言。何况我们今天把《文心雕龙》当作一部文学理论著作来看待时，就会更加不适应。萧统《文选》的“文章”范围似乎有所收缩，有人更视其为一个文学选本，重要的依据便是对《文选》的选录标准的认定和判断。在《文选序》中，萧统谈到了他的选录范围和标准，但却引起了近代以来学者的种种争议。其《序》曰：

① 吴承学：《中国古代文体形态研究》“绪论”，第2页。

> 若夫姬公之籍，孔父之书，与日月俱悬，鬼神争奥，孝敬之准式，人伦之师友，岂可重以芟夷，加之剪截？老庄之作，管孟之流，盖以立意为宗，不以能文为本。今之所撰，又以略诸。若贤人之美辞，忠臣之抗直，谋夫之话，辩士之端，冰释泉涌，金相玉振，所谓坐狙丘，议稷下，仲连之却秦军，食其之下齐国，留侯之发八难，曲逆之吐六奇，盖乃事美一时，语流千载。概见坟籍，旁出子史，若斯之流，又亦繁博，虽传之简牍，而事异篇章，今之所集，亦所不取。至于记事之史，系年之书，所以褒贬是非，纪别异同，方之篇翰，亦已不同。若其赞论之综辑辞采，序述之错比文华，事出于沉思，义归乎翰藻，故与夫篇什，杂而集之。[①]

言经、史、子不在《文选》之收录范围。但史中之赞论、序述却在收录之列，何以故？乃在于赞论、序述有“综辑辞采”“错比文华”的特点，是因为它们“事出于沉思，义归乎翰藻”。这样的一个选录赞论、序述的标准，有不少学者认为它就是《文选》全书的选录标准，甚而认为萧统开始具体地划分文学作品与非文学作品。萧统的确比较重视文章的文采和辞藻之美，及其为文运思的精心，但他不收经、史、子三部之篇章，并不说明他有意识地要区分文学作品和非文学作品。王运熙先生说：“《文选》基本上不选经、史、子，主要还是由于总集的体例使然。”[②]从目录学的发展来看，集部指涉的文献对象至齐梁时已相对稳定。晋荀勖《中经新簿》依魏郑默之《中经》而立四部，丁部，有诗赋、图赞、汲冢书。齐王俭撰《七志》，三曰文翰志，纪诗赋。而梁阮孝绪撰《七录》，更文翰志为文集录。《七录》序称：“王以诗赋之名，不兼余制，故改为文翰。窃以倾世文词，总谓之集，变翰为集，于名尤显。”（见《广弘明集》卷三）[③]文集录则包括楚辞、别集、总集、杂文四部分。可见集部虽以诗赋为主，但还有其他的“余制”。检《隋书·经籍志》，便著录有大量的诏制、

① 萧统编，李善注：《文选》第一册，上海：上海古籍出版社，1986年，第2-3页。

② 王运熙：《〈文选〉选录作品的范围和标准》，原载《复旦学报》1988年第6期，收入俞绍初、许逸民主编：《中外学者文选学论集》上，第261页。

③ 释道宣：《广弘明集》，上海：上海古籍出版社，1991年影印本，第112页。

奏事、表状、笺启、书、杂笔等文集。自陆机以来的文体论者就对一些本应属于应用文的文体概括提出了美的风貌的体式要求，萧统以其所处的时代，编撰《文选》时当更加注重文辞之美，基于历史发展之实际，他不可能排斥应用性的文章，只不过对应用性的文章附加上一些文学性的要求而已。《文选序》即谓：

> 又诏诰教令之流，表奏牋记之列，书誓符檄之品，弔祭悲哀之作，答客指事之制，三言八字之文，篇辞引序，碑碣志状，众制锋起，源流间出。譬陶匏异器，并为入耳之娱；黼黻不同，俱为悦目之玩。[①]

实用的目的，不妨碍其美的追求，实用文体同样可以成为“美文”。萧统“文章”概念的内涵和外延并不和今天的“文学”概念等量等值。“文”或多或少、或轻或重总与其实用性联结在一起。从《文选》对入选文章的分类安排看，即使是诗、赋这样的文学文体也偏重于题材内容和具体功用的区分，如赋类下之子目：京都、郊祭、耕籍、畋猎、纪行、游览、宫殿、江海、物色、鸟兽、志、哀伤、论文、音乐、情十五类，着眼于题材内容。诗类下之子目：补亡、述德、劝励、献诗、公宴、祖饯、咏史、百一、游仙、招隐、反招隐、游览、咏怀、哀伤、赠答、经旅、军戎、郊庙、乐府、挽歌、杂歌、杂诗、杂拟二十三类，除个别子类外，总体上着眼于其题材和具体的应用场合。诗、赋尚且如此，遑论其他文体。也许正是由于在分类时过分强调文章的题材特点和实际功用，对应于社会生活众多的场合对象和实用用途，于是便衍生出大量的子文类。加之应用文体总是随着时代的发展不断扩展，而它们也被不断网罗到文体分类的总分义界范围里，虽有古今之分，但着眼于其义用的差别，而不做必要的归类。如古有“上书”，而后代又分衍为章、表、奏、议，这些都被原封不动地纳入分类体系之中，从而使文体的分类越来越细化，趋向于繁琐庞杂。究其根本，实因文学作品与实用文章浑然一体而未能分途。“文章”的范围不等同于或者说大于今天的“文学”，是造成魏晋南北朝文体分类不符合现代文体分类原则的最为重要的原因。

---

① 萧统编，李善注：《文选》第一册，第2页。

中国古代的文体分类，面对的始终是一个“杂文学”的对象，面对的是各种实用性的文章，这是一个客观的历史事实。而对文体功用的认识，自先秦以来便已成为文体类别得以区分的基础。不只是实用性的文体，甚至文学性的文体，人们也从功用的角度去认识它们，而这种功用性的分类认识，往往不利于文体文学性质的独立，不利于区分文学文体与非文学文体。“杂文学”概念和文体功用论的纠结，使中国古代的文体分类始终未能发展出符合现代文学理论的分类学体系来。

但无论是刘勰的论文，还是萧统的选文，都非常重视文的艺术特点。刘勰在《文心雕龙》“下篇”论文术：论艺术构思、论艺术风貌、论艺术技巧、论表现方法等，萧统因赞论、序述“综辑辞采、错比文华”，“事出于沉思，而义归乎翰藻”，将其选入《文选》，都说明他们一定程度上对“文学性”的重视，对辞采与形式之美的重视。刘勰和萧统对文学质性的认识，直接体现于所论和所选的作家作品上。明代徐师曾在《文体明辨序》中，谓其所编《文体明辨》“唯假文以辨体，非立体而选文”。①这是中国古代文章总集编纂方式的一个特点，也是中国古代文体分类的一个特点。这一特点，使中国古代的文体分类表现出随机应变的特征。因此，我们考察古人的文体思想和观念，不应被其文体分类中的纷繁名目所迷惑，而更应注重其对不同文体作家作品的具体评价。

第二节　文体分类与“文笔之辨”

南朝时期，文体分类越来越细，但也出现了一种对众多文体进行归类的倾向，这就是所谓的“文笔之辨”。“文笔之辨”的基础是文体的分类。但“文”和“笔”作为类名，其内涵和外延似乎并不确定，这种不确定性，使“文”和“笔”在文体分类中的意义逐渐减弱。而关于这一问题的争论，却深化了人们对文学质性的认识，甚至产生出一种纯文学的朦胧意识。

《文心雕龙·总术》曰：

① 徐师曾：《文体明辨序说》，第 78 页。

> 今之常言，有文有笔，以为无韵者笔也，有韵者文也。夫文以足言，理兼诗书；别立两目，自近代耳。颜延年以为笔之为体，言之文也；经典则言而非笔，传记则笔而非言。请夺彼矛，还攻其楯矣。何者？易之文言，岂非言文？若笔不言文，不得云经典非笔矣。将以立论，未见其论立也。予以为发口为言，属笔曰翰，常道曰经，述经曰传。经传之体，出言入笔，笔为言使，可强可弱。六经以典奥为不刊，非以言笔为优劣也。昔陆氏文赋，号为曲尽，然泛论纤悉，而实体未该。故知九变之贯匪穷，知言之选难备矣。

有韵为“文”，无韵为“笔”，乃是南朝以来人们的一种普遍说法。以有无韵脚作为“文笔”之分的标准，是在长期以来的文体分类基础上提出来的，王运熙和杨明先生在《魏晋南北朝文学批评史》中对此点已作了详细的考辨和论述[①]。如果仅停留在这一层次上，“文笔”之分在对各体文章进行归类时，其内涵和外延本应是明确的。但问题在于，有韵无韵这一标准似乎并不是南朝文论家们的兴奋点，他们总是想在有韵和无韵这一标准之上再附着另外的标准，而这另外的标准勉强可理解为今人所说的“文学性”，有韵无韵和“文学性”的标准纠结在一起，两个不同层次的问题，似分似合，若即若离，最终使“文”和“笔”的指涉，特别是其各自所应包括的文体文章的范围，有大有小，各不相同。因为对“文学性”这一充满弹性的标准，每个人的理解并不相同。刘勰反对颜延之将经典排斥在“笔”的范围之外。颜延之认为“笔”是对不加修饰的直言的修饰，经典是直言而不加修饰的，故不入于“笔”。而刘勰以为，说话是言，而写成文字的经典和传记皆“出言入笔”，进入到“笔”的范围。虽然刘勰以为“六经以典奥为不刊”，不以文采之多少分优劣，但他驳颜延之时举《易》之《文言》为例，再联系他在《征圣》《宗经》中对六经文采的推许，所谓“圣文之雅丽”、所谓“义既埏乎性情，辞亦匠于文理”，以及《情采》篇“圣贤书辞，总称文章，非采而何”的论断，无疑在内心深处，他认为经典也是有文采的，所以他才说“文以足言，理兼诗书”。颜延之为“笔”

---

① 王运熙、杨明《魏晋南北朝文学批评史》之“文笔说”专节。

加上了“文饰”这一标准，而刘勰则以为这一标准不符合实际，自相矛盾。其根本则在于对“文饰”这一“文学性”概念的认识，两人理解并不相同。根据《总术》篇的这段文字，我们可知颜延之有“言”和“笔”之分。《宋书·颜竣传》载：

太祖问延之：“卿诸子谁有卿风？”对曰：“竣得臣笔，测得臣文，㚟得臣义，跃得臣酒。”①

《宋书·颜延之传》亦载：

元凶弑立，以为光禄大夫。先是，子竣为世祖南中郎谘议参军。及义师入讨，竣参定密谋，兼造书檄。劭召延之，示以檄文，问曰：“此笔谁所造？”延之曰：“竣之笔也。”又问：“何以知之？”延之曰：“竣笔体，臣不容不识。”②

据此两则材料，颜延之亦有“文”和“笔”之分。也就是说，颜延之是主张“言”“文”“笔”三分的。范文澜在《文心雕龙注》中释颜延之“言”“文”“笔”时说：“此言字与笔字对举，意谓直言事理，不加彩饰者为言，如《尚书》之类是；言之有文饰者为笔，如《左传》《礼记》之类是；其有文饰而又有韵者为文。”③

通过上面的分析可知，由于对“文饰”这一标准的理解不同，刘勰和颜延之在对“笔”的范围外延上理解并不相同。而萧绎《金楼子·立言》则曰：

古之学者为己，今之学者为人。学而优则仕，仕而优则学，古人之风也；修天爵以取人爵，获人爵而弃天爵，末俗之风也。古人之风，夫子所以昌言，末俗之风，孟子所以扼腕。然而古人之学者有二，今人之学者有四。夫子门徒，转相师受，通圣人之经者谓之儒。屈原、宋玉、

① 沈约：《宋书》，北京：中华书局，1987年，第1959页。
② 沈约：《宋书》，第1930页。
③ 刘勰著，范文澜注：《文心雕龙注》之《总术》注二，第658页。

枚乘、长卿之徒，止于辞赋，则谓之文。今之儒博穷子史，但能识其事，不能通其理者，谓之学。至如不便为诗如阎纂，善为章奏如伯松，若此之流，泛谓之笔。吟詠风谣，流连哀思者，谓之文。而学者率多不便属辞，守其章句，迟于通变，质于心用。学者不能定礼乐之是非，辩经教之宗旨，徒能扬榷前言，抵掌多识，然而挹源知流，亦足可贵。笔退则非谓成篇，进则不云取义，神其巧惠，笔端而已。至如文者，惟须绮縠纷披，宫徵靡曼，唇吻遒会，情灵摇荡。而古之文笔，今之文笔，其源又异。①

古之学者有二，谓：儒与文；今之学者有四，谓：儒、学、笔、文。今之儒、学由古之儒而来，而今之笔、文由古之文而来。如果从文体划分的角度来看，儒与学实包括经典与子史；笔与文则包括诗赋章奏等集部著作。就"文笔"作为一整体所包括的范围来说，刘勰的"文笔"似乎是经典、子史、诗赋、章奏等篇章都统统包括在内，而颜延之则从其中去掉了经典，萧绎更从其中去掉了子史。从文体分类学的角度来说，"文笔"所指涉的总分义界，其外延范围，各人并不相同。当然，萧绎这段话中，最被后人重视的则是其关于"文"与"笔"区分的论述。关于"笔"，萧绎说："退则非谓成篇，进则不云取义，神其巧惠，笔端而已。"②"成篇"可能指的是"文"；"取义"可能指的是"学"。"笔"退不可谓"文"，而进不可谓"学"，只不过显其巧惠于笔端而已。至于"文"，"惟须绮縠纷披，宫徵靡曼，唇吻遒会，情灵摇荡"。即须讲求辞采之华美，声韵之谐和，感情之浓烈。此三者，最重要的是情感，所谓"流连哀思者，谓之文"。萧绎对"文"的论说，实以"文学性"为其标准，反映了文学自觉时代对"文"之抒情特质与美感特征的认识。如果孤立地看，萧绎对"文笔"区分的认识已经脱离了具体的文类。但联系上文"不便为诗如阎纂，善为章奏如伯松"而谓之"笔"，"吟咏风谣"而谓之"文"的论述，可知萧绎对"文笔"之分的论说，并未脱离"有韵无韵"这一文体分类的基础。不便为诗而善为章奏者谓之"笔"，而"吟咏风谣"实即善于吟诵诗歌者谓之"文"。隐然以有韵无韵区分"文笔"。而在我们所引《金楼子·立言》这段话的后面，谈到

① 萧绎：《金楼子》卷四，《丛书集成初编》第〇五九四册，第75页。

② 萧绎：《金楼子》卷四，《丛书集成初编》第〇五九四册，第75页。

潘岳谓其“为文”，谈到曹植、陆机说他们是“文士”，潘岳、曹植、陆机擅长诗赋创作留名后世；而谈到任昉则却说他“长于笔翰”，《南史·任昉传》载时人有“任笔沈诗”的说法①，《梁书·任昉传》亦载任昉“雅善属文，尤长载笔，才思无穷，当世王公表奏，莫不请焉”。②可见章奏之类公文为任昉所善。亦似以其各自所长之文体论之，而以“文”“笔”区别言之。再如萧绎在这段话中谈到：“而古之文笔，今之文笔，其源又异。”其后紧接着说：“至如彖系风雅、名墨农刑，虎炳豹郁，彬彬君子。”“彖系风雅”为一组，“名墨农刑”为一组，亦隐然以“有韵无韵”分别“文笔”。萧绎并没有取消“有韵无韵”这一分别“文笔”的标准，他只不过在这一标准的基础上又附着了另外一些标准，而这另外的标准，“文学性”更强。我们似可以说，在“文笔”概念特别是其中“文”的概念上，萧绎对它们内涵的理解更为丰富，限定的标准更为严格，其外延也相应地缩小。萧纲《与湘东王书》曰：

> 又时有效谢康乐裴鸿胪文者，亦颇有惑焉，何者？谢客吐言天拔，出于自然；时有不拘。是其糟粕。裴氏乃是良史之才，了无篇什之美。是为学谢则不届其精华，但得其冗长。师裴则蔑绝其所长，惟得其所短。谢故巧不可阶，裴亦质不宜慕。故胸驰臆断之侣，好名忘实之类，方分肉于仁兽，逞郤克于邯郸。入鲍忘臭，效尤致祸。决羽谢生，岂三千之可及？伏膺裴氏，惧两唐之不传。故玉徽金铣，反为拙目所嗤；《巴人下里》，更合郢中之听。《阳春》高而不和，妙声绝而不寻。竟不精讨锱铢，核量文质，有异巧心，终愧妍手。是以握瑜怀玉之士，瞻郑邦而知退，章甫翠履之人，望阙乡而叹息。诗既如此，笔又如之。徒以烟墨不言，受其驱染；纸札无情，任其摇襞。甚矣哉！文之横流，一至于此！（《全梁文》卷一一）

虽未明确提到“文笔”，但出现了“诗”和“笔”的概念。“诗既如此”指学谢，“笔又如之”指师裴。《梁书·裴子野传》载：“俄又敕为书喻魏相元乂，其夜受旨，子野谓可待旦方奏，未之为也，及五鼓，敕催令开斋速上，子野徐起操

① 李延寿：《南史》，北京：中华书局，1975年，第1455页。

② 姚思廉：《梁书》，北京：中华书局，1987年，第253页。

笔，味爽便就。既奏，高祖深嘉焉。自是凡诸符檄，皆令草创。”[①]“笔”之师裴，当指在诏、策、章、表、议、符、檄等实用文体方面师法裴子野。但萧纲又说裴子野“了无篇什之美”。这样，在“文笔”作为分类概念时，以为“笔”之一类文体缺乏“文学性”，不是美文。实质上是在“有韵无韵”的标准里加入了“美与不美”的内涵。

综上所述，在“有韵无韵”这一点上区分“文笔”，乃是南朝文论家的共识。但在这一点的基础上，各人又加入自己的一些理解，附着了另外的一些标准。刘勰反对颜延之的“言”“笔”“文”三分，就是因为颜延之给“笔”加上了“文饰”这一标准。在刘勰看来，“文笔”之分仅在“有韵无韵”，而“文饰”是其共同的特征。萧绎和萧纲则为“文”加上了更加富于“文学性”的特征要求，萧绎以为“文”应该具有华美的辞采，谐和的音韵，浓烈的感情，而萧纲则以为“笔”并不具“篇什之美”。“有韵无韵”以语体形式分别“文笔”，自有其文体分类学的意义；而以有无“文学性”区别“文笔”，则从文学特性上来对“文笔”提出不同的标准和要求，因对“文学性”的认识存在差异，故各人论述的“文”和“笔”的范围也就各不相同。“有韵无韵”和“文学性”并不是处于同一个层面的概念，“有韵无韵”是一较为客观的判断，而“文学性”则带有价值判断的色彩，但南朝的文论家对此二者似未加以严格区分，双重标准叠加交错，从而使“文”和“笔”作为类名的意义相对减弱了。

黄侃《文心雕龙札记》对刘勰的“文笔”观评论说：

> 案彦和云：文笔“别目两名自近代耳”；而其区叙众体，亦从俗而分文笔，故自《明诗》以至《谐隐》，皆文之属；自《史传》以至《书记》，皆笔之属。《杂文》篇末曰：“汉来杂文，名号多品”；《书记》篇末曰：“笔札杂名，古今多品。”详杂文名目猥繁，而彦和分属二篇，且一曰杂文，一曰笔札，是其论文叙笔，囿别区分，疆畛昭然，非率为判析也。书中多以文笔对言，惟《事类》篇曰“事美而制于刀笔”；为通目文翰之辞。《熔裁》篇“草创鸿笔，先标三准”；为兼言文笔之辞。《颂赞》篇“相

① 姚思廉：《梁书》，第443页。

> 如属笔，始赞荆轲”；为以笔目文之辞。盖散言有别，通言则文可兼笔，笔亦可兼文，审彼三文，弃局就通尔。然彦和虽分文笔，而二者并重，未尝以笔非文而遂屏弃之，故其书广收众体，而讥陆氏之未该。且其驳颜延之曰：“不以言笔为优劣。”亦可知不以文笔为优劣也。其他并重文笔之辞，曰：“文场笔苑，有术有门。”曰：“文藻条流，托在笔札。”曰：“藻耀而高翔，固文笔之鸣凤也。”曰：“裁章贵于顺序，文笔之同致也。”斯皆论文与笔相联，曷尝屏笔于文外哉？①

黄侃认为刘勰虽从俗而分“文笔”，但在概念的使用上并不严格，所谓“盖散言有别，通言则文可兼笔，笔亦可兼文”。并且认为，刘勰的观念中，“文笔”亦无优劣之分，实是等同视之。也就是说，刘勰在语体上分“文笔”，而在文学质性上并不对“文笔”加以区别。这样，“文笔”之分，在《文心雕龙》中的作用，似乎仅是一个先“文”后“笔”的文体排列顺序，并不具有区别其质性的意义。“文”和“笔”更多的时候，只是成为概括作品时的一种方便性的泛名。

而萧绎则不满足于仅以有韵无韵来看待“文笔”。他认为“文笔”之分还在于“文”有辞采华美、音韵和谐、感情浓烈等方面的特征。《文镜秘府论》南卷“论文意”引萧绎《诗评》曰：“作诗不对，本是吼文，不名为诗。”②诗在押韵之外，还须讲求对偶，不然不能称之为“诗”。也许在萧绎看来，“文”在押韵之外，如果不讲求辞采之华美，音韵之和谐、感情之浓烈，亦不能名之为“文”。萧绎在押韵的基础上对“文”提出了艺术特征上的要求，提出了更高的“文学性”的要求。范晔《狱中与诸甥侄书》曰：“手笔差易，文不拘韵故也。吾思乃无定方，特能济难适轻重。所禀之分，犹当未尽，但多公家之言，少于事外远致，以此为恨。亦由无意于文名故也。”（《全宋文》卷一五）已认识到“公家之言”的文和表现“事外远致”的文，实即以实用性文字为主的不押韵的“笔”和以抒发高情远致的押韵的“文”的区别。萧绎对“文”的艺

① 黄侃：《文心雕龙札记》，第266-267页。

② 遍照金刚著，卢盛江校考：《文镜秘府论汇校汇考》，北京：中华书局，2006年，第1378页。

术特征的概括则更进一步，其所提出的标准和要求，更加接近于我们今天所理解的文学特征。但我们不应忽略，“文笔”在文体分类时，“文”押韵而以诗、赋、颂、赞等抒发情理的文体为其所属，“笔”不押韵而以诏、策、书、启等实用公文为其所属，是人们从文学质性上探讨“文笔”之分的一个客观基础。《文镜秘府论》西卷“文笔十病得失”引后人所作之《文笔式》曰：

> 制作之道，唯笔与文。文者，诗、赋、铭、颂、箴、赞、弔、诔等是也；笔者，诏、策、移、檄、章、奏、书、启等是也。即而言之，韵者为文，非韵者为笔。①

“笔”类之属，为朝廷官府之应用公文，大抵与抒发个人情思无关；而“文”类之属，大率可抒一己之情，发一己之见。虽语体上以有韵无韵而分，但二者隐然有“质性”的差异。只是当人们把兴趣点更多地转向对文章“质性”的讨论时，“文笔”作为分类名词，其内涵被人们附着了一些各不相同的其原本并不承担的内容，而其外延，亦即其面对的范围也就各不相同。从文体分类学的角度来讲，所分的类之所属与其总分义界不相称，是违背文体分类学的原则的。这样的分类自然变得意义不大。而“文笔之辨”的争论重心由“类”之所属转向“性”之所属，特别是萧绎对“性”之所属的文学特征认识，应该说，表现出了一种朦胧的纯文学意识，体现出文学自觉程度加深的时代要求。

美国学者韦勒克和沃伦合著的《文学理论》一书中说：“我们还必须认识到艺术与非艺术、文学和非文学的语言用法之间的区别是流动性的，没有绝对的界限。美学作用可以推展到种类变化多样的应用文学和日常言辞上。”又说：“看来最好只把那些美感作用占主导地位的作品视为文学，同时承认那些不以审美为目标的作品，如科学论文、哲学论文、政治性小册子、布道文等也可以具有诸如风格和章法等美学因素。但是，文学的本质最清楚地显现于文学所涉猎的范畴中。文学艺术的中心显然是在抒情诗、史诗和戏剧等传统的文学类

① 遍照金刚著，卢盛江校考：《文镜秘府论汇校汇考》，第1238页。

型上。它们处理的都是一个虚构的世界、想象的世界。”[①]文学观念的自觉，在于对文学质性、文学内涵的理解。其外延则似无明确一定的疆域，但对文学本质的认识，则离不开分类的基础，离不开类别的区分。如果对“文笔之辨”作这样的考虑，自清代以来学者们对它的是是非非的种种争论，也就不需我们今天过多地饶舌置评了。

郭英德先生说：“在中国古代，当人们更多地着眼于从行为方式与文体功能的角度对文体进行分体归类时，往往倾向于文体的‘类分’；而当人们更多地着眼于从形态特征的角度对文体进行分体归类时，则往往倾向于文体的‘类从’。”又说：“‘类分’的方法更为突显文体的社会性特征，而‘类从’的方法则更能昭示文体的文学性特征。”[②]南朝的文体分类在杂文学观念下体现出繁富的特点，可以说是“类分”，而“文笔之辨”以简驭繁，可以说是“类从”。如照郭英德先生所说，似乎“类分”的取向主要是一种功用的文体观，而“类从”的取向主要是一种文学的文体观。

文体类别是一种历史的、客观的存在，总是受到一定的场合、用途、题材、对象、媒介材料等的限制。这些方面的因素都会对文体的体制规范提出特定的要求，从而凸显出文体类别的个性特征来。就“类分”的取向来说，就是要尊重各种文体在历史发展中所形成的这些个性特征。因此，“类分”是建立在对文体功用目的的说明、渊源流变的回顾和程式规格等一般性语言体式的阐释的基础之上的。现存《文章流别论》和《翰林论》的残篇，基本上就是以上的内容；《文心雕龙》20篇“文体论”，今人多以分体文学史视之，就颇可说明问题。而“类从”的取向，虽然也要考虑场合、用途、题材、对象、媒介材料等因素，但它并不是直接以这些因素作为分类的出发点，而是把这些因素所造成的文体的“情”和“意”的特点、形态形式特征及风格风貌上的指向，作为考虑问题的基础。曹丕《典论·论文》以奏议相从而宜雅，书论相从而宜理，铭诔相从而尚实，诗赋相从而欲丽，就已经是从文体风格上着眼了。刘勰在《宗

① 雷·韦勒克、奥·沃伦：《文学理论》，刘象愚等译，第13页。

② 郭英德：《中国古代文体学论稿》，第151、154页。类似的表述有朱迎平在《中国古代文体论论略》一文中所说：“文体分类按不同的方向可分为析类和归类两种。析类是按文体功用的差异条分缕析，以求体类的丰富。……归类是按文体或表达方式的相同点分门别类，以求体类的精简。”文收入其《古典文学与文献论集》（第78页）。

经》篇中，论说辞序类从为一组，谓其源于《易》；诏策章奏类从为一组，谓其源于《书》；赋颂歌赞类从为一组，谓其源于《诗》；铭诔箴祝类从为一组，谓其源于《礼》；纪传盟檄类从为一组，谓其源于《春秋》。固然考虑的是其功用和来源，但恐怕更为重要的考虑是在于其形态体貌特征。因此，在《定势》篇中说："章表奏议，则准的乎典雅；赋颂歌诗，则羽仪乎清丽；符檄书移，则楷式于明断；史论序注，则师范于核要；箴铭碑诔，则体制于弘深。"《宗经》和《定势》的类从组合不完全一致，但大致不差（由此，也可以看出"类从"在一定程度上的主观性）。再联系《宗经》篇树"宗经"而以"体有六义"为指归，我们似可以说，"类从"更多的是对文体形态风格的抽象性把握。

从逻辑上说，类名的外延越小，它的内涵越多；类名的外延越大，它的内涵越少。"类分"就其归类的文体类别来说，范围是越来越小，而它规定性的东西就会越来越多，因之它的内涵也就会体现出杂的倾向。这也就是南朝文体分类越来越细碎繁富，呈现出杂文学观念的一个重要原因。"类从"就其归类的文体类别来说，范围是越来越大，而它规定性的东西就会越来越少，因之它的内涵也就走向单纯。南朝的"文笔之辨"就其内涵来讲，本来很简单，就是"有韵无韵"。但它的外延过于宽广，因之，它又向"类从"的反方向"类分"发展。而有关"文笔之辨"的种种看法，就是由"类从"向"类分"发展过程中不同阶段的反映。

"文笔之辨"最终的不了了之，恐怕主要在于没有在功用的文体观和文学的文体观之间、文体的"类分"（析类）和"类从"（归类）之间做到适度的均衡协调，从而造成了理论和实际之间的脱节。那么，在文体分类中，功用的文体观和文学的文体观如何能够绾合在一起？"类分"和"类从"之间如何取得协调和平衡？这也许是考察评论南朝文体分类和"文笔之辨"时最值得我们进行反省和深思的问题。

毫无疑问，文体分类是文学观念的反映。但我们今天的纯文学观念，相当程度上可以说是西方舶来品。而在西方，纯文学的观念也是经历了一个发展历程的。"我们现代意义上的文学则是在西欧出现的，最早始于17世纪末。即便当时，这个词也没有其现代意义。按牛津英语词典，'文学'第一次用于其现代意义，是很晚近的事。甚至在撒缪尔·约翰逊的字典（1755）之后，仍认为

'文学'除了包括诗歌、印刷成书的戏剧和小说之外，还包括回忆录、历史书、书信集、学术论文等。把文学只限于诗歌、戏剧、小说，则就更晚近了。……它的出现，可以方便地定位在18世纪中叶。"[①]可见，即使在现代意义的文学概念出现之后，它所涵盖的范围也是文学文体和非文学文体混杂在一起的。事实上，无论中外，就文体分类直接面对的对象范围来说，都会随着时代文学概念内涵和外延的变化而不断进行调整。可以预见，在电子媒体、网络文学勃兴的背景下（姑且不论印刷时代是否终结），我们今后的文体分类，势必也要面临着更多的理论上和实践上的挑战。对南朝文体分类和"文笔之辨"的考察评论，同样不能脱离其所处的时代背景和其时的文学观念。我们不必苛求古人，后之视今，犹今之视昔。

第三节　文体源流论的发展衍化

自《汉书·艺文志》推源溯流以论文体，对文体源流发展的论述便成为文体论的主要内容。不过，汉代对文体源流的论述依附于风教传统的推演。魏晋以迄南朝，这种依附关系开始松动，人们对文体源流的论述，思路更侧重于文体自身。由论其渊源，更进而考其原始；由辨其义用，更进而著其形态；由察其流变，更进而总其体制风貌。对文体的认识，离不开对文体的历史的考察和反思。南朝文论家对文体渊源流变的考察和论说，不仅形成了一套关于文体历史的知识谱系，而且随着论述的逐步深入，涉及内容的不断丰富，文体源流论也不知不觉改变着自身的形态，通向了更广阔的天地。文体源流论和文体风格论衔接在了一起，文体源流论引申和发展出了作家专论和文学史专论。这从一个侧面说明，文体论既是其时文学研究的主要表现形式，也是其时文学批评和理论的基础性环节。

汉代学者即已涉及文体的渊源和流变问题，他们在论述赋体时，以赋为"古诗之流"，即以《诗》为赋之源，而赋为《诗》之流。但这种文体源流的

① 希利斯·米勒：《文学死了吗》，秦立彦译，桂林：广西师范大学出版社，2007年，第7-8页。

认识是建立在赋对《诗》之讽谏颂美教化传统承传的基础上。其用意并不完全在文体本身，而是着重于诗教统绪的维护。以《诗》为赋之渊源的思想，在后代不仅被人们所接受，而是不断被人们所扩大和引申。如汉末建安时杨修《答临淄侯笺》就说："今之赋颂，古诗之流。"(《文选》卷四〇）稍后桓范《世要论》说："夫赞像之所作，所以昭述勋德，思咏政惠，此盖《诗》《颂》之末流矣。"(《全三国文》卷三七）赞像为《诗》《颂》之流，实亦着眼于其义用。西晋傅玄《傅子》以为："《诗》之雅颂，《书》之典谟，文质足以相副，玩之若近，寻之若远，陈之若肆，研之若隐，浩浩乎其文章之渊府也。"(《全晋文》卷四九）以《诗》《书》为文章之源，但已从写作角度立论。挚虞《文章流别论》，以颂、赋皆源于诗，亦基本继承汉儒之论调。

到了南朝，文体渊源论涉及的文体范围更进一步扩大，由论义用的相承而更多地转向文体的写作特点和风格特点。刘宋颜延之《庭诰》云：

> 观书贵要，观要贵博，博而知要，万流可一。咏歌之书，取其连类合章，比物集句，采风谣以达民志，《诗》为之祖。褒贬之书，取其正言晦义，转制衰王，微辞岂旨，贻意盛圣，《春秋》为上。(《全宋文》卷三六）

咏歌之书以《诗》为祖，褒贬之书以《春秋》为上，所谓"万流可一"，实即以《诗》《春秋》为各体文章之渊源。而其立论，论咏歌之书，一方面继承了汉人的功用说法，所谓"采风谣以达民志"；另一方面又从文章写作角度说之，所谓"连类合章，比物集句"。《庭诰》论诗之源流曰：

> 荀爽云：《诗》者，古之乐章，然则《雅》、《颂》之乐篇全矣。以是后之□诗者，率以歌为名。及秦勒望岱，汉祀郊宫，辞著前史者，文变之高制也。虽雅声未至，弘丽难追矣。逮李陵众作，总杂不类，元是假托，非尽陵制。至其善写，有足悲者。挚虞《文论》，足称优洽，《柏梁》以来，继作非一，所纂至七言而已，九言不见者，将由声度阐诞，不协金石。至于五言流靡，则刘桢、张华；四言侧密，则张衡、王粲。若夫陈思王，可谓兼之矣。(《全宋文》卷三六）

以《诗》为源，为起点，历时性地铺列《诗》之流变，叙述的重点转向了诗歌的体制。并标举出当时已经成熟的四言诗和五言诗的不同风格特点，指出其代表作家。继承了挚虞，但未从政教功用角度切入，亦无正变的道德评价，论述的重心完全放在诗歌文体形态的流变上了。由体制之渊源的论述，归结而为对诗歌体貌的要求。旧题梁任昉《文章缘起》先论文章总源于六经，其《序》曰：

> 六经素有歌诗书诔箴铭之类。《尚书》帝庸作歌，《毛诗》三百篇，《左传》叔向诒子产书，鲁哀《孔子诔》，孔悝《鼎铭》、《虞人箴》，此等自秦汉以来，圣君贤士，沿著为文章名之始。（《全梁文》卷四四）

虽然以六经为各体文章之源，但此源则似仅为一远源。《序》谓"《尚书》帝庸作歌"，而其正文"歌"类则举荆轲《易水歌》为创始之作；《序》标孔悝《鼎铭》《虞人箴》，而其正文"铭"类则举秦始皇《会稽山刻石铭》、"箴"类举扬雄《九州百官箴》为创始之作。[①]可见，以文体源于经书，并不能落实在文学史的考证上，所以，《文章缘起》列举的八十五种文体，也只能以秦汉以来的作家作品为其起始之作。后来刘勰和颜之推对文体源流的论述更为集中和明确，他们不仅把"源"规定为"五经"，视"五经"为一整体，而且把"流"的范围更扩大引申为几乎所有的文体。《文心雕龙·宗经》和《颜氏家训·文章》构建了一个系统的五经与各体文章的源流谱系，但这种源流谱系的建立，和此前的文体论者一样，缺乏实际作品的排列和比较，只是将经书和后代的各类文体牵强地比附在一起，并不能论证出二者之间在体制体式上的影响关系。所以当刘勰说《易》为论说辞序之源、《书》为诏策章奏之源、《诗》为赋颂歌赞之源、《礼》为铭诔箴祝之源、《春秋》为经传盟檄之源时，纪昀就评论说："此强为分析，似钟嵘之论诗，动曰源出某某"。[②]确实，刘勰自己恐怕也不能完全找出后代各类文体与经书在体制上的承传联系。他的"文体源于五经"说，并没有完全贯彻于他对每一文类的具体论述中。如在《杂文》中说宋玉"始造《对问》"、枚乘"首制《七发》"、扬雄"肇为《连珠》"。类乎《文章缘起》

① 任昉撰，陈懋仁注：《文章缘起注》，《丛书集成初编》第二六二五册。

② 刘勰著，周振甫注：《文心雕龙注释》，第20页。

以六经为文体之源，但却只能列举后代作品为创制之作。

至刘勰《文心雕龙》出，文体源于五经几成定论。由经书这一共同之渊源，流变而为后世各体之文类，是文体源流论的核心观念。因其“同源”，故强调各体文类之共同性，因其“异流”，故重视各体文类之差异性。《文心雕龙》全书，从文体源流论的观念的角度来看，其“文之枢纽”实为论文体之总的渊源，而上篇“论文叙笔”则为论文体之流变，二者为总分的关系。

“文之枢纽”的宗旨在于确立“宗经”的文学主张。经书既为各体文类之渊源所自，则以经为范式自然是各体文章为文之共同要求，《宗经》篇谓“文能宗经，体有六义”：

> 一则情深而不诡；二则风清而不杂；三则事信而不诞；四则义直而不回；五则体约而不芜；六则文丽而不淫。

理想的体貌得以生成。体类的牵合，落实于体貌的比附。以经书为各体文类之源乃是强调各体文类有共同之法式、有共同之理想体貌要求。但在刘勰“文之枢纽”的建构中，还有《骚》的位置，虽然刘勰没有明言《骚》是文体之源，但至少《骚》对文体之理想体貌的形成是有助益的。《辨骚》曰：

> 若能凭轼以倚《雅》《颂》，悬辔以驭楚篇，酌奇而不失其真，玩华而不坠其实；则顾盼可以驱辞力，欬唾可以穷文致，亦不复乞灵于长卿，假宠于子渊矣。

只要不悖于雅正，“奇”与“华”亦是理想体貌应有之义。其实在南朝，早有人将楚辞的地位提高到文体之源的位置，并把《骚》和《诗》并列在一起。《世说新语·文学》注引宋檀道鸾《续晋阳秋》曰：

> 自司马相如、王褒、扬雄诸贤世尚赋颂，皆体则《诗》《骚》，傍综百家之言。及至建安，而诗章大盛。逮乎西朝之末，潘、陆之徒虽时有质文，而宗归不异也。正始中，王弼、何晏好庄、老玄胜之谈，而世遂贵焉。至过江，佛理尤盛，故郭璞五言始会合道家之言而韵之，

询及太原孙绰转相祖尚，又加以三世之辞，而《诗》《骚》之体尽矣。[①]

沈约《宋书·谢灵运传论》曰：

> 自汉至魏，四百余年，辞人才子，文体三变：相如巧为形似之言，班固长于情理之说，子建、仲宣以气质为体，并标能擅美，独映当时，是以一世之士，各相慕习。原其飚流所始，莫不同祖风骚。[②]

由“体则《诗》《骚》”到“同祖风骚”，以楚辞为文体之源的意思越来越显豁。钟嵘《诗品》论列了一百二十多位五言诗人，并对其中的三十多家明确指出其渊源所自，并分别归并于《国风》《楚辞》《小雅》三个系列。对钟嵘的这种五言诗源流谱系的构建，后人多有诟病。张伯伟先生指出：“他要通过诗派的组合排列，形成新的理论秩序，并指出一个符合其审美理想的创作方向。”[③]钟嵘对五言诗源于《诗》《骚》的论述，只是一种体貌的比观。不过是以此表达其对五言诗体的一种审美价值判断。楚辞加入而为《诗》之外又一文体之源，虽然在文学思想上意义重大，但从一个侧面说明，文体渊源论在南朝并不具有多少文体史的实证意味，无论《诗》还是《骚》，我们都难以坐实它们和后代众多文体之间在体制体式上的直接的承传关系。它们的意义在于标示出一种各体文章应该共同具有的理想体貌和艺术精神。

文体渊源论起之以论文体类别渊源于经，而终之以论各体文类共同的理想体貌依归。文体渊源论虽外在形式表现为一套文体类别从源到流的相互对应的知识谱系，但其实质，不过是为论者自己理想的文学主张张目而已。

魏晋南北朝文论家以经书为各体文章的总的源头，但缺乏史的考证，流为泛泛。在具体考论各种文体类别之原始发生时，他们却表现出一种求实、征实的倾向。论文体之发生，往往从社会之实际需要出发。东晋李充的《翰林论》论文体时即指出其发生时的实用背景。萧统亦从实用功用角度论文体的产生。

---

① 余嘉锡：《世说新语笺疏》，北京：中华书局，1983年，第262页。

② 沈约：《宋书》，第1778页。

③ 张伯伟：《钟嵘诗品研究》，南京：南京大学出版社，1993年，第113页。

《文选序》曰："箴兴于补阙，戒出于弼匡。"又曰："美终则诔发，图象则赞兴。"[①]但这些论述并不是有关体制体式的具体论述。真正从体制体式上论文体原始的是旧题梁任昉《文章缘起》，列举八十五种文类之创制之作，已切入文章体裁之本身。其实，挚虞《文章流别论》已有此种倾向，其考索三言、四言、五言、六言、七言、九言之起始，已及于语言体式。尽管他们的考证不一定符合文体史之发展实际。但毕竟把目光放在了文体语言体式的溯源上，而更贴近于文体形态自身。刘勰《文心雕龙》在分论各体文类之起始时，多数情况则表现为一种综合性的论述，既从经书中竭力寻其渊源（有时也不得不扩大到经书以外的其他先秦典籍），又追索其原始体制形态之萌芽，还论及其发生时之实用功用背景。如其《诠赋》论赋之源起：

> 诗有六义，其二曰赋。赋者，铺也；铺采摛文，体物写志也。昔邵公称公卿献诗，师箴瞍赋。传云："登高能赋，可为大夫。"诗序则同义，传说则异体，总其归涂，实相枝干。故刘向明不歌而颂，班固称古诗之流也。
>
> 至如郑庄之赋大隧，士蔿之赋狐裘，结言短韵，词自己作，虽合赋体，明而未融。及灵均唱骚，始广声貌，然则赋也者，受命于诗人，而拓宇于楚辞也。于是荀况礼智，宋玉风钧，爰锡名号，与诗画境，六义附庸，蔚成大国。述客主以首引，极声貌以穷文，斯盖别诗之原始，命赋之厥初也。

以为赋自《诗》之"六义"出，明其渊源于经；"公卿献诗，师箴瞍赋"，点出其实用功用之背景；而"至如郑庄之赋"至"斯盖别诗之原始，命赋之厥初也"，则考索其原始体制形态。可见，刘勰在"论文叙笔"时，虽不脱经学家的立场，但更多的是以史家的眼光来看待文体史之实际。

以实证性的方法和思路考察文体之起源，从实用功用的背景论文体之发生，较文体源于五经说显得实在，但亦并未深透于文体之特质所在，尤其是对纯文学的体裁而言，更是如此。朱光潜先生说："搜罗古佚的办法永远不会寻出诗的起源。""诗的起源实在不是一个历史问题，而是一个心理学的问题，要

① 萧统编，李善注：《文选》第一册，第2页。

明白诗的起源，我们首先要问：‘人类何以要唱歌作诗？’”[①]先秦两汉时期，人们对此问题似有婉转之回答。《尚书·尧典》谓“诗言志”；《毛诗序》谓：“诗者，志之所之也，在心为志，发言为诗。情动于中而形于言，言之不足故嗟叹之，嗟叹之不足故永歌之，永歌之不足，不知手之舞之，足之蹈之也。”《尚书》和《毛诗序》的说法，一定程度上含有伦理教化的功用色彩。班固《两都赋序》谓：“昔成、康没而颂声寝，王泽竭而诗不作。”《文选》李善注：“《毛诗序》曰：‘止乎礼义，先王之泽也。’然则作诗禀乎先王之泽，故王泽竭而诗不作。”（《文选》卷一）情感的自然表现，被理解为“先王之泽”。西晋挚虞《文章流别论》继承了班固的这一说法，谓“王泽流而诗作，成功臻而颂兴”（《全晋文》卷七七），把对诗歌源起从表达功能的理解拉回到实用功用的背景。进入南朝，人们对诗歌源起的解释，实用功用的色彩逐渐消退，论说的重心转向了主体情感的言说。沈约《宋书·谢灵运传论》曰：“民禀天地之灵，含五常之德。刚柔迭用，喜愠分情。夫志动于中，则歌咏外发；六义所因，四始攸系；升降讴谣，纷披风什。虽虞夏以前，遗文不睹，禀气怀灵，理无或异。然则歌咏所兴，宜自生民始也。”[②]《文心雕龙·明诗》曰：“人禀七情，应物斯感，感物吟志，莫非自然。”钟嵘《诗品序》曰：“气之动物，物之感人，故摇荡性情，形诸舞咏。”[③]刘勰、钟嵘更把“缘情”说与“感物”说联系在一起，实继承自陆机的《文赋》。脱略了具体的体制体式，离开了史的考证，从理论上推论诗之起源，文体起源的论说转化为对文体表达功能的心理学揭示，也可以说转化为一种对文学本质的论说。

南朝人对文体渊源和起始问题的论述，观察的角度不一，涉及的内容丰富。许多问题的论说，已突破了文体论的范围，引申出对文学基本问题的探讨。

对文体流变发展的研究，涉及的内容也更加丰富。刘勰《文心雕龙》的“论文叙笔”部分，对各体文章之流变分别叙述，对每一种文体，差不多都做了详尽的史的回顾，其“原始以表末”“选文以定篇”的方法体例虽来自于此前的《文章流别论》《翰林论》，但无论是作家作品的举例，还是对文类体制体式演变的考察，都更加丰富具体，更加富有历史实感。而且在文体的史的演变的考

① 朱光潜：《诗论》，第3、5页。

② 沈约：《宋书》，第1778页。

③ 钟嵘撰，曹旭集注：《诗品集注》，上海：上海古籍出版社，1994年，第1页。

察之后，还提出了每一种文体的体式要求，亦即总结出每一种文体的基本规范。这样的一种体式规范，不仅表现为规格程式方面的要求，而且是一种理想艺术风貌的追求。如《诔碑》篇论诔："详夫诔之为制，盖选言录行，传体而颂文，荣始而哀终。论其人也，暧乎若可觌，道其哀也，悽焉如可伤：此其旨也。"前半论体式规格，而后半论理想风貌，这就是其"敷理以举统"部分。《文章流别论》和《翰林论》虽对文类之写作提出了要求，但都比较简略，粗略涉及文体的艺术风貌，还谈不上是文体风格论，而刘勰则由史的源流的追溯，进入到文体风格论的领域。刘勰之前，以曹丕《典论·论文》和陆机《文赋》为代表的文体风格论，以挚虞《文章流别论》为代表的文体源流论，是文体论的两种主要形态，后者虽流露出文学自觉的痕迹，但并未与前者真正合流。到了刘勰的文体论，才把文体源流论和文体风格论真正衔接在一起，并在此基础上，引发出其"剖情析采"的创作论。

不过，刘勰的文体源流论，仍表现为文体史的形态格局。而沈约的《宋书·谢灵运传论》和萧子显的《南齐书·文学传论》则将文体源流论转化为文学史专论的形态格局。二者虽表面形式为"史论"，但其结构方式却是文体源流论。唐刘知几在《史通·杂说下》中说："又沈侯《谢灵运传论》，全说文体，备言音律，此正可为《翰林》之补亡，《流别》之总说耳。如次诸史传，实为乖越。陆士衡有云：'离之则双美，合之则两伤。'信矣哉！"[①]刘知几敏锐地看到《谢灵运传论》与挚虞《文章流别论》、李充《翰林论》在内形式上的相同。确实，无论是《谢灵运传论》还是《南齐书·文学传论》皆以源流关系为线索，辨文体之传承，论先秦至近代文学之发展演变。但已不拘于某一文类而言，论述的重心放在对一时代文学创作风貌的概括上。《宋书·谢灵运传论》和《南齐书·文学传论》皆以《诗》《骚》为源，后代之各体创作为流，前者"导清源于前""递相师祖""文体三变""体变曹王"等说法，后者"吟咏规范，本之《雅》什，流分条散，各以言区"，以及今之文章三体源于谢灵运、傅咸和应璩、鲍照等的说法，体现出文体源流论的结构方式，但其论述已转移到时代之总体文风的递变。文体源流论突破了专说一体的限制，转化为简括的文学史专论。所以刘知几说《谢灵运传论》为"《流别》之总说耳"。

① 刘知几著，浦起龙通释：《史通通释》，上海：上海古籍出版社，2009年，第473页。

钟嵘的《诗品》更将文体源流论发展为作家专论。

汉代人在对文体流变的论述中，如论辞赋之流变，已举例具体的作家，但都较少涉及作品体制形态的分析。晋傅玄《七谟序》论“七”体之流变，举列枚乘以下之摹拟作家作品，其《连珠序》论“连珠”之流变，举列班固、贾逵、傅毅以下之作者作品，皆对作品之体制风貌进行分析辨别。挚虞《文章流别论》论“颂”体，亦对众多作家作品在形态上进行比较。而刘勰《文心雕龙》论各体文章，涉及的作家更是数不胜数。对文体流变发展的考察，往往离不开作家作品的排比辨析，文体史的研究是和作家作品的研究结合在一起的。但以上的这些文体论著作，其论述的重心显然不在作家。

钟嵘《诗品》对诗体流变的论述，由源到流，既有各个时代风貌的概括性论述，如《诗品序》谓：“永嘉时，贵黄、老，稍尚虚谈，于时篇什，理过其辞，淡乎寡味。爰及江表，微波尚传，孙绰、许询、桓、庾诸公诗，皆平典似《道德论》，建安风力尽矣。”①概括东晋时期，玄言诗盛行时之诗体风貌，指出其弊，不可体则；而建安则为理想诗体之楷式，所谓“彬彬之盛，大备于时矣”②这样的评价，来源于对诗源起于“感物缘情”的认定。《诗品序》对诗体发展的论述，有着鲜明的文体流别论色彩。钟嵘《诗品》的正文则分为上、中、下三品，对120多位作家之体貌进行辨析、品评。《诗品上》评曹植：

> 其源出于《国风》。骨气奇高，词采华茂，情兼雅怨，体被文质。粲溢今古，卓尔不群。嗟乎！陈思之于文章也，譬人伦之有周、孔，鳞羽之有龙凤，音乐之有琴笙，女工之有黼黻。俾尔怀铅吮墨者，抱篇章而景慕，映余晖以自烛。故孔氏之门如用诗，则公干升堂，思王入室，景阳、潘、陆，自可坐于廊庑之间矣。③

这样的对作家的论说是《诗品》一书的主体。钟嵘还把他所评诗人中的30多位分别归纳进以《国风》《小雅》《楚辞》为源头的三个系列中，建立起了诗派的谱系，其实是以文体源流论的思路考虑问题的。钟嵘在《诗品序》

① 钟嵘撰，曹旭集注：《诗品集注》，第24页。
② 钟嵘撰，曹旭集注：《诗品集注》，第17页。
③ 钟嵘撰，曹旭集注：《诗品集注》，第97-98页。

中谈到了他写作的旨趣：

> 陆机《文赋》，通而无贬；李充《翰林》，疏而不切；王微《鸿宝》，密而无裁；颜延论文，精而难晓；挚虞《文志》，详而博赡，颇曰知言。观斯数家，皆就谈文体，而不显优劣。至于谢客集诗，逢诗辄取；张隐《文士》，逢文即书。诸英志录，并义在文，曾无品第。[①]
>
> 嵘今所录，止乎五言。虽然，网罗今古，词文殆集，轻欲辨彰清浊，掎摭利病，凡百二十人。预此宗流者，便称才子。至斯三品升降，差非定制，方申变裁，请寄知者尔。[②]

可见，钟嵘对此前的文论著作，只谈文体而不品评作家之优劣，感到有所不足，所以他不局限于文体本身的讨论，而且要对五言诗体的作家品第高下，他论说的重心已在作家身上。有论者指出："《诗品》是中国文学研究史上第一部专门的作家论著作，并且是著者有意识突破文体论藩篱的结果。"又指出"当然，《诗品》从文体论脱胎而来，仍受到文体论结构的影响。它所论述的对象仅限于一种特殊文体五言诗，并不想打破文体限制通论作家创作（《诗品》对某些作家的评价，如曹操、嵇康，便明显受到这种限制的影响）"。[③]《诗品》以作家为纲目，由对文体源流的论说，发展出了对作家作品进行研究的专论。

文体源流论和文体风格论合流，并衍化发展出文学史专论和作家论的理论形态，说明一个事实：文体研究的成熟，对文体认识的深化，是文学研究得以全面展开的基础，文体论实在是其时文学批评和理论的基础性环节。

第四节　论古体与今体

魏晋之后，各体文学的创作发生了巨大的变化。《隋书·文学传序》谓：

① 钟嵘撰，曹旭集注：《诗品集注》，第 186 页。
② 钟嵘撰，曹旭集注：《诗品集注》，第 192 页。
③ 郭英德、谢思炜、尚学锋等：《中国古典文学研究史》，第 194-195 页。

“自汉、魏以来，迄乎晋、宋，其体屡变，前哲论之详矣。”[①]文章体制风貌的古今变革，引发了人们的种种议论。至南朝齐梁时期，这一问题终于被聚焦为所谓的“古今文体之争”。

东晋葛洪的《抱朴子》外篇《钧世》即反映出当时对古今文体的不同看法。有人认为：

> 古之著书者，才大思深，故其文隐而难晓；今人意浅力近，故露而易见。[②]

由古之文“隐而难晓”而认定古之作者“才大思深”，由今之文“露而易见”而认定今之作者“意浅力近”。葛洪对此回应说：

> 且古书之多隐，未必昔人故欲难晓。或世异语变，或方言不同，经荒历乱，埋藏积久，简编朽绝，亡失者多；或杂续残缺，或脱去章句，是以难知，似若至深耳。且夫《尚书》者，政事之集也。然未若近代之优文诏策军书奏议之清富赡丽也。《毛诗》者，华彩之辞也。然不及《上林》《羽猎》《二京》《三都》之汪濊博富也。[③]

他从语言的时空变迁、文献的散佚残缺等客观方面，说明古之文“隐而难晓”的原因，婉转说明并非今人不如古人。并明确指出，后代之公文，胜于《尚书》，在于其“清富赡丽”；后代之赋，胜于《诗》，在于其“汪濊博富”。葛洪进而认为：“今诗与古诗，俱有义理，而盈于差美。”正是在文辞华美这一点上，他以为今体胜于古体。

而此前的挚虞，在《文章流别论》中则明显表现出崇古抑今、是古非今的倾向。论颂、论赋、论诗、论“七”等，皆肯定古体之体制规格，强调其实用功用，称颂其文辞的简约质朴。他认为，对文的形式美的过度追求，如其论赋之所谓“四过者”，即“假象过大”“逸辞过壮”“辩言过理”“丽靡过美”，容

① 魏征等：《隋书》，第 1729 页。

② 葛洪著，杨明照校笺：《抱朴子外编校笺》，北京：中华书局，1991 年，第 65 页。

③ 葛洪著，杨明照校笺：《抱朴子外编校笺》，第 67-68 页。

易“背大体而害政教”。从维护政教功用的立场出发，他认为今体应以古体为法式。

尽管葛洪和挚虞对古今文体的价值评判相互对立，但对各体文章由质而文的发展趋势却有着共同的认识。《文章流别论》论铭时说：“夫古之铭至约，今之铭至繁，亦有由也。质文时异，则既论之矣。”（《全晋文》卷七七）《抱朴子》外篇《钧世》亦曰：“且夫古者事事醇素，今则莫不雕饰，时移世改，理自然也。”[①]对文学发展进程现象的描述，似乎他们都认为是一个由质趋文的过程。古质今文，各体文章之辞采形式由质朴趋于华美，在葛洪看来，乃历史之必然，今胜于古，他肯定趋新；在挚虞看来，则似乎意味着重形式而轻内容，并由此伤害各体文章的政教功用，今不如古，他主张复古。

齐梁时期，这种趋新与复古的两极对立，终于发展为直接正面的交锋。这是与梁代文坛不同文学集团和理论派别的出现紧密联系在一起的。[②]

复古派的代表人物裴子野，其《雕虫论》曰：

古者四始六义，总而为诗。既形四方之风，且彰君子之志，劝善惩恶，王化本焉。

而后之作者思存枝叶，繁华蕴藻，用以自通。若夫悱恻芬芳，楚骚为之祖；靡漫容与，相如扣其音。由是随声逐响之俦，弃指归而无执。赋歌诗颂，百帙五车，蔡邕等之俳优，扬雄悔为童子。圣人不作，雅郑谁分？其五言为诗家，则苏李自出，曹刘伟其风力，潘陆固其枝柯。爰及江左，称彼颜谢，箴绣鞶帨，无取庙堂。宋初迄于元嘉，多为经史。大明之代，实好斯文。高才逸韵，颇谢前哲；波流同尚，滋有笃焉。自是闾阎少年，贵游总角，罔不摈落六艺，吟咏情性。学者以博依为急务，谓章句为专鲁，淫文破典，斐尔为功。无被于管弦，非止乎礼义；深心主卉木，远致极风云。其兴浮，其志弱，巧而不要，隐而不深。讨其宗途，亦有宋之遗风也。若季子聆音，则非兴国；鲤也趋室，必有不敦。

① 葛洪著，杨明照校笺：《抱朴子外编校笺》，第 77 页。

② 参考周勋初：《梁代文论三派述要》，《周勋初文集》第三卷。

荀卿有言：“乱代之征，文章匿而采。”而斯岂近之乎？（《全梁文》卷五三）

他对楚辞以迄晋宋以来的诗歌辞赋创作全部予以否定。楚辞的悱恻芬芳，相如的靡漫容与，以及后代人的随声逐响，他以为是“弃指归而无执”；而对宋齐以来诗歌创作中“巧而不要，隐而不深”的技巧表现，更是上升至“乱代之征，文章匿而采”的认识高度。裴子野的立论基础是传统的诗教说。他以为诗“彰君子之志，劝善惩恶”，是“王化”的根本。所以他认为“吟咏情性”的创作，是“淫文破典”而“非止乎礼义”。他对今体深致不满。《梁书·裴子野传》称其“为文典而速，不尚丽靡之词。其制作多法古，与今文体异，当时或有诋诃者，及其末皆翕然重之”。裴子野的提倡古体在当时曾遭到指责，而其后却为时人重之。这或者与裴子野周围有一个崇尚古体的文人集团有甚大的关系。《梁书》本传又谓子野“与沛国刘显、南阳刘之遴、陈郡殷芸、陈留阮孝绪、吴郡顾协、京兆韦棱，皆博极群书，深相赏好，显尤推重之”[①]。《梁书·刘之遴传》亦谓：“之遴好属文，多学古体，与河东裴子野、沛国刘显常共讨论书籍，因为交好。”[②]这样的一个古体的文人集团，现在留下来的诗文很少，但在当时的文坛上却是重要的一派。裴子野的《雕虫论》是古体派在理论上的集中表述。

与裴子野崇尚古体的一派相对，以萧纲为首的文人集团，则崇尚今体，崇尚趋新。《梁书·徐摛传》谓其“属文好为新变，不拘旧体”。[③]《梁书·庾肩吾传》载：“初太宗在藩，雅好文章士，时肩吾与东海徐摛、吴郡陆杲，彭城刘遵、刘孝仪、仪弟孝威，同被赏接。及居东宫，又开文德省，置学士，肩吾子信、摛子陵、吴郡张长公、北地傅弘、东海鲍至等充其选。齐永明中，文士王融、谢朓、沈约文章始用四声，以为新变；至是转拘声韵，弥尚丽靡，复逾于往时。”[④]《陈书·徐陵传》称：“其文颇变旧体，缉

① 姚思廉：《梁书》，第443页。
② 姚思廉：《梁书》，第574页。
③ 姚思廉：《梁书》，第446页。
④ 姚思廉：《梁书》，第690页。

裁巧密，多有新意。”[①]今体的文人集团，在创作上可谓声势浩大，因其掀起宫体诗的创作潮流，又被称为宫体诗派。他们在创作上求新求变，在理论上亦与古体派针锋相对。萧纲《与湘东王书》便是今体派理论的代表，其文曰：

> 比见京师文体，懦钝殊常，竞学浮疏，争为阐缓。玄冬修夜，思所不得。既殊比兴，正背风骚。若夫六典三礼，所施则有地；吉凶嘉宾，用之则有所。未闻吟詠情性，反拟《内则》之篇；操笔写志，更摹《酒诰》之作；迟迟春日，翻学《归藏》，湛湛江水，遂同《大传》。吾既拙于为文，不敢轻有掎摭。但以当世之作，历方古之才人，远则扬、马、曹、王，近则潘、陆、颜、谢，而观其遣辞用心，了不相似。若以今文为是，则古文为非；若昔贤可称，则今体宜弃。俱为盍各，则未之敢许。（《全梁文》卷一一）

与古体派完全对立，萧纲是今而非古。他以今体为是，强调趋新的立论点，恰在于萧子野所反对的“吟詠情性”。文是抒写主观情性的，应该有主体创作的自由，而不必去模拟古代的经典。所以在这封书信的后面，萧纲虽以为裴子野是“良史之才”，但批评他“了无篇什之美”“质不宜慕”。

萧纲和裴子野对古体和今体的评价截然不同，或许与他们各自所擅长的文体不同有关。裴子野出身史家，《梁书》本传称其深受武帝萧衍器重，“凡诸符檄皆令草创”，他擅长的是史书和政治上的应用文书；而萧纲则以诗赋创作的成就著名。前者自然强调创作的政治教化功用，而后者则张扬创作中“吟咏情性”的一面。他们似乎都是从自身的创作经验出发，而相互指责对方。但萧纲在《与湘东王书》中，明确意识到了“吟咏情性”之作，与《内则》《酒诰》《归藏》《大传》等经传在性质上的不同。萧纲《劝医论》曰：“又若为诗，则多须见意，或今或古，或雅或俗，皆须寓目，详其去取，然后丽辞方吐，逸韵乃生。”（《全梁文》卷一一）他并不是完全不主张学古，而是反对诗歌模拟与其性质完全不同的经传。但萧纲这里说“以今文为是，则古文为非”，则走向

① 姚思廉：《陈书》，北京：中华书局，1987年，第335页。

了偏激。而裴子野则指责“吟咏情性”的今体“非止乎礼义”，他以“彰君子之志”的《诗经》古体来规范今体的创作。实质上反映了两人对文体性质认识的根本不同。

“彰君子之志”强调的是一个道德化的主体，是一个被“礼义”规范化了的主体。而“吟咏情性”则强调的是一个才性化的主体，是一个充满自我个性和情感的主体。自曹丕将才性论引入文体论，文体创作注重个性情感的抒发成为时代的主流。裴子野对晋宋以来“深心主卉木，远致极风云”的抒发山水情思的创作倾向都大加斥责，其斥责的理由即是，这样的诗没有“礼义”的影子，无关乎道德教化，违背了诗教。裴子野对古体和今体的价值判断，依据的是一种极端狭隘的文体功用观。而萧纲等则在创作中不加限制地任由自我情性的泛滥，抒发绮艳情思，以至于流为宫体之弊。萧纲在《答新渝侯和诗书》中称赞新渝侯萧暎的诗作曰：

> 风云吐于行间，珠玉生于字里，跨蹑曹、左，含超潘、陆。双鬓向光，风流已绝；九梁插花，步摇为古。高楼怀怨，结眉表色；长门下泣，破粉成痕。复有影里细腰，令与真类；镜中好面，还将画等。此皆性情卓绝，新致英奇。（《全梁文》卷一一）

“影里细腰”“镜中好面”，被称为“性情卓绝，新致英奇”，并被认为是超越前人之所在。徐陵《玉台新咏序》曰：

> 虽复投壶玉女，为欢尽于百骁；争博齐姬，心赏穷于六箸。无怡神于暇景，惟属意于新诗。可得代彼萱苏，微蠲愁疾。但往世名篇，当今巧制，分诸麟阁，散在鸿都。不藉篇章，无由披览。于是燃脂暝写，弄墨晨书，撰录艳歌，凡为十卷。曾无忝于雅颂，亦靡滥于风人，泾渭之间，若斯而已。[①]

自觉地将表现男女情爱的绮艳之作，自外于雅颂之列。《序》中屡有“新曲”“新声”“新制”“新诗”等提法。《序》谓其“属意于新诗”，《陈书》本传言

① 徐陵：《玉台新咏》，北京：中华书局，1985年，第2页。

其“颇变旧体”，致力于抒发绮艳情思的宫体诗写作，以诗歌为娱乐，进而隔断今体与古体的关系。萧纲、徐陵等今体派似乎也表现出偏执的一面。

萧子显虽强调新变，但在对待古体与今体的关系上，似平和一些，而不像萧纲、徐陵那样极端地将今体与古体完全对立起来。《南齐书·文学传论》曰：

> 文章者，盖情性之风标，神明之律吕也。蕴思含毫，游心内运，放言落纸，气韵天成。莫不禀以生灵，迁乎爱嗜，机见殊门，赏悟纷杂。①

“情性”成为创作的主体。而“禀以生灵，迁乎爱嗜，机见殊门，赏悟纷杂”，则揭示出主体创作自由所带来的文体创作的多样性和差异性。正是基于此种认识，萧子显在《南齐书·文学传论》中又说：

> 习玩为理，事久则渎，在乎文章，弥患凡旧。若无新变，不能代雄。②

旧体“通行既久，染指遂多，自成习套”（王国维《人间词话》语），乃自然之事。以“情性”为创作之主体，决定了文体求新求变的性格。萧子显将“今之文章”分为“三体”，他对“三体”各有批评。他还提出了融通“三体”的主张：

> 三体之外，请试妄谈。若夫委自天机，参之史传，应思悱来，勿先构聚。言尚易了，文憎过意，吐石含金，滋润婉切。杂以风谣，轻唇利吻，不雅不俗，独中胸怀。③

既言“委自天机，参之史传”，又言“杂以风谣”。与萧纲“未闻吟咏情性，反拟《内则》之篇”“若以今文为是，则古文为非；若昔贤可称，则今体宜弃”

① 萧子显：《南齐书》，第907页。
② 萧子显：《南齐书》，第908页。
③ 萧子显：《南齐书》，第908-909页。

等偏激说法相较，略显通达一些。

后来的颜之推，则对文体创作中主观情性的泛滥做了批评。在《颜氏家训·文章》中，他从“敷显仁义，发明功德，牧民建国”的文体功用论出发，虽承认文章“陶冶性灵”的一面，却又指出：“然自古文人，多陷轻薄。”①并历举屈原、宋玉、东方朔、司马相如等数十位文人的损德败行，最后总结说：

> 原其所积文章之体，标举兴会，发引性灵，使人矜伐，故忽于持操，果于进取，今世之士，此患弥切。

不加限制地抒发性灵，当然会有极大的负面效果。虽没有点名齐梁以来的文人，但从“今世之士，此患弥切”一句则可以看出颜之推的批评所指。在此基础上，颜之推还谈了对古今文体的看法：

> 古人之文，宏材逸气，体度风格，去今实远；但缉缀疏朴，未为密致耳。今世音律谐靡，章句偶对，讳避精详，贤于往昔多矣。宜以古之制裁为本，今之辞调为末，并须两存，不可偏弃也。②

以“古体为本”，以“今体为末”。颜之推虽和裴子野的思路有相同的一面，但毕竟没有对今体全盘否定，而肯定了今体在音律谐和、章句偶对等文辞修饰方面的长处。

萧子显和颜之推对古体和今体的看法，虽各有侧重，但似皆对裴子野等极端的复古派和萧纲等激进的趋新派的理论主张有所修正，在古体与今体之间有所折中。真正在理论上折中古体和今体关系的则是刘勰。

刘勰在《文心雕龙·通变》篇中，对古今文体的变迁进行了描述：

> 是以九代咏歌，志合文则。黄歌《断竹》，质之至也；唐歌《在昔》，则广于黄世；虞歌《卿云》，则文与唐时；夏歌雕墙，缛于虞代；商周篇

① 颜之推著，王利器集解：《颜氏家训集解》，第 237 页。

② 颜之推著，王利器集解：《颜氏家训集解》，第 238 页。

什，丽于夏年：至于序志述时，其揆一也。暨楚之骚文，矩式周人；汉之赋颂，影写楚世；魏之篇制，顾慕汉风；晋之辞章，瞻望魏采。搉而论之，则黄唐淳而质，虞夏质而辨，商周丽而雅，楚汉侈而艳，魏晋浅而绮，宋初讹而新。从质及讹，弥近弥淡。何则？竞今疏古，风昧气衰也。

文学史的发展被概括为一个由“质”而“文”的过程。这样的一个由“质”而“文”的发展过程似为魏晋南北朝文论家的共识。复古者如挚虞、趋新者如葛洪都持这样一种对文学史的观察和认识，前已述及。这样的一种对文学史的观察和认识也见于萧统的《文选序》中：

若夫椎轮为大辂之始，大辂宁有椎轮之质；增冰为积水所成，积水曾微增冰之凛。何哉？盖踵其事而增华，变其本而加厉。物既有之，文亦宜然。随时变改，难可详悉。[①]

各体文章，由“质”而“文”，踵事增华，变本加厉，乃是一种自然的演进趋势。

由古体的“质”而趋向于今体的“文”，对文体发展历程的观察，无论是复古派还是趋新派，在这一点上并无不同。他们之所以将古体与今体进行两极化的对立，则在于对“文”和“质”的价值判断不同。古今文体的质文变化，表面上指各体文学文辞形式由质朴趋于华美，而在其深层则往往暗含着由古体的重内容到今体的重形式的转变。并牵扯进了文体规范与主观情性的关系、文体的功用功能等一些复杂的问题在其中。对“文”和“质”关系认识评价的不同，事实上也反映着人们不同的文体观念。大概说来，古体派重功用，今体派讲形式；古体派偏重于以道德礼义为文学内容之质，而忽略文辞形式的华美，今体派则追求文辞形式的华美，强调个人性情的吟咏；古体派的主张从功用功利出发，崇尚古体，是对重个性、重情感、重形式的文学自觉思潮的一种反动，而今体派新变的创作实践和理论主张，同样容易造成主观情感泛滥、徒重侈艳形式的弊端，从而把文学自觉的思潮引

① 萧统编，李善注：《文选》，第1页。

向歧途。

从“文质”的角度论文体写作，南朝的文论家大多继承和发挥了孔子“文质彬彬”的说法。刘孝绰《昭明太子集序》曰：“窃以属文之体，鲜能周备。长卿徒善，既累为迟；少孺虽疾，俳优而已；子渊淫靡，若女工之蠹；子云侈靡，异诗人之则；孔璋词赋，曹祖劝其修令；伯喈答赠，挚虞知其颇古；孟坚之颂，尚有似赞之讥；士衡之碑，犹闻类赋之贬。深乎文者，兼而善之，能使典而不野，远而不放，丽而不淫，约而不俭，独擅兼美，斯文在斯。”（《全梁文》卷六〇）兼善各体，被理解为能恰如其分地处理好文质关系。萧绎《内典碑铭集林序》曰：“夫世代亟改，论文之理非一，时事推移，属词之体或异。但繁则伤弱，率则恨省；存华则失体，从实则无味。”又曰：“能使艳而不华，质而不野，博而不繁，省而不率，文而有质，约而能润，事随意转，理逐言深，所谓菁华，无以间也。”（《全梁文》卷一七）文体虽然随时代而变化，但理想之文体应该是华实相宜，文质相副。即若萧纲，其《昭明太子集序》曰：“至于登高体物，展诗言志，金铣玉辉，霞章雾密，致深黄竹，文冠绿槐，控引解骚，包罗比兴。铭及盘盂，赞通图象，七高愈疾之旨，表有殊健之则，碑穷典正。每出则车马盈衢，课无失体；才成则列藩击缶，近逐情深。言随手变，丽而不淫。”（《全梁文》卷一二）也是以“丽而不淫”来称赞萧统的。其《与湘东王书》则明确提出“精讨锱铢，核量文质”的主张。南朝文论家以“文质彬彬”作为文体创作的理想境界，可一旦进入实践的层面，一旦落实于对文学历史进程和具体作家作品的优劣品评，一旦运用于古今文体的取舍，各人则不免会产生或偏重于“文”或偏重于“质”的对立倾向。事实上，“文”和“质”的关系本来就不是僵化而凝固的，它在现实的历史语境中，总是有其具体的意义指涉。

刘勰在对古今文体变迁的描述中，以商周之文为“雅而丽”，是“质文”结合的典范。此前的黄唐虞夏“质”胜于“文”，此后的楚汉魏晋以迄近代则“文”胜于“质”。他对于文学史历程中不断向“文”胜于“质”以至“以文溺质”的发展方向深表忧虑。刘勰就是在这样的一个思考中来反省古今文体的。

从对历史的回顾与总结出发，刘勰提出了“斟酌乎质文之间，而檃括乎雅俗之际”的主张。所谓“雅俗”，其实谈的也是“质文”。《体性》篇释“轻靡”

曰："轻靡者，浮文弱植，缥缈附俗者也。"徒事浮文，以致掩没文义，即是俗的表现。而处理"质文"关系的典范则是五经。他以商周之文为"雅而丽"，实已为"矫讹翻浅，还宗经诰"埋下伏笔，五经是产生于商周的。刘勰的宗经，如《宗经》篇所谓"情深而不诡""体约而不芜""文丽而不淫"，实乃针对其时文坛任由个人情感宣泄泛滥而不加节制，及文辞形式日趋侈丽繁缛的文风有为而发。他主张师法经书的文体，在这一点上，刘勰和裴子野等古体派的主张是相通的。

但刘勰并没有将古今的关系割裂，他的通变观的核心是"望今制奇、参古定法"。"望今制奇"要以"参古定法"作为前提。今之奇在于随时而变，古之法在于因循有常。古之法主要是"资故实"，今之奇主要是"酌新声"。"资故实"是强调"名理相因"的一面，而"酌新声"是注重"文辞气力"的一面。

"名理相因"，指的是诗赋书记（用以代指所有的文体）的名目和体制规格皆有一定的要求，古今相沿，不可变革。各类文体皆各有自身的质的规定性，为了确保这种质的规定性，必须"资故实"，向前人学习，师法古体。刘勰的文体论自《明诗》以至《书记》，辨析各体文章的"大体"（"体要"），即为了揭示各体文章之自身的质的规定性。"原始以表末""选文以定篇"则以"辨体"的思想，标举出可供师法的古体。较之古体派的代表裴子野，今体派的代表萧纲，刘勰以"辨体"的观念说明，各体文章皆处于历史的发展之中，但各体文章又有着相对稳定的质性，所以不能隔断古今文体。刘勰所提出的"资故实"的最高典型，则是古代圣人的经典。窥察刘勰"宗经"的意图，他并不是要求人们亦步亦趋地去模拟经典，而是要掌握经书所体现出来的为文法则。这个法则便是能够辩证地把握"文"和"质"的关系。①

"文辞气力"，指的是作者的体性在创作中所发挥出的创新性。刘勰是强调"文辞气力"之变的。他考察历代文学，着眼点即在于"文辞气力"之变上。他认为在"序志述时"上，古今文体皆是不变的，而文辞由"质"趋"文"则是不断变化的。近代文学"从质及讹，弥近弥淡"，则是"竞今疏古"的结果。

① 详见本书第五章对"体要"概念的论述。

他以为或"文"或"质"的变化，同样需要一个规范准则。因此，他不满于"厌黩旧式""穿凿取新"的变，"失体成怪"的变（《定势》）。他把"文辞气力"的变化和文体规范的建立联系在一起。刘勰的文体论通过"辨体"，总结出了各体文章的体式规范和理想体貌要求。如《明诗》篇曰："若夫四言正体，则雅润为本；五言流调，则清丽居宗。"但他也考虑到了不同时代不同作者的"文辞气力"之变，所以他说："华实异用，惟才所安。"而允许不同时代不同作者可以有不同的体貌出现。故"平子得其雅，叔夜含其润，茂先凝其清，景阳振其丽"。人之才性各有偏至，故各有其变。而通才如子建仲宣则可"兼善"各体。刘勰说："诗有恒裁，思无定位，随性适分，鲜能圆通。"如此看来，各类文体虽有从古相沿之一定规范，但亦不能偏废作者主观情性之创造。

刘勰在《通变》中把古与今的关系抽象为"有常之体"（"名理相因"）和"无方之数"（"文辞气力"）之间的关系。此二者实是构成文体的两个方面[①]，"有常之体"需"文辞气力"才得以表现，而"文辞气力"需以"有常之体"为凭借，在这一意义上，刘勰是把古体与今体的关系作了辩证的融合。《风骨》篇说："若夫熔铸经典之范，翔集子史之术，洞晓情变，曲昭文体，然后能孚甲新意，雕画奇辞。昭体，故意新而不乱，晓变，故辞奇而不黩。""昭体"与"晓变"是建树理想文体不可或缺的两个方面。"诗赋书记"是"名理相因"的，故"体必资于故实"，此即"昭体"；而"文辞气力"是"无方之数"，故"数必酌于新声"，此即"晓变"。从《文心雕龙》全书的框架结构来看，上篇致力于文体规范的建立，并落实于对各种文体的研究，刘勰以之为"纲领"；下篇致力于文辞气力的探求，并落实于对情志义理和宫商辞采等形式技巧的论析，刘勰以之为"毛目"。上篇和下篇才构成刘勰论文的完整理论体系。刘勰在《文心雕龙》的写作中，似乎时时都在照应着古体与今体的关系问题，力图使古体与今体能够建立一种辩证的融合关系。但他毕竟还是表现出了偏于古体的倾向，"纲领"与"毛目"即透露出个中讯息。黄侃《文心雕龙札记》指出："可知通变之道，惟在师古，所谓变者，变世俗之文，非变古昔之法

① 王运熙和杨明先生说："在《通变》一开头，刘勰把作品分为有常之体和文辞气力两个方面。"见《魏晋南北朝文学批评史》（第459页）。

也。”[①]刘勰在《序志》篇中说：“而去圣久远，文体解散，辞人爱奇，言贵浮诡，饰羽尚画，文绣鞶帨，离本弥甚，将遂讹滥。”对其所处文坛这一基本的判断是刘勰处理古今文体关系的一个基础。南朝时期，文体创作中追求“奇变”成了一时代之趋尚。如宋齐间的张融，钟嵘《诗品下》评其“有乖文体”，而这也确是他的自觉追求，《南齐书·张融传》谓其在永明中作《门律自序》，曰：

> 吾文章之体，多为世人所惊，汝可师耳以心，不可使耳为心师也。夫文岂有常体，但以有体为常，政当使常有其体。丈夫当删《诗》《书》，制礼乐，何至因循寄人篱下。且中代之文，道体阙变，尺寸相资，弥缝旧物。吾之文章，体亦何异，何尝颠温凉而错寒暑，综哀乐而横歌哭哉？政以属辞多出，比事不羁，不阡不陌，非途非路耳。然其传音振逸，鸣节竦韵，或当未极，亦已极其所矣。汝若复别得体者，吾不拘也。[②]

意谓文章的体貌并无一定，而各人自有各人之体貌却是一种常有的现象。各人皆应追求自己独特的体貌，不必因循他人。所以他对他儿子说，你如果又形成了自己的体貌特色，我不会对你加以限制。张融实主在文体写作中逞作者“文辞气力”之变化。但从其“何尝颠温凉而错寒暑，综哀乐而横歌哭哉”的论述来看，他只不过是在文辞表现的层面上来求奇求变的。宫体诗派作家则不仅求“辞奇”，更进而在“意新”上走得很远，以至于把文学创作引入了题材狭隘而又格调低下的歧途。在这样的一个历史背景下，刘勰在不废“文辞气力”之变的基础上，倾向于师法古体，强调文体之规范作用，欲使“意新而不乱”“辞奇而不黩”，体现出其理论的历史合理性。

齐梁时期的古今文体之争，是人们对魏晋以来非功利、重形式、求新求变文学思潮的反思。既是其时文学思想多元化的一种表现，同时也是文体认识深化的一种反映。关于古体与今体的种种看法和议论，总体上看，重心已不在对具体文类的评价和论说上，无论是从“文质”关系的角度抑或是从文体规范与

① 黄侃：《文心雕龙札记》，第 131 页。

② 萧子显：《南齐书》，第 729 页。

主观情性关系的角度，来对古今文体进行评价，都已经是对各体文类共通性本质的抽象。如果我们抛开对这些看法和议论的是非得失的评价，从文体论自身的演变来看待古今文体之争，似乎可以这么说，人们对文体的批评和研究，已不满足于对文体类别特征的探讨，而趋向于对文体共同理想风貌的建树，“辨体”的重心由具体的“体裁”在向抽象的“体貌”转移。即如刘勰，其《文心雕龙》上篇“论文叙笔”，分论各类文体，但却以《宗经》篇树立的“六义”为各体文章共同之理想体貌依归。其下篇则转向于各体文章共有的形式技巧的探讨。《文心雕龙》之后，分论各种体裁的文体论似并无大的突破，即可说明人们的兴趣开始集中在探求各体文类共有的文学质性、文学效用和文学技巧上了。

第五章

南朝文体论的发展与文体观念的成熟（下）

第一节　刘勰的“论文叙笔”

分论各种文章体裁的文体论，至刘勰而臻于大成。《文心雕龙·序志》篇说：

> 盖《文心》之作也，本乎道，师乎圣，体乎经，酌乎纬，变乎骚，文之枢纽，亦云极矣。若乃论文叙笔，则囿别区分，原始以表末，释名以章义，选文以定篇，敷理以举统：上篇以上，纲领明矣。

刘勰把他分论各种文章体裁的文体论称之为“论文叙笔”。“论文叙笔”在《文心雕龙》中分量很大，占了全书五分之二的篇幅，不仅在《文心雕龙》的理论体系中有着极其重要的位置，而且是对此前文体论的系统总结和发展。

章学诚在《文史通义·文德》中说：“刘勰氏出，本陆机氏而昌论文心。”[①]黄侃在《文心雕龙札记》中说：“故《文心》多袭前人之论而不嫌其钞袭，未若世之君子必以己言为贵也。即如《颂赞》篇大意本之《文章流别》，《哀吊》篇亦有取于挚君，信乎通人之识，自有殊于流俗已。”[②]郭绍虞先生在其《中国文学批评史》中更针对刘勰“论文叙笔”的方法和内容指出，“释

---

① 章学诚著，叶瑛校注：《文史通义校注》，第 278 页。

② 黄侃：《文心雕龙札记》，第 281 页。

名以章义”和“敷理以举统”两项，“同于陆机《文赋》而疏解较详”；“原始以表末”，“同于挚虞《流别》而论述较备”；“选文以定篇”，“略同于曹丕《典论》、李充《翰林》而评断较允”。[①]皆指出刘勰取资于此前的文体论者。如果从文体论形态的发展演变来看，刘勰其实是把挚虞、李充等的文体流别论和曹丕、陆机等的文体风格论有机地融合在了一起，并自觉建立起其完整系统的内容方法体系。后代的文体专论著作，无论在内容和形式上，还是在方法上，似乎都未见对刘勰有大的突破。[②]刘勰的“论文叙笔”，构建了一个分论各种文章体裁的相对独立的体系，如果单就这一方面来说，几乎可以说是前无古人而后无来者。

刘勰“论文叙笔”的各篇，主要由“释名以章义”“原始以表末”“选文以定篇”“敷理以举统”四部分结构而成，这是他辨析各类文体的主要内容，也可以说是他文体研究的主要的方法角度，下面我们分别论之。

“释名以章义”，就是对文体的名称进行解释，以彰显其义用。主要是为文体正名，揭示出各类文体的性质。

“释名”，刘勰多用音训，亦有用意训者。“章义”则是在“释名”基础上的发挥。《明诗》篇释“诗”曰：“大舜云：诗言志，歌永言。圣谟所析，义已明矣。是以在心为志，发言为诗，舒文载实，其在兹乎！诗者，持也，持人情性；三百之蔽，义归无邪：持之为训，有符焉尔。”以“志”“持”训“诗”，用音训。但皆源于前人。《尚书·尧典》“诗言志”之说乃先秦两汉人对诗歌的一种普遍认识。《左传·襄公二十七年》中就有“诗以言志”的说法。《礼记·乐记》也说：“诗以言志也，歌咏其言也，舞动其容也。”《毛诗序》说：“诗者，志之所之也。在心为志，发言为诗。”《说文解字》释“诗”曰：“诗，志也，从言，寺声。”刘勰引《尚书》中大舜所言，谓“圣谟所析，义已明矣”。标圣人之言，而为己之依据。先秦两汉的“言志”说是以“发乎情，止乎礼义”的诗教说为原则的。刘勰又引汉代《诗纬·含神雾》中的“诗者，持也”之说[③]，并以为此训符合孔子的“诗无邪”之说。就刘勰对诗的“释名章义”来看，引“诗言志”说之外，又引“持人情性”说加以补充，无疑，他是强调诗的教化

① 郭绍虞：《中国文学批评史》，第65页。

② 朱迎平：《〈文心雕龙〉文体论体系及其影响》，《古典文学与文献论集》，第88-96页。

③ 刘勰著，范文澜注：《文心雕龙注》之《明诗》注三，第68-69页。

功用的。

《诠赋》篇释“赋”曰：“诗有六义，其二曰赋。赋者，铺也；铺采摛文，体物写志也。昔邵公称公卿献诗，师箴瞍赋。传云：登高能赋，可为大夫。诗序则同义，传说则异体，总其归涂，实相枝干。故刘向明不歌而颂，班固称古诗之流也。”以“铺”训“赋”，用音训，亦承前人之说。郑玄《周礼·春官·大师》注“六诗”，其中曰：“赋之言铺，直铺陈今之政教善恶。”刘熙《释名·释典艺》曰：“赋，敷也，敷布其义谓之赋。”而在刘勰看来，“铺”指的是“铺采摛文，体物言志”。纪昀评曰：“铺采摛文，尽赋之体；体物写志，尽赋之旨。”[①]“写志”同样也是强调赋的政教功用。以赋为“古诗之流”，亦意在赋应继承《诗》之风教传统，如郑玄所言“直铺陈今之政教善恶”。挚虞《文章流别论》曰：“赋者，敷陈之称，古诗之流也。古之作者，发乎情，止乎礼义。”也是以赋为“古诗之流”而与“发乎情，止乎礼义”的诗教说联系在一起。

《颂赞》篇释“颂”曰：“四始之至，颂居其极。颂者，容也，所以美盛德而述形容也。昔帝喾之世，咸墨为颂，以歌九韶，自商以下，文理允备。夫化偃一国谓之风，风正四方谓之雅，容告神明谓之颂。风雅序人，事兼变正；颂主告神，义必纯美。”以“容”释“颂”，亦用音训。《毛诗序》曰：“是以一国之事，系一人之本，谓之风。言天下之事，形四方之风，谓之雅；雅者，正也，言王政之所由废兴也。政有小大，故有《小雅》焉，有《大雅》焉。颂者，美盛德之形容，以其成功告于神明者也。是谓‘四始’，诗之至也。”郑玄《周颂谱》曰：“颂之言容，天子之德，光被四表，格于上下，无不覆焘，无不持载，此谓之容。于是和乐兴焉，颂声乃作。”刘熙《释名·释言语》：“颂，容也，叙说其成功之形容也。”又《释名·释典艺》：“称颂成功谓之颂。”可见，刘勰的说法亦来自汉人，主要是继承了《毛诗序》的说法。“颂”，纯以颂美，而不杂以他义，就在于其“美盛德之形容”，即《颂赞》篇所说之“褒德显容”。

《颂赞》篇释“赞”曰：“讚者，明也，助也。昔虞舜之祀，乐正重讚，盖唱发之辞也。”以“明”“助”释“赞”，则用意训。黄侃《文心雕龙札记》说：“彦和兼举明、助二义，至为赅备。详赞字见经，始于《皋陶谟》。郑君注曰：‘明也’。盖义有未明，赖赞以明之。故孔子赞《易》，而郑君复作《易赞》，

① 刘勰著，周振甫注：《文心雕龙注释》，第 82 页。

由先有《易》而后赞有所施，《书赞》亦同此例。至班孟坚《汉书赞》，亦由纪传意有未明，作此以彰显之，善恶并施，故赞非赞美之意。而后史或全不用赞，或其人非善，则亦不赞。此缘以赞为美，故歧误至斯。史赞之外，若夏侯孝若《东方朔画赞》，则赞为画施；郭景纯《山海经·尔雅图赞》，则赞为图起，此赞有所附者，专以助为义者也。”①但刘勰在“赞”的“敷理以举统”部分却说：“然本其为义，事生奖叹。”与其以“明”“助”训“赞”，似相抵牾。此恐怕与刘勰以“赞”为“颂家之细条”的认识有关。

《论说》篇释“论”曰：“圣哲彝训曰经，述经叙理曰论。论者，伦也；伦理无爽，则圣意不坠。昔仲尼微言，门人追记，故抑其经目，称为《论语》；盖群论立名，始于兹矣。自《论语》以前，经无论字，《六韬》二论，后人追题乎！”以“伦”释“论”，用音训。刘熙《释名·释典艺》曰：“论，伦也，有伦理也。”刘勰所谓“伦理无爽，则圣意不坠”又把“论”的解说拉回到政教功用的立场上。故其以《论语》为“论”立名之始。

《论说》篇释“说”曰：“说者，悦也；兑为口舌，故言资悦怿；过悦必伪，故舜惊谗说。”以“悦”训“说”为音训。《易·说卦》有“兑为口舌”之说。《说文》：“说：说释（悦怿）也。从言兑声。”发言于口，言取喜悦，而过分喜悦，则会流于虚伪，故暗引《尚书》舜之“谗说殄行，震惊朕师”之说，实为其后“敷理以举统”之“唯忠与信”的说法张目。

刘勰以音训或意训为各类文体释名，大抵皆依傍前人经典。而这种音训、意训的方法，也是汉代以来儒生解经的通常做法。刘勰的为文体释名，往往是和文体的立目结合在一起来考虑问题的。这样，刘勰的“释名以章义”就和“原始以表末”的“原始”部分纠结在了一起，这从前文所举的例子便可以看得出来。又如《诏策》说：“皇帝御宇，其言也神。渊嘿黼扆，而响盈四表，唯诏策乎？昔轩辕唐虞，同称为命。命之为义，制性之本也。其在三代，事兼诰誓。誓以训戒，诰以敷政。命喻自天，故授官锡胤。《易》之《姤象》，后以施命诰四方。诰命动民，若天下之有风矣。降及七国，并称曰命，命者，使也。秦并天下，改命曰制。汉初定仪则，则命有四品：一曰策书，二曰制书，三曰诏书，四曰戒敕。敕戒州部，诏诰百官，制施赦命，策封王侯。策者，简也。制者，

① 黄侃：《文心雕龙札记》，第94-95页。

裁也。诏者，告也。敕者，正也。《诗》云畏此简书；《易》称君子以制数度；《礼》称明神之诏；《书》称敕天之命；并本经典以立名目。”一边追索诏和策各种体制的原始，一边进行释名，而它们又大都“本经典以立目”。以训诂的方法来彰显文体之性质功用，又以经典中之相应名词来比附文体名目，刘勰的“释名”表现出很大的局限性。黄侃在《文心雕龙札记》中指出：“详夫文体多名，难可拘滞，有沿古以为号，有随宜以立称，有因旧名而质与古异，有创新号而实与古同，此唯推迹其本原，诊求其旨趣，然后不为名实玄纽所惑，而收以简驭繁之功。”[①]刘勰对文体之“名”，则似有所拘滞。他的拘滞更多地缘于他“宗经”的立场。

“释名”以彰显文章的功用性质，“释名”和“原始”结合起来以追溯文体的来源，从功用内容和来源上辨体，是刘勰一贯的思想。“论文叙笔”除少数篇目外，大多数篇目都是合论两种文体。将两种文体合论，往往是因其性质功用的相近。颂赞合论是因为赞乃“颂家之细条”，箴铭合论是因为它们“名用虽异，而警戒实同”，檄移合论是因为它们“意用小异，而体义大同”。可见，文体的分合，功用内容是一个主要的着眼点。刘勰在《宗经》篇中，以论说辞序为一组，谓其源于《易》；诏策章奏为一组，谓其源于《书》；赋颂歌赞为一组，谓其源于《诗》；铭诔箴祝为一组，谓其源于《礼》；纪传盟檄为一组，谓其源于《春秋》。可见，文体的分合，其来源也是一个重要的依据。

这种从功用内容和来源上辨体的思想，在他“论文叙笔”的“原始以表末”“选文以定篇”“敷理以举统”中也体现了出来。《颂赞》论“颂”之流变：“至于秦政刻文，爰颂其德。汉之惠景，亦有述容，沿世并作，相继于时矣。若夫子云之表充国，孟坚之序戴侯，武仲之美显宗，史岑之述熹后，或拟《清庙》，或范《駉》《那》，虽浅深不同，详略各异，其褒德显容，典章一也。至于班傅之《北征》《西征》，变为序引，岂不褒过而谬体哉！马融之《广成》《上林》，雅而似赋，何弄文而失质乎？又崔瑗《文学》，蔡邕《樊渠》，并致美于序，而简约乎篇。挚虞品藻，颇为精核；至云杂以风雅，而不变旨趣，徒张虚论，有似黄白之伪说矣。及魏晋杂颂，鲜有出辙，陈思所缀，以《皇子》为标；陆机积篇，惟《功臣》最显，其褒贬杂居，固末代之讹体也。”刘勰在文体之史的

① 黄侃：《文心雕龙札记》，第 91 页。

论述中，凡所涉及作品，或褒或贬，皆有标准。刘师培在《文心雕龙讲录》中曾指出："总上彦和之意，以为颂之体式所宜注意者三：一、序不可长；二、与赋不同，应分其体；三、义主颂美，有美无刺。"[①]刘勰的这样一个标准，一则源于其之"释名以章义"，所谓"颂者，容也，所以美盛德而述形容也"。二则源于其以《诗经》之"颂"为颂体文之源，为颂体文之范式。他认为，班固的《北征》、傅毅的《西征》二篇颂序文过长，且褒美过当，因而被指为"谬体"。马融的《广成》和《上林》二篇颂，文虽典雅但写得像赋。崔瑗的《南阳文学颂》和蔡邕的《京兆樊惠渠颂》致力于将序文写得美好，却把颂本身写得简单。至于魏晋时曹植的《皇太子生颂》、陆机的《汉高祖功臣颂》，把颂美和贬斥混杂在一起，故被斥为"讹体"。而刘勰所标举出的合体之作，如扬雄的《赵充国颂》、班固的《安丰戴侯颂》、傅毅的《显宗颂》、史岑的《和熹邓后颂》等，之所以合体，是因为它们皆模拟《诗经》之"颂"，皆以《诗》为范式，虽深浅详略不同，但"褒德显容，典章一也"。从刘勰的论述中不难看出，颂体文的体制在东汉魏晋时期发生了很大的变化，对这种变化，刘勰并不满意，他的不满意着眼于颂体的功用内容，着眼于颂体在体制上偏离了它的《诗》"颂"之源。《颂赞》的"敷理以举统"部分说："原夫颂惟典雅，辞必清铄；敷写似赋，而不入华侈之区；敬慎如铭，而异乎规诫之域。""颂"和"赋""铭"何以区别之？以其功用内容故。颂"美盛德之形容"，"主于告神"，故须"典雅"；赋"铺采摛文"，自可追求"华侈"；颂"主于告神"，故在"敬慎"上和"铭"同。颂"义必纯美"，故不可如"铭"之有"规戒"之意。

"原始以表末"意在考察文体之渊源流变。而"选文以定篇"则是在文体发展的历史中列举出有代表性的作品，选拔为该体之范式范本。考察文体之起始演变，同样离不开历史上的作家作品。"原始以表末"和"选文以定篇"在刘勰的"论文叙笔"中常常是结合在一起来论述的。"原始以表末"和"选文以定篇"，在刘勰的"论文叙笔"中所占分量很大，内容十分丰富。今之学者多以分体文学史视之，未为不可，但刘勰的原意，则显然是在"辨体"上。如果"释名以章义"是在谈抽象的文体的话，那么，"原始以表末"和"选文以

---

① 刘师培著，陈辞编录：《文心雕龙讲录》，《中古文学论著三种》，沈阳：辽宁教育出版社，1997年，第148页。

定篇”则是将抽象的文体融入到历史的文体之中，以求得可以学习摹仿或有以借鉴的文体规范榜样。

“原始以表末”的“原始”部分，有时往往和“释名以章义”部分有所纠结，已如前述。“原始以表末”的重心在于“表末”，“表末”述文体之流变。在对文体发展流变的考察中，刘勰体现出了其文学史家的卓越才识。如《明诗》篇对诗体特别是《古诗十九首》之后的诗体发展历程的描述和评价，几成历代治文学史者的共识。论《古诗十九首》：“观其结体散文，直而不野，婉转附物，怊怅切情，实五言之冠冕也。”论建安诗风：“暨建安之初，五言腾踊，文帝陈思，纵辔以骋节，王徐应刘，望路而争驱；并怜风月，狎池苑，述恩荣，叙酣宴，慷慨以任气，磊落以使才；造怀指事，不求纤密之巧，驱辞逐貌，唯取昭晰之能：此其所同也。”论正始诗风：“及正始明道，诗杂仙心；何晏之徒，率多浮浅。唯嵇志清峻，阮旨遥深，故能标焉。”论太康诗风：“晋世群才，稍入轻绮。张潘左陆，比肩诗衢、采缛于正始，力柔于建安；或析文以为妙，或流靡以自妍：此其大略也。”论东晋玄言诗风：“江左篇制，溺乎玄风，嗤笑徇务之志，崇盛忘机之谈。”论晋宋以来山水诗风：“宋初文咏，体有因革，庄老告退，而山水方滋；俪采百字之偶，争价一句之奇，情必极貌以写物，辞必穷力而追新，此近世之所竞也。”摘引过繁，读者想必已烂熟于心，但于此恰可见刘勰文体论之贡献。后代之文体论者，难以超越刘勰，恐怕一个很重要的原因就是缺少这样的对文体发展史的深入考察和精邃见解。

刘勰对文体发展流变的观察，表现方式并不一致。其论赋之流变，便不是像论诗那样详尽地“铺举列代”、重在描述历代诗歌风貌的变化，而是把重心放在对赋的体制进行分类论述上。《诠赋》曰：“若夫京殿苑猎，述行序志，并体国经野，义尚光大；既履端于唱序，亦归余于总乱。序以建言，首引情本；乱以理篇，写送文势。按《那》之效章，闵马称乱，故知殷人辑颂，楚人理赋，斯并鸿裁之寰域，雅文之枢辖也。至于草区禽旅，庶品杂类，则触兴致情，因变取会：拟诸形容，则言务纤密；象其物宜，则理贵侧附；斯又小制之区畛，奇巧之机要也。”将赋体分为两大类型：“鸿裁”和“小制”，并对其题材内容和体制特点做了概括。在题材内容的概括上，与《文选》对赋之分类隐然相合。在体制特点的概括上，谓“鸿裁”之赋篇首有“序”，以引出作赋之情事根由，而篇末则有“乱”，总结全篇，增强文势。刘勰的“鸿裁”和

“小制”之说，亦被今人继承，即所谓的“大赋”和“小赋”。

刘勰对文体流变发展的考察，更多的时候则是通过“选文以定篇”来实现的。考察作家作品的得失，以显文体流变之迹。在“选文以定篇”中，刘勰体现出了极为严格的辨体要求。《铭箴》篇说：“蔡邕铭思，独冠古今。桥公之钺，吐纳典谟；朱穆之鼎，全成碑文，溺所长也。”蔡邕为赞美朱穆而作的《鼎铭》之所以“全成碑文”，是因为其擅长碑文的写作，而又将其所长运用到了铭的写作上的缘故。《哀吊》篇说：“及相如之吊二世，全为赋体。”恐亦与司马相如将其所擅长的辞赋写法运用于吊体的写作有关。再如《论说》：“张衡《讥世》，颇似俳说；孔融《孝廉》，但谈嘲戏；曹植《辨道》，体同书抄；言不持正，论如其已。”其中“孔融《孝廉》，但谈嘲戏”一句，联系曹丕《典论·论文》所说：“孔融体气高妙，有过人者，然不能持论，理不胜辞，以至乎杂以嘲戏。”（《文选》卷五二）似在说，孔融不擅长写论说之文，所以他写的论说文，效果并不是太好。在刘勰看来，每种文体各有特点，而各个作者亦有其所擅长的文体，不能滥用其所长，将自己所擅长的文体写作方法运用到别的文体的写作上，这自然就有乖文体。同时也要避其所短，不要轻易去写自己不擅长的文体。这就涉及文体写作与作者才性的问题。《明诗》在“选文以定篇”时，举列了众多各有特色的作家后提出“随性适分”“因性练才”的主张。刘勰以为作者主体之过分的“求奇求变”是文体讹滥的主要原因。《史传》篇曰：“若夫追述远代，代远多伪。公羊高云传闻异辞，荀况称录远详近，盖文疑则阙，贵信史也。然俗皆爱奇，莫顾实理。传闻而欲伟其事，录远而欲详其迹，于是弃同即异，穿凿傍说，旧史所伐，我书则传，此讹滥之本源，而述远之巨蠹也。”“爱奇”是“讹滥之本源”。刘勰在《通变》篇说：“宋初讹而新。”而《明诗》在评宋代诗风时说：“俪采百字之偶，争价一句之奇，情必极貌以写物，辞必穷力而追新。”之所以“讹”，是因为“争奇”“追新”。

从“原始以表末”和“选文以定篇”对每一种文体之史的回顾和叙述中可以看出，刘勰是承认古今文体的演变的。《诏策》说：“自教以下，则又有命。《诗》云有命自天，明命为重也。《周礼》曰师氏诏王，明诏为轻也。今诏重而命轻者，古今之变也。”诏和命的古今变化，刘勰并无异议。《乐府》说：“观高祖之咏大风，孝武之叹来迟，歌童被声，莫敢不协；子建士衡，咸有佳篇，并无诏伶人，故事谢丝管，俗称乖调，盖未思也。”“乐府”由被之管弦到“事谢丝管”的变化，刘勰以为并不“乖调”。变是可以的，如《通变》所言，作者可以有“文辞气力”的变化，但这种变化必须是在“体必资于故实”的基础上。如果过分地“求奇求变”，以至于“厌黩旧式”，那就成了“谬体”或者“讹体”了。刘勰在对各种文体进行历史的考察过程中，涉及了文体体式规范与作家主体情性间的关系问题。

当然，“选文以定篇”更主要的目的是为写作者提供符合各种文章体裁体式规范的样本。如《诠赋》曰：“观夫荀结隐语，事数自环；宋发巧谈，实始淫丽。枚乘《菟园》，举要以会新；相如《上林》，繁类以成艳；贾谊《鵩鸟》，致辨于情理；子渊《洞萧》，穷变于声貌；孟坚《两都》，明绚以雅赡；张衡《二京》，迅发以宏富；子云《甘泉》，构深伟之风；延寿《灵光》，含飞动之势：凡此十家，并辞赋之英杰也。及仲宣靡密，发篇必遒；伟长博通，时逢壮采；太冲安仁、策勋于鸿规；士衡子安，底绩于流制；景纯绮巧，缛理有余；彦伯梗概，情韵不匮：亦魏晋之赋首也。”可见，在同一体裁下，不同的作者可以有不同的风格表现。

“释名以章义”“原始以表末”“选文以定篇”，概括每种文体的性质和由来，追溯其起源，论其流变，并举列该种文体之代表作家作品进行评论。这样的方法视角来源于史志目录学的传统[①]，经过傅玄、挚虞、李充等发展至刘勰，终于发展成了一套自觉的文体研究方法论。

刘勰对文体历史的回顾和叙述，许多内容和说法亦来自傅玄、挚虞和李充等的文体流别论。如刘勰在《杂文》中论“连珠”，以为“连珠”始于扬雄，刘永济说：“连珠之体，傅玄谓‘兴于汉章帝之世，班固、贾逵、傅毅三子，受诏作之。’与舍人肇始于子云之说，举人虽异，论时则同。”[②]其实，刘勰论“七”同样是在傅玄《七谟序》的基础上发展而来的。刘勰论文体受惠于挚虞处更多，如其“四言正体”“五言流调”的说法，既不同于钟嵘《诗品序》中以四言“文繁而意少”、五言“是众作之有滋味也”的说法，也不同于萧子显《南齐书·文学传论》中“五言之制，独秀众品”的说法，而是直接承袭《文章流别论》中的说法。《文章流别论》中把“赋”分为以“情义”为主的“古

① 参考罗宗强：《刘勰文体论识微》，《道家道教古文论谈片》。

② 见刘勰著，刘永济校释：《文心雕龙校释》，北京：中华书局，1962年，第45页。

之赋”和以“事形”为本的“今之赋”，以及“今之赋”有“四过”的观点，就一定程度上启发了刘勰在《诠赋》篇中从“情”和“物”、“情”和“采”的关系来提出赋的规范性写法。刘勰在《颂赞》篇中，对汉代“颂”体作家作品的评论，其实也都是从挚虞《文章流别论》中借鉴而来的。《文章流别论》之残文论“哀辞”曰：“哀辞者，诔之流也。崔瑗、苏顺、马融等为之，率以施于童殇夭折、不以寿终者。”（《全晋文》卷七七）《文心雕龙·哀吊》论“哀”曰：“及后汉汝阳主亡，崔瑗哀辞，始变前式。然履突鬼门，怪而不辞；驾龙乘云，仙而不哀；又卒章五言，颇似歌谣，亦仿佛乎汉武也。至于苏顺张升，并述哀文，虽发其情华，而未极其心实。”祖保泉先生说，挚虞的说法“是先于《文心》把‘诔辞’和‘哀辞’分为两体的重要证明材料”。[①]刘勰的文体论亦有取于李充《翰林论》者，已有学者做了考论[②]，此不赘。

在“论文叙笔”中，刘勰还提出了“敷理以举统”。“敷理以举统”，是在对各体文学的源流演变进行回顾之后，提出对各种文体的写作规范和要求。它是刘勰“论文叙笔”的结穴之所在。“原始以表末”“释名以章义”“选文以定篇”，最终都归着于“敷理以举统”。

值得注意的是，刘勰对各体文章所提出的写作规范和要求中，大多提到了各类文体的理想体貌要求。如《明诗》论诗：“至于四言正体，则雅润为本；五言流调，则清丽居宗。”《诠赋》论赋：“原夫登高之旨，盖睹物兴情。情以物兴，故义必明雅；物以情观，故词必巧丽。丽词雅义，符采相胜，如组织之品朱紫，画绘之著玄黄，文虽新而有质，色虽糅而有本，此立赋之大体也。”《颂赞》论赞：“然本其为义，事生奖叹，所以古来篇体，促而不广，必结言于四字之句，盘桓乎数韵之辞，约举以尽情，昭灼以送文，此其体也。”

即使是一些应用性很强的文体，刘勰也对其提出了审美性的理想体貌要求。如《诏策》论诏和策：“夫王言崇秘，大观在上，所以百辟其刑，万邦作孚。故授官选贤，则义炳重离之辉；优文封策，则气含风雨之润；敕戒恒诰，则笔吐星汉之华；治戎燮伐，则声有洊雷之威；眚灾肆赦，则文有春露之滋；

① 刘勰著，祖保泉解说：《文心雕龙解说》，合肥：安徽教育出版社，1993年，第244页。

② 吕武志：《从文体层面看〈翰林论〉对〈文心雕龙〉的影响》，中国文心雕龙学会编：《论刘勰及其〈文心雕龙〉》，北京：学苑出版社，2000年，第488-517页。

明罚敕法，则辞有秋霜之烈：此诏策之大略也。”《奏启》论奏：“是以立范运衡，宜明体要；必使理有典型，辞有风轨，总法家之裁，秉儒家之文，不畏强御，气流墨中，无纵诡随，声动简外，乃称绝席之雄，直方之举耳。”

这样的对文体的理想体貌要求，是对文体艺术特征的把握，是充满了美的意味的形相性把握，已脱离了文体流别论式的对文体的史的考察，而上升到了艺术的审美形式及相关技巧的论述，与《文心雕龙》下篇的文术论衔接在了一起。

“敷理以举统”对各类文体艺术体式的概括和说明，实继承了曹丕、陆机以来的文体风格论。《论说》篇中“说”的“敷理以举统”部分谓：“凡说之枢要，必使时利而义贞，进有契于成务，退无阻于荣身。自非谲敌，则唯忠与信，披肝胆以献主，飞文敏以济辞，此说之本也。而陆氏直称说炜晔以谲诳，何哉？”刘勰不同意陆机“说炜晔以谲诳”的说法，因为他认为“自非谲敌，则唯忠与信”，因为“说”的对象往往是人主或地位尊贵之人，故须“忠与信”，自然不能以奇异炫目之言而务求悦服。无疑，刘勰在分论各种文体时是对陆机有所借鉴的，他同不同意陆机的说法并不重要，重要的是他对“说”的写作要求体现出了和陆机相同的把握方式，所谓“披肝胆以献主，飞文敏以济辞”，也是对“说”的一种充满审美意味的艺术风貌的描述。曹丕《典论·论文》说“诗赋欲丽”，陆机《文赋》说“诗缘情而绮靡”，刘勰在《明诗》篇中说五言“清丽”，我们不难看出其间的一脉相承之处。《文赋》曰：“铭博约而温润，箴顿挫而清壮。”刘勰在《铭箴》篇的“敷理以举统”说：“夫箴诵于官，铭题于器，名用虽异，而警戒实同。箴全御过，故文资确切。铭兼褒赞，故体贵弘润，其取事也必核以辨，其摛文也必简而深：此其大要也。”也是在陆机对“铭”和“箴”艺术体式概括基础上的发挥。

综上所述，刘勰的“论文叙笔”从理论形态上说，是把此前的文体源流论和文体风格论结合在了一起。这种结合就其所反映的文学观念来说，是在重功用和重形式之间的一种折中。既对各类文体做史的回顾和论述，又对各类文体做艺术体式的概括和把握；既从功用内容和来源方面辨体，又从形式特征方面辨体，这是刘勰之后分论各种文章体裁的文体论的重要特征。而这一特征实形成于刘勰的“论文叙笔”。当然，这一特征形成的深层原因则与中国古代从来没有产生纯文学的观念有关。

第二节　刘勰的文体观念

“体”不仅是《文心雕龙》中的一个关键性术语，而且也是中国古代文论中一个极为重要的范畴。关于“体”的涵义，学术界一般认为其主要涉及两个方面的问题：一是文章体裁，二是文章体貌。20世纪40年代，罗根泽先生在其所著《魏晋六朝文学批评史》中明确指出：“中国所谓文体，有两种不同意义：一是体派之体，指文学的作风（Style）而言，如元和体、西昆体、李长吉体、李义山体……皆是也。一是体类之体，指文学的类别（literary kinds）而言，如诗体、赋体、论体，序体……皆是也。”[①]60年代，陆侃如先生指出，“体”字在《文心雕龙》中主要有两种意义：一是体裁，二是风格。[②]80年代，王运熙先生亦撰文指出：“‘体’在中国古代文论中是一个经常出现的名词。它又叫‘体制’，体有时仅指作品的体裁、样式，那比较简单；但在不少场合是指作品的体貌，相当于我们现在所谓风格，它的含义就丰富了。”[③]“体”被释为体类（或曰体裁）、体貌（或曰风格）二义，逐渐成为古代文论研究中的通行看法，也成为《文心雕龙》研究中的通行看法。90年代，童庆炳先生发表了自己的看法，认为“体”的内涵一下子从体裁跨到风格，中间跨度太大，缺乏中介概念，并以为学界提出的“文体风格”概念是不科学的，于是提出“体”概念的三个层次：体裁、语体、风格。[④]童庆炳先生认识到了“体”概念的复杂性，非体裁、风格所能范围。其实，早在1959年，徐复观先生即在台湾发表了《文心雕龙的文体论》一文，他认为，《文心雕龙》一书，“实际上便是一部文体论”，而“《文心雕龙》即我国的文体论”。并指出：“‘类’的名称似乎到唐而始统一，确定；但自《典论·论文》以迄元代，除极少数的

---

① 罗根泽：《中国文学批评史》，上海：上海书店出版社，2003 年，第 147 页。

② 陆侃如：《文心雕龙术语用法举例》，《文学评论》1962 年第 2 期。

③ 王运熙：《中国古代文论中的“体”》，《当代学者自选文库·王运熙卷》，合肥：安徽教育出版社，1998 年，第 722 页。

④ 见童庆炳《文体与文体的创造》（昆明：云南人民出版社，1994 年）一书之第一章“中国古代文体论的历史回顾”。

例外，都是把文类和文体分得十分清楚的。文体虽然和文类有密切的关系；文体的观念，虽在六朝是特别显著，而文类的观念，则在六朝尚无一个固定名称；但自曹丕以迄六朝，一谈到‘文体’，所指的都是文学中的艺术形相性；它和文章中由题材不同而来的种类，完全是两回事。”而“艺术形相性”虽近于“风格”一词，但“风格”不能包括“文体”，“文体”一词则可包含“风格”，“因为第一，风格一词过于抽象，不易表示‘文体’一词中所含的艺术形相性。而‘形相性’才是此一观念的基点。第二，风格一词，是作为文体价值判断的结果，常指文体中某种特殊的文体而言”。徐氏以为“体”概念由三个次元组成：体裁、体要、体貌。“所以若将文体所含的三方面意义排成三次元的系列，则应为体裁→体要→体貌的升华历程。有时体裁可以不通过体要，而径升华到体貌。体貌是‘文体’一词所含三方面意义中彻底代表艺术性的一面。”[①]徐复观先生虽以为“体”有体裁、体要、体貌三个层次，也意欲使这三个层次之间建立起一个相互联系的关系，但他又力图将体裁从文体的观念中排除出去，而以体貌为“体”概念之最终依归。他本来是在强调“体”概念的完整性，最终却忽略了体裁体式规范在“体”概念中应有的地位和作用。

对“体”意义的概括，无论是概括为体类（体裁）、体貌（风格），还是再加上“语体”或“体要”为中介概念，各有自身的逻辑，都可以认为大致不错。但如果仅限于这几种解释，对照《文心雕龙》文本中的“体”字，相当多的地方是讲不通的。即使勉强讲通，也总是有“隔”和“障”的感觉。这些解释当然不是语义训诂的归纳和总结，根本不能和原始文本中的“体”字置换。实际上，在《文心雕龙》具体语境中的“体”字，往往是随文置义，变动不居，其意义指涉，或偏于此，或偏于彼，虽有侧重，但又彼此

① 徐复观《文心雕龙的文体论》，载于《东海学报》1959年第1期，后收入其《中国文学论集》。徐文影响巨大，龚鹏程针对徐文也发表了一篇《文心雕龙的文体论》，刊发于台北《“中央”副刊》1987年12月11-13日，收入《中国文学批评史论》。反对徐氏将“文类”与“文体”分开，不同意徐氏将“文体”只做近乎现代风格学上的阐释。颜昆阳发表《论文心雕龙“辩证性的文体观念构架”——兼辨徐复观、袭鹏程〈文心雕龙的文体论〉》，对徐、龚二文展开批评，颜文收入其《六朝文学观念丛论》。此三文对厘清刘勰的文体观念甚有助益，对本书的写作亦多有启发。

融合，彼此补充，彼此总括。各人对“体”意义的概括，因对文体理论架构认识的不同，取向和思路的不同，往往各人从各自的侧面、各自的角度去观察思考问题，而又都能从《文心雕龙》文本中找到各自需要的证据和说明。

“体”是一个综合性极强的概念，它往往包含多重义蕴。当我们从这一层面去探究其含义时，往往会遗落其他层面的含义。含义的丰富，层次的叠合，造成语义的模糊。归纳性的语义训诂方法在变化多端的“体”面前并不能彻底解决问题[①]。

“体”还是一个充满辩证色彩的概念，内容与形式，主观与客观，文体构成生成的各种因素之间的关系纠结在一起，单向的思维、局部的考虑，会把“体”理解得平面化，“体”需要在各种关系中去理解和把握。

下面我们试图通过对“体”概念的分析阐释，来认识刘勰综合性的辩证的文体理论架构。

一

我们先来看刘勰对文体形式构成的理解和认识。

《文心雕龙·附会》曰：

> 夫才童学文，宜正体制，必以情志为神明，事义为骨髓，辞采为肌肤，宫商为声气；然后品藻玄黄，摛振金玉，献可替否，以裁厥中：斯缀思之恒数也。

体制指的是文体的形式构成，刘勰以人体为喻，说明文体乃一由情志、事义、辞采、宫商四部分构成之生命有机体。而“体”的原意，即指人体。《说文》释“体”曰：“体，总十二属也。”《说文通训定声》及《说文段注》皆列“十二属”为：首之属三即顶、面、颐，身之属三即肩、背、臀，手之属三即肱、臂、手，足之属三即股、胫、足。意谓人之身体作为一整体，乃由不同的部分

① 检《文心雕龙》全书，“体”字共出现一百九十余次，笔者试图从语义上对其归纳，但无功而返。“体”的含义实在是太丰富了，而且是许多层面的意义叠加在一起，越想把它说清楚，则越容易把它说死。故只能分不同的层面，并在各层面间的关系中去把握它。

组合而成。整体谓之“体”，部分亦可谓之“体”。《论语·微子》：“四体不勤，五谷不丰。”此“体”字即就组成人体之部分而言。《文心雕龙》喜用人体来比附文体，如《体性》：“辞为肤根，志实骨髓。”《熔裁》曰：“夫百节成体，共资荣卫。万趣会文，不离辞情。”《丽辞》曰：“体植必两，辞动有配，左提右挈，精味兼载。”“体”实包含着整体与部分，一与多的关系。《附会》曰：

何谓附会？谓总文理，统首尾，定与夺，合涯际，弥纶一篇，使杂而不越者也。

“杂”即指文体形式构成之各部分、各要素，而“不越”即指各部分、各要素互相配合，构成一和谐整体。构成文体之各部分、各要素虽个个不同，千变万化，但须相成相济融合协调而为均衡整一之结构，多总而为一，杂而不越者是也。这既与中国古代文体与人体“异质同构”的观念有关，也与中国古代强调“中和”的美学思想有一定的关系（详第一章之相关论述）。所以，在《文心雕龙》中，“体”有时就整体之“体制”而言，有时则又就构成整体的各部分，如情志、事义、辞采、宫商而言。其意义指涉，往往需要在整体与部分、一与多的关系中去作具体的把握。《总术》篇说：“况文体多术，共相弥纶，一物携贰，莫不解体，所以列在一篇，备总情变，譬三十之辐，共成一毂，虽未足观，亦鄙夫之见也。”构成文体的各种形式技巧，如《情采》《事类》《声律》《章句》《丽辞》《练字》《夸饰》《比兴》《隐秀》《熔裁》等篇所论，对文体写作固然重要，但须使这些形式技巧的因素融合而成一有机整体，才不至于使文体解散。

而构成文体形式的各部分，情志、事义似可合并为一组，因其偏于内容结构方面，乃文体内在生命之所在。而辞采、宫商可合并为一组，因其偏于形式表现方面，乃文体之外在表现。《附会》篇说：“义脉不流，则偏枯文体。”王元化先生释“义脉”为“情志”和“事义”，并认为“情志”和“事义”是作品结构中的“一种主导力量”。[①]从文体之形式构成来讲，情志事义是文体的内

① 王元化：《释〈附会篇〉杂而不越说——关于艺术结构的整体和部分》，《文心雕龙讲疏》，上海：上海古籍出版社，1992 年，第 215-230 页。

形式，情志事义在展开的过程中，即形成了文体的内在结构；而辞采宫商是文体的外形式，文体的结构需要辞采宫商等才得以表现出来。情志事义是文体的内蕴之“质”，而辞采宫商则是文体的外显之“文”。文质一体，但情志事义则为“本体”。这样在“体”的形式构成中，情志事义为本，而辞采宫商为末；情志事义为隐，辞采宫商为显。这从以“神明”“骨髓”喻情志事义，“肌肤”“声色”喻辞采宫商，即可看出。“体”的意义指涉需要在本与末、内与外（隐与显）的关系中去作具体的把握。《熔裁》篇说：“情理设位，文采行乎其中。刚柔以立本，变通以趋时。立本有体，意或偏长；趋时无方，辞或繁杂。蹊要所司，职在熔裁，檃括情理，矫揉文采也。规范本体谓之熔，剪截浮词谓之裁。”“熔”指的是“规范本体”（“檃括情理”），“裁”指的是“剪截浮词”（“矫揉文采”），即情理结构为本体，而文采为其外现。在刘勰看来，情志事义是文之本体，情志事义决定了“体”，“体”决定了文辞的敷设，此即所谓“情理设位，文采行乎其中”。《熔裁》篇标“三准”说：“履端于始，则设情以位体，举正于中，则酌事以取类；归余于终，则撮辞以举要。”“位体”即“设情”以确定文之本体（此处，“情”与“事”分言，而与“辞”并举）。《情采》篇说：“圣贤书辞，总称文章，非采而何？夫水性虚而沦漪结，木体实而花萼振：文附质也。虎豹无文，则鞟同犬羊；犀兕有皮，而色资丹漆：质待文也。”又说：“故情者，文之经，辞者，理之纬；经正而后纬成，理定而后辞畅，此立文之本源也。”情理是经，文辞是纬，经纬相成，但情理则为文章之本。《定势》说：“因情立体，即体成势。”情为文之本体，文辞风格即由情之本体而来。

刘勰的“体”的概念，将部分与整体、本与末这两重关系综合在了一起。他论各类文体之“大体”“体要”“枢要”“纲领之要”皆从构成文体之情志事义和辞采宫商两方面立说。如论颂：“揄扬以发藻，汪洋以树义”；论赞：“约举以尽情，昭灼以送文”；论哀：“情主于痛伤，辞穷乎爱惜”；论檄：“插羽以示迅，不可使辞缓；露板以宣众，不可使义深”；论封禅：“意古而不晦于深，文今而不坠于浅，义吐光芒，辞成廉锷”；论表：“雅义以扇其风，清文以驰其丽”；论奏：“理有典型，辞有风轨”；论议：“理不谬摇其枝，字不妄舒其藻。”强调情志事义和辞采宫商融合而为一有机整体。

他有时把情志事义所形成的文体结构直接称之为“体”。如《哀吊》：“体周而事核，辞清而理哀”;《杂文》:“蔡邕《释诲》，体奥而文炳”;《诸子》:“吕氏鉴远而体周，淮南泛采而文丽”;《章表》:“陈思之表，独冠群才，观其体赡而律周，辞清而志显”;《宗经》篇说:“五曰体约而不芜，六曰文丽而不淫。”“体”与“文”“辞”对言，“文”则指辞采宫商等文辞表现形式。《风骨》篇说:“情与气偕，辞共体并。”情与气一体是隐显的关系，而辞与体也是一种内外隐显的关系，辞与体同样是不可分离的。

他有时又把辞采宫商等形式表现技巧称为“体”。如《声律》:“异音相从谓之和，同声相应谓之韵。韵气一定，则余声易遣；和体抑扬，故遗响难契”;《丽辞》:“故丽辞之体，凡有四对”;《比兴》:“毛公述传，独标兴体”，“起情故兴体以立”，“于是赋颂先鸣，故比体云构”;《附会》:“惟首尾相援，则附会之体，固亦无以加于此矣”;《隐秀》:“夫隐之为体，义主文外，秘响傍通，伏采潜发，譬爻象之变互体，川渎之韫珠玉也。”辞采宫商等形式表现技巧则必须与情志事义相契合，形成一和谐之有机体。《声律》篇就说:“滋味流于字句，气力穷于和韵。”其赞曰:“标情务远，比音则近。吹律胸臆，调钟唇吻。声得盐梅，响滑榆槿。割弃支离，宫商难隐。”“字句”“和韵”是“滋味”“气力”之流溢外现。故音律与情思应相互吻合协调。《章句》曰:“寻诗人拟喻，虽断章取义，然章句在篇，如茧之抽绪，原始要终，体必鳞次。启行之辞，逆萌中篇之意，绝笔之言，追媵前句之旨；故能外文绮交，内义脉注，跗萼相衔，首尾一体。”分章造句之“体必鳞次”“首尾一体”，必须与文章之情志事义配合，故谓“外文绮交，内义脉注”。

尽管刘勰的“体”字用法有些飘忽不定，一会儿从整体论“体”，一会儿又从部分（或部分中的某个因素）论“体”，但其强调和重视文体的整体性和统一性则是毫无疑问的。我们不难看出，刘勰有把文体的结构整合为内容和形式两大方面的倾向，他对“体”概念的把握，流露出以文质关系、情采关系来看待“体”的思维方法。事实上，讨论文体问题，很难回避内容和形式这一至为复杂棘手的问题。我们在这里不拟对这一问题展开讨论，只是想说明，“体”概念的难以厘清，与内容和形式关系问题的介入，有着密不可分的关系。

但无论如何，在刘勰的“体”概念中，内容已被包容在形式之中，“体”最终是以语言的形相性显现出来的。《序志》谓:“古来文章，以雕缛成体。”

《总术》篇形容文之特点曰："视之则锦绘，听之则丝簧，味之则甘腴，佩之则芬芳。""视之"指"辞采"，"听之"指"宫商"，"味之"指"事义"，"佩之"指"情志"。[①]"体"概念与审美形式及相关技巧紧密地结合在一起。

二

作为语言的形式结构的文体（"体制"）概念，从来就不是一种抽象化的存在。它总是以一定的样式存在着，以形相感性的方式显现着。就一篇作品而言，由写作而加以实现时，则必定会实现于某一特定的文类之上，而且也必定会呈现出自己特殊的体貌来。

无疑，从文体存在的样式和显现的方式来看，体类和体貌是"体"概念最基本的两个意义指涉，但在刘勰看来，二者其实是一种综合辩证的关系。

前引徐复观文断言："（文体）亦无不指文学中的艺术性的形相。《文心雕龙》中所言的文体，更都是如此。与上篇的诗、乐府、赋、颂、赞等由题材性质不同所分的二十类的文类，渺不相涉。彦和对于这二十类，虽然尚未用'类'的统一名称，而称之为'区界'、'囿别'、'区分'、'区囿'、'区畛'、'区品'、'区别'、'类聚'等。但决不称之为体。"[②]实际上，刘勰在多处地方以"体"来指称文类。《诠赋》："至如郑庄之赋'大隧'，士蔿之赋'狐裘'，结言短韵，词自己作，虽合赋体，明而未融"；《颂赞》："及迁《史》固《书》，托赞褒贬，约文以总录，颂体以论辞"；《总术》："常道曰经，述经曰传，经传之体，出'言'入'笔'，'笔'为'言'使，可强可弱。"此外，《文心雕龙》中还出现过"骚体"（《乐府》）、"传体"（《诔碑》《史传》）、"论体"（《论说》）、"诏体"（《诏策》）、"表体"（《章表》）等"体"字，这些"体"字，前面冠以文类名称，明白无误地告诉我们，体类是刘勰"体"概念的重要意义指涉。

但体类的概念是与体貌的概念综合在一起的。自曹丕、陆机以来，不同的体类与不同的体貌类型已经相互配合在一起，综合性的文体观念已经生成。这种观念甚至成为人们的一种思维定势。南梁萧绎《内典碑铭集林序》曰："夫

① 刘勰著，范文澜注：《文心雕龙注》之《总术》注九，第660页。

② 徐复观：《文心雕龙的文体论》，《中国文学论集》，第9页。

披文相质，博约温润，吾闻斯语，未见其人。”（《全梁文》卷一七）谈碑铭写作之理想体貌，“披文相质”对应于碑，“博约温润”对应于铭。北周宇文逌《庾信集序》曰：“妙善文词，尤工诗赋，穷缘情之绮靡，尽体物之浏亮。”[①]“缘情之绮靡”称工于诗，“体物之浏亮”称工于赋，皆承陆机而来。可见，体类和体貌结合的观念已深入人心。刘勰同样继承了陆机，正是在陆机的基础上，发展出了其综合性的辩证的文体理论架构。

《定势》是刘勰文体理论架构的核心，我们即以此篇为中心展开讨论。《定势》开篇曰：

> 夫情致异区，文变殊术，莫不因情立体，即体成势也。势者，乘利而为制也。如机发矢直，涧曲湍回，自然之趣也。圆者规体，其势也自转；方者矩形，其势也自安：文章体势，如斯而已。是以模经为式者，自入典雅之懿；效骚命篇者，必归艳逸之华；综意浅切者，类乏酝藉；断辞辨约者，率乖繁缛：譬激水不漪，槁木无阴，自然之势也。

“情”为文之“本体”，情致不同，则“体”有不同，“势”亦随之而异。[②]联系下文，此处之“体”，似指“体貌”。“模经为式者”“效骚命篇者”“综意浅切者”“断辞辨约者”如何如何，与陆机《文赋》中之“夸目者”“惬心者”“言穷者”“论达者”如何如何，实相仿佛。意谓作者情性各有好尚，故体貌各异。联系上文，谓“文变殊术”，与《风骨》篇所说的“文术多门，各适所好”相通，也是说各人有各人之才性，创作者各逞其才性，故文变殊术，各有其体貌。《定势》篇接着说：

① 庾信著，许逸民校点：《庾子山集注》，北京：中华书局，1985年，第53页。

② 关于“势”之解释，学者论说不一，但从《定势》篇中“即体成势”“循体定势”的说法可以看出，“势”不离“体”。“体”在《定势》篇中其实是将体裁和体貌二者综合在一起了。因此，刘勰亦结合体裁和体貌两方面论“势”。所谓“章表奏议，则准的乎典雅”云云，偏于从体类言；所谓“是以模经为式者，自入典雅之懿”云云，偏于从“体貌”言。“势”与体类和体貌的分类有极大的关系，选择何种体裁类型，何种体貌类型，写作中即受此种体裁类型、体貌类型之规约。“势”是在“体”规定的范围内所体现出的一种自然的趋势。“体”是已成的、显性的，“势”是未成的、隐性的。“势”是情思在展开过程中自然流露出的以“体”为依归的一种趋向，它隐身于行文的过程之中。

> 是以绘事图色，文辞尽情，色糅而犬马殊形，情交而雅俗异势，熔范所拟，各有司匠，虽无严郛，难得逾越。然渊乎文者，并总群势；奇正相反，必兼解以俱通；刚柔虽殊，必随时而适用。若爱典而恶华，则兼通之理偏，似夏人争弓矢，执一不可以独射也；若雅郑而共篇，则总一之势离，是楚人鬻矛誉楯，两难得而俱售也。

纪昀评此段曰："自'绘事图色'以下，言势无定格，各因其宜，当随自然而取之。"[①]体既多种多样，势亦并无一定。刘勰认为，"渊乎文者"，即善为文者，应将各种不同的体势融会贯通，综合各种体势，而能"兼解俱通"。《体性》篇亦谓："八体虽殊，会通合数，得其环中，则辐辏相成。"主张将典雅、远奥、精约、显附、繁缛、壮丽、新奇、轻靡等"八体"会通掌握，运用自如。实则，刘勰是主张体貌的多样性的，体貌的多样缘于"文辞尽情"的需要，作者各人之"情致异区"，故为文难拘一体。但刘勰认为，在同一篇文章中，则不应有不同的"势"，所谓"若雅郑而共篇，则总一之势离"。"总一之势"是从文体形式结构的整体性来考虑问题的。强调"总一之势"是对体貌多样性的一种补充。刘勰提出了体貌统一性的问题。由同一篇文章体貌统一性的要求，刘勰进而论及同一体类文章体貌的共同性要求。《定势》曰：

> 是以括囊杂体，功在铨别，宫商朱紫，随势各配。章表奏议，则准的乎典雅；赋颂歌诗；则羽仪乎清丽；符檄书移，则楷式于明断；史论序注，则师范于核要；箴铭碑诔，则体制于弘深；连珠七辞，则从事于巧艳；此循体而成势，随变而立功者也。虽复契会相参，节文互杂，譬五色之锦，各以本采为地矣。

"章表奏议，则准的乎典雅"，是说章表奏议须与典雅的体貌相切合。《章表》言章："章式炳贲，志在典谟。使要而非略，明而不浅。"言表："表体多包，情伪屡迁，必雅义以扇其风，清文以驰其丽。"《奏启》言奏："夫奏之为笔，

① 刘勰著，周振甫注：《文心雕龙注释》，第341页。

固以明允笃诚为本，辨析疏通为首，强志足以成务，博见足以穷理，酌古御今，治繁总要，此其体也。”“是以立范运衡，宜明体要，必使理有典型，辞有风轨，总法家之式，秉儒家之文，不畏强御，气流墨中，无纵诡随，声动简外，乃称绝席之雄，直方之举耳。”《议对》言议：“议贵节制，经典之体也。”“故其大体所资，必枢纽经典，采故实于前代，观通变于当今；理不谬摇其枝，字不妄舒其藻。又郊祀必洞于礼，戎事必练于兵，佃谷先晓于农，断讼务精于律；然后标以显义，约以正辞，文以辨洁为能，不以繁缛为巧；事以明核为美，不以深隐为奇。”可见，章表奏议又各有与其相配合之体貌，但总体上皆以“典雅”为理想体貌之依归。至于赋颂歌诗、符檄书移、史论序注、箴铭碑诔、连珠七辞，皆可与刘勰“论文叙笔”相关篇目中的“敷理以举统”部分对观。刘勰认为文类各有其相宜之体貌要求，此即其所谓“循体而定势”。但各种文体之间可以交错融合。所谓：“虽复契会相参，节文互杂，譬五色之锦，各以本采为地矣。”虽相参互杂，却必须保持文体之本色。

黄侃《文心雕龙札记》说：“彼标其篇曰《定势》，而篇中所言，则皆言势之无定也。”[①]《定势》篇谈的其实是“势”之“无定”和“有定”之间的辩证融合关系。“夫情致异区，文变殊术，莫不因情立体，即体成势也”，讲的是“势”之“无定”。因作者情性之个个不同，故“体”和“势”亦个个不同。但“势”在“无定”之中却是“有定”的。各类文体各有一定之艺术体式规范，皆有相应相宜之体貌要求，故须循一定之“体”以确立其“势”。刘勰论“势”之“无定”，侧重讲作者的主观情性，讲体貌的多样性；论“势”之“有定”，则侧重讲文体的客观规范，讲体类的艺术体式，讲体貌在多样性中的统一。在刘勰看来，文体既不仅仅是作为语言的形式结构的客观化存在，也不仅仅是纯任作者主体逞“文辞气力”的主观性发挥，文体是主观性情和规范效力的综合性统一，“体”需要在主观和客观的辩证关系中去理解和把握。

学界把“体”释为体类，是把文体理解为一种历史形成的客观化存在，侧重于从类型及类型风格论的角度去阐释文体概念。把“体”释为体貌，则是把文体理解为一种作者情性的创造，侧重于从主体和个人风格论的角度去阐释

① 黄侃：《文心雕龙札记》，第138页。

文体概念。也许这样将体类和体貌二者的界域划分得太过清楚了[①]，而在刘勰的观念中，二者却是你中有我、我中有你的关系。体类总是对应于特定的体貌类型，而体貌的生成，则应在此特定的体貌类型范围内展开，也就是说，体貌不能脱离体类而存在。邓仕樑先生说："从文学观念的发展看，风格的认识大抵与体裁的认识同时俱进，而风格的表现较体裁更为细致。……魏晋以还，论文者既日渐关心文学体裁的流别，那么同时注意及于风格，是必然的发展。"[②]所言似意犹未尽。实际上，从魏晋以来的文学观念看，体裁和体貌是被包融在"体"概念之中的，二者综合于主观和客观的辩证关系之中。

在《体性》篇中，刘勰专论作者主观情性和"体"的关系。以为"吐纳英华，莫非情性"，并具体举例说：

> 是以贾生俊发，故文洁而体清；长卿傲诞，故理侈而辞溢；子云沉寂，故志隐而味深；子政简易，故趣昭而事博；孟坚雅懿，故裁密而思靡；平子淹通，故虑周而藻密；仲宣躁竞，故颖出而才果；公干气褊，故言壮而情骇；嗣宗俶傥，故响逸而调远；叔夜俊侠，故兴高而采烈；安仁轻敏，故锋发而韵流；士衡矜重，故情繁而辞隐：触类以推，表里必符；岂非自然之恒姿，才气之大略哉！

作家之才性不同，故其文之体貌各不相同。由此观之，刘勰实主作者主观情性之发挥。曹丕将才性论引入文体论，但他的才性只是强调先天气禀对作家创作之作用。而刘勰在强调先天的"才""气"之外，也注重后天的"学""习"。正是因为有了后天"学""习"的这一面，他才在一口气举了十二个作家的不

① 这恐怕与我们以"风格"这一现代概念来对应"体貌"概念有很大的关系。今人多接受法国学者布封"风格即人"的观点，而忽视文体客观规范对"体貌"的制约。六朝人强调"文各有体"，刘勰强调"有常之体"，皆可说明各类文体之艺术体式规范对"体貌"生成的巨大作用。我以为，以"风格"对应"体貌"，在作家论的研究中似乎更为可行。当然，对古文论的研究不能以古释古，以现代概念诠释古文论的范畴，亦在所难免，但还是要辨析其间的差别。

② 邓仕樑：《试用风格学观念探讨刘勰有关风格的理论》，邝健行、吴淑钿编选：《香港中国古典文学研究论文选粹·文学评论篇》，南京：江苏古籍出版社，2003年，第402页。

同体性、体貌后，提出了“童子雕琢，必先雅制”的主张。“雅制”即可供学习的雅正的体制。周振甫释“必先雅制”为“一定要先端正体裁”。[①]甚是。刘勰又说：

故宜摹体以定习，因性以练才，文之司南，用此道也。

“摹体”即向古人成功的“体”学习，这与他“论文叙笔”的“选文以定篇”是有密切关系的，他的“选文定篇”，实是为了提供可摹之文体范本。“摹体”也与他“论文叙笔”的“敷理以举统”有密切的关系，“敷理以举统”同样是为了标示出可供学习的艺术体式。而“因性以练才”则指应顺着自己的性情气质来锻炼写作的才能。即选择与己之性情相宜的体类或体貌类型加以学习，作为自己写作的发展方向。《明诗》曰：“若夫四言正体，则雅润为本，五言流调，则清丽居宗；华实异用，唯才所安。故平子得其雅，叔夜含其润，茂先凝其清，景阳振其丽；兼善则子建仲宣，偏美则太冲公干。然诗有恒裁，思无定位，随性适分，鲜能圆通。”讲的便是“因性以练才”的道理。雅润、清丽各有其所宜，写作五言诗宜清丽，如若求典雅，则恐非所宜。而作者要视己之才性，确定选择何体为宜，而不能不顾自身之特点，率性而为。这就是所谓的“唯才所安”“随性适分”。《体性》篇强调作者主观情性对体貌形成的作用，但亦不忘体裁体式的客观存在。

《文心雕龙》范注在释《神思》篇“情数诡杂，体变迁贸”一语时指出：“隐示下篇将论体性。《文心》各篇前后相衔，必于前篇之末，预告后篇所将论者，特为发凡于此。”[②]说明刘勰思路的连续性，及《文心雕龙》全书结构的周密及条理。《体性》篇之后，紧接着的篇目便是《风骨》《通变》《定势》。《体性》讲主观情性和“体”的关系。提出：“辞理庸俊，莫能翻其才；风趣刚柔，宁或改其气；事义浅深，未闻乖其学；体式雅郑，鲜有反其习：各师成心，其异如面。”而《风骨》似着重从“风趣”“事义”方面谈“体”，《通变》似着重从“辞理”方面谈“体”，《定势》似着重从“体式”方面谈“体”。隐然与刘勰关于体制形式结构构成的要素相对应。虽从不同侧面立论，但各篇所论亦不

① 周振甫：《文心雕龙今译》，北京：中华书局，1986年，第258页。

② 刘勰著，范文澜注：《文心雕龙注》之《神思》注三一，第504页。

离整体之“体”。更重要的是《风骨》《通变》《定势》皆从文体客观规范与作者主观情性间之关系来把握“体”。《风骨》篇提出了“昭体”与“晓变”的关系，《通变》篇提出了“有常之体”与“无方之数”的关系，而《定势》篇如前所述则提出了体之“有定”和“无定”的关系。“晓变”“无方之数”“无定”皆从作者主观情性方面论说，而“昭体”“有常之体”“有定”则从文体客观规范方面论说。从刘勰的论述来看，他实在是想把文体的客观性的体式规范和主观性的作者情性辩证地融合在一起。

但似乎刘勰更为担忧的是作者主观情性对文体客观规范的破坏。《风骨》说：“骨采未圆，风辞未练，而跨略旧规，驰骛新作，虽获巧意，危败亦多。”又说：“若能确乎正式，使文明以健，则风清骨峻，篇体光华。”《通变》说：“矫讹翻浅，还宗经诰。”又说：“规略文统，宜宏大体。”《定势》说：“自近代辞人，率好诡巧，原其为体，讹势所变，厌黩旧式，故穿凿取新”。又说：“然密会者以意新得巧，苟异者以失体成怪。旧练之才，则执正以驭奇；新学之锐，则逐奇而失正：势流不反，则文体遂弊。”正缘于此，刘勰极为强调“体类”对“体貌”的制约性。他通过“论文叙笔”，建立各体文章的体式规范，树立“宗经”的文学主张。并以“六义”为“体”之理想依归。刘勰凸显体类规范的重要性，但就其最终指向而言，则体类似又被包容于体貌之中。

三

前已述及，在“体”概念中，刘勰尤为重文体规范，为此，他特别提出了“体要”的概念，故我们在此对其详加分析。

“体要”一词在《文心雕龙》一书中共出现9次，为讨论的方便，兹罗列于下：

[1]《易》称辨物正言，断辞则备；《书》云辞尚体要，弗惟好异。故知正言所以立辨，体要所以成辞；辞成无好异之尤，辩立有断辞之义。虽精义曲隐，无伤其正言，微辞婉晦，不害其体要。体要与微辞偕通，正言共精义并用；圣人之文章，亦可见也。（《征圣》）

[2]然逐末之俦，蔑弃其本，虽读千赋，愈惑体要；遂使繁华损枝，

膏腴害骨，无贵风轨，莫益劝戒：此扬子所以追悔于雕虫，贻诮于雾縠者也。(《诠赋》)

[3]是以立范运衡，宜明体要；必使理有典刑，辞有风轨，总法家之式，秉儒家之文，不畏强御，气流墨中，无纵诡随，声动简外，乃称绝席之雄，直方之举耳。(《奏启》)

[4]周书云："辞尚体要，弗惟好异。"盖防文滥也。然文术多门，各适所好，明者弗授，学者弗师；于是习华随侈，流遁忘反。若能确乎正式，使文明以健，则风清骨峻，篇体光华。(《风骨》)

[5]而去圣久远，文体解散，辞人爱奇，言贵浮诡，饰羽尚画，文绣鞶帨，离本弥甚，将遂讹滥。盖周书论辞，贵乎体要；尼父陈训，恶乎异端；辞训之异，宜体于要。于是搦笔和墨，乃始论文。(《序志》)

检各家注译本及相关论著，对"体要"的释义似并不能让人满意。表现有二：一是对"体要"的释义语焉不详，含混说之，笼统而不具体，读后难得其确解，令人莫所适从。有的解释虽较明确，但又于义未安。二是相当多的注家释[1]、[4]、[5]为一义，而释[3]、[4]则又为另一义，两个义项之间何以区别解之，中间有何种之联系，往往避而不谈。试举一些注译本的释义以说明之。

陆侃如、牟世金先生《文心雕龙译注》释[1]为"文辞应该抓住要点"，[2]为"反而迷惑而抓不住主要的东西"，[3]为"应以表达要义为主"，[4]则同于[1]，释[5]中之"宜体于要"为"注意领会其主要精神"。①"要点""主要的东西""要义""主要精神"究系何指，则未有具体说明。

詹锳先生《文心雕龙义证》释[1]为"切实简要"，[2]为"大体与纲要"，[3]为"即大体、大要"，[4]为"切实精要"，[5]引吴林伯说"辞以要约为本，与'浮诡'相反"后，曰："'体要'犹精要，具体而概括，此又一解。"②[1]、[4]、[5]释义大致相同，为一义，[2]、[3]相同，又为一义。

王运熙、周锋先生《文心雕龙译注》中的解释与詹锳先生的解释庶几相

① 详见陆侃如、牟世金《文心雕龙译注》(济南：齐鲁书社，1995年)之相关注释及翻译。

② 详见刘勰著，詹锳义证：《文心雕龙义证》之相关注释及翻译。

同，释[1]为“文辞贵在切实扼要”，[2]为“反而迷惑而不能领悟赋的特点和基本要求”，[3]为“应该明白体制的要领”，[4]为“文辞要精要”，[5]为“强调贵在切实扼要”。[1][1]、[4]、[5]之“切实扼要”“精要”是指文辞之义理，还是指文辞之语言修辞？[2]、[3]则又释之以文体的“特点和基本要求”“体制的要领”，则此“特点和基本要求”“体制的要领”又该作何种之理论阐释，何种之确切理解，似语焉而不详。“体要”由[1]、[4]、[5]之义转出[2]、[3]之义，又该如何解释？这是詹锳先生、王运熙和周锋先生同样没有触及的问题。

斯波六郎先生《文心雕龙札记》释[1]之“体要”义曰：“‘辞尚体要’句《孔传》作‘辞以理实为要’，《正义》释作‘言辞尚其体实要约’。伪《孔传》说与《正义》说略有出入，我认为《正义》得‘体要’语义。”又曰：“‘正言’、‘体要’只是捕捉表现内容方面的问题。从理论上说来，理想的文章不论其表现体制如何，在内容的掌握上都必须‘正言’、‘体要’。”[2]释义明确，但可惜未见其对[2]、[3]、[4]、[5]之“体要”释义。

冯春田先生《文心雕龙释义》释[1]之“体要”义，情况同斯波六郎先生的解释相类。谓：“‘精义’、‘体要’属内容方面，‘正言’、‘微辞’属形式方面。但是，‘精义曲隐’而‘无伤其正言’，‘微辞婉晦’而‘不害其体要’，‘体要与微辞偕通，正言共精义并用’——内容的表达和文辞表现形式相合如契，成为有机联系的一体。这便是‘圣文’‘雅丽’的具体所在。”[3]都以为体要属内容方面。不同的是斯波六郎先生以“体要”与“正言”属内容方面，而冯春田先生以“体要”与“精义”属内容方面。这一不同，隐约窥出以内容释“体要”亦有惶惑疑难之处。

周振甫先生《文心雕龙译注》释[1]为“文辞著重在体察要义”，[2]为“对体察赋的要义更加迷惑”，[3]为“应该明确体制”，[4]为“文辞著重在体察要领”，[5]为“重在体会要义”。并且在《文心雕龙注释》中对《序志》篇加以说

① 详见王运熙和周锋《文心雕龙译注》（上海：上海古籍出版社，1998 年）之相关注释及翻译。

② 斯波六郎：《文心雕龙札记》，王元化编选：《日本研究〈文心雕龙〉论文集》，济南：齐鲁书社，1983 年，第 66-68 页。

③ 冯春田：《文心雕龙释义》，济南：山东教育出版社，1986 年，第 52 页。

明时指出："在这部分里，他提出了当时文学创作上的毛病，'文体解散，言贵浮诡，离本弥甚，将遂讹滥。'这就是《通变》里说的'宋初讹而新'。要纠正这些毛病，主张体要，即《宗经》所谓'正言所以立辩，体要所以成辞。'要去浮诡，归雅正，更是明显地提出文学革新地主张。"①周振甫先生主编的《文心雕龙辞典》以"要"为术语或近术语，指出："刘勰论文讲要，先提出'体要'来，即论文要体察要点。""刘勰多次提到体要，认为体察要点在文辞写作上的重要，它是'成辞'的要求，这是一；不懂得体要，就会舍本逐末，使'繁华损枝，膏腴害骨'，重形式而轻内容，这是二；甚至'离本弥盛，将遂讹滥'，形成一代文弊，这是三。因此，他认为在文辞上体认这个'要'非常重要。'要'是创作上必须具备的条件。"还指出："刘勰又在文体论上对不同的文体，提出不同的要点来，要求体察。""刘勰又在创作论上从几个方面提出创作上要注意的体察要点。"②综合起来看，周振甫先生对"体要"概念的理解较为深入，他认为"体要"作为术语或近术语贯穿于刘勰文学理论的各个构成部分之中。对"体要"在刘勰文学理论中的重要性亦有所提示，但其对"体要"概念内涵的解释仍嫌笼统，对"体要"在构成刘勰文学理论中的具体作用也未能阐发清楚。"体要"既贯穿于刘勰文学理论的各个构成部分之中，在不同的构成部分，如"文之枢纽""上篇""下篇"中其涵义各有不同，这中间是如何转化的，中间又循着怎样一个义理脉络，似需作深入细致的思考。

对"体要"在理论上进行全面而深入阐发的是徐复观先生。徐复观先生在他的长文《文心雕龙的文体论》中认为，刘勰的文体概念由三个次元组成，即体裁（体制）、体要、体貌。徐复观先生说："文体虽可分解为三个方面，但文体本身系文章之统一性；所以三方面的文体，应当融合于一个作品中，以形成一个完整的文体。"这样，"体要"这一概念便被提升为刘勰文体论（实即刘勰之文学理论体系架构）最重要的三个范畴之一。关于"体要"之内涵，徐复观先生说："体要即法于要点，或合于要点之意"，"体要之体，以内容的事义为主；事义本身之表达，即为一种文体。""体要之体，即系由事义为主之文章而

① 详见周振甫《文心雕龙今译》之相关注释及今译。又见刘勰著，周振甫注：《文心雕龙注释》之相关注释。

② 周振甫主编：《文心雕龙辞典》，北京：中华书局，1996年，第213-214页。

来”，“体要之体，是出自文学的实用性”，“体要之体，是通过法则以形成其形相”，“体要之体，来自五经的系统”。[①]徐复观先生对“体要”概念之阐发，确实让人耳目一新，不仅使对“体要”这一概念的把握更加具体真切，而且达到了很高的理论层次。不过，在徐复观先生对刘勰文学理论体系的构拟中，概念间之矛盾抵牾之处甚多，对概念本身之界定错谬之处亦不少。对“体要”概念之阐释（如以为体要系由事义为主之文章而来），“体要”与其他概念间关系之陈述（如体要与体貌之关系），同样存在不少问题，有学者做了有力之批判[②]，兹不赘论。

“体要”一词出自伪古文《尚书》之《毕命》篇：“政贵有恒，辞尚体要，不惟好异。”伪《孔传》曰：“辞以体实为要，故贵尚之。若异于先王，君子所不好。”《正义》曰：“为政贵在有常，言辞尚其体实要约，当不唯好其奇异。”蔡沈的《集传》曰：“趣完具而已谓之体，众体所会之谓要。”学术界对“体要”之释义多据上述之陈说。所谓“要义”“要点”“要领”“扼要”“要约”“精要”即由上述陈说引申而出。实则，王夫之在其《尚书引义》一书中对此类说法早已提出辩驳：

> 《毕命》之言辞也，曰：“体要”。于是而或为之说曰：“辞有定体焉，有扼要焉，挈其扼要而循其定体，人可为辞，而奚以文为？体要者质也，质立而文为赘余矣。”徇是言也，质文之实交丧于天下，而辞之不足以立诚久矣。（《尚书引义·毕命》）[③]

王夫之对以“体要”属文体内容的看法也是持反对意见的，这从他对文质关系的辩证看法中可以得到发现：

> 物生而形形焉，形者质也。形生而象象焉，象者文也。形则必成象矣，象者象其形矣。在天成象而或未有形，在地成形而无有无象。视之

① 徐复观：《文心雕龙的文体论》，《中国文学论集》，第1-83页。

② 颜昆阳：《论文心雕龙“辩证性的文体观念构架”——兼辨徐复观、龚鹏程〈文心雕龙的文体论〉》，《六朝文学观念丛论》，第94-187页。

③ 王夫之：《尚书引义》，北京：中华书局，1976年，第149-150页。

> 则形也，察之则象也，所以质以视章，而文由察著。[①]

是故“文质不可分，而弗俟合也，则亦无可偏为损益矣”。“文如其文而后质如其质也。故欲损其文者，必伤其质。”“则质待文生，而非有可扼之要，抑明矣。”文质共处一体，无由可离，无法可分。由是斯波六郎、冯春田先生以“体要”属文体内容方面的看法，徐复观先生“体要之体，以内容的事义为主”的说法自不能成立。

然则，何为“体要”？王夫之曰：

> 故统文为质，乃以立体；建质生文，乃以居要。体无定也，要不可扼也，有定体者非体，可扼者非要，文离而质不足以立也。[②]

又曰：

> 盖离于质者非文，而离于文者无质也。惟质则体有可循，惟文则体有可著。惟质则要足以持，惟文则要足以该。故文质彬彬，则体要立矣。[③]

可见，“体要”既不是对质的要求，也不是对文的要求，“体要”乃体现于文质关系的辩证把握。王夫之认为：“文之靡者非其文，非其文者非其质。”文之萎靡并不因为文之本身，没有了文也就没有了质，可见王夫之并不反对讲求文采，关键在于文质是否相副，是否能圆融无碍。我认为王夫之对“体要”的解释是与刘勰相合的。刘勰在《征圣》中首论“政化贵文”“事迹贵文”“修身贵文”，是为了提出“志足而言文，情信而辞巧”这一“含章之玉牒，秉文之金科”，实即为文之普遍法则。“志”和“言”，“情”和“辞”，显然是从文质的辩证关系立论。刘勰所谓“体要所以成辞”，盖谓掌握文质之辩证关系乃构成文辞之必要条件。所谓“微辞婉晦，不害其体要”，乃是极言其例，“简言以达

① 王夫之：《尚书引义》，第150页。

② 王夫之：《尚书引义》，第150-151页。

③ 王夫之：《尚书引义》，第152页。

旨”“博文以该情”“明理以立体”，“体要”之显者也，故不必论。而“隐义以藏用”，“体要”之隐者也，故特提取之而论焉。其实此四者皆合于“体要”，所谓“文成规矩，思合符契”，实已包举此四者。是则无论文之如何变化，只要合于其质，文质一体即可。刘勰认为，只要正确地把握了文质关系，文虽“繁略殊形、隐显异术”，而皆可“抑引随时，变通适会”，理想的文体因以生成，即“圣文之雅丽，固衔华而佩实者也”。丽辞雅义、衔华佩实，也是以文质相副作为文之理想体貌的。“体要”实际上成为为文之共同要求，为文之普遍法则。徐复观先生以为：“体要之体，是通过法则以形成其形相。”我以为这一说法是正确的。“体要”即为文之道、属文之理，所谓的法则实质上就是文和质的关系本身。

“体要”概念的提出，实缘于刘勰对文质关系破坏的一种忧虑，《序志》篇谓其创作《文心雕龙》之动机是由于“文体解散”“将遂讹滥”，“文体解散”实即文质关系遭到破坏。王夫之《尚书引义》亦有所谓“辞之体裂矣”“辞之要乱矣”的提法，与刘勰何其相似乃尔！不过，刘勰之标举“体要”，在文质关系的把握上，更多的是担心“以文灭质”，所谓“奇”“讹滥”“浮诡”皆指浮华侈艳之文游离于质，即《序志》所谓“离本弥甚”，“本”即“质”也。如果说王夫之理解的文质关系主要是指内在本体与外在形象（本书刻意回避内容与形式的提法）间的和谐一体，那么，刘勰则在这一意义的基础上，渗透融入了自然本然与修饰文饰间适度均调，修饰文饰而不过分的意义。这应归因于刘勰对其时文坛状况所作出的判断。

从思想渊源考察，以文质释“体要”，自有其学术理据。《周易·系辞》曰：“易之为书也，原始要终，以为质也。”《注》及《正义》均谓：“质，体也。”[①]《礼记·礼运》曰：“五味、六和、十二食，还相为质也。”《正义》谓：“质，体也。”质即体，即事物之实体、本质、根本。而与此实体、本质、根本相应之形式、表现、现象即是文。《礼记·乐论》论乐曰：“屈伸俯仰，缀兆舒疾，乐之文也。”又曰：“论伦无患，乐之情也；欣喜欢爱，乐之官也。”符合伦理道德而无害，是乐之本质所在，声律、节奏、曲调之变化乃乐之表现形式。论礼曰：“升降上下，周还裼袭，礼之文也。”又曰：“中正无邪，

① 阮元校刻：《十三经注疏》上，第90页。

礼之质也，庄敬恭顺，礼之制也。”中正无邪乃礼之本质，动作、举止、服饰、仪态、礼制仪式则为其形式表现。质隐于内，文现于外，文质一体。礼乐之价值在于通过外在的文的形式表现使其内在的质的伦理意义得以显现。王充的《论衡·超奇》篇曰：“有根株于下，有荣叶于上；有实核于内，有皮壳于外。文墨辞说，士之荣叶、皮壳也。实诚在胸臆，文墨著竹帛，外内表里，自相副称。意奋而笔纵，故文见而实露也。人之有文也，犹禽之有毛也。毛有五色，皆生于体。苟有文无实，是则五色之禽，毛妄生也。”[①]又曰：“且浅意于华叶之言，无根核之深，不见大道体要，故立功者希。”[②]王充之“体要”实亦着眼于文之内在的质的意义之显现，同时隐然有反对外在之文饰掩没内在之体质的意思。刘勰的“体要”概念就是沿着这一义理脉络发展而来。

要之，“体要”概念之提出，基源于文质论这一古老命题。[③]“体要”在《文心雕龙》中被拈出而成为一为文之共同要求、为文之普遍法则，其内涵在于对文质关系之辩证把握，法则即关系本身。

“体要”作为法则提出，意义似较抽象。但其被刘勰引入“论文叙笔”的体裁论之中，意义则变得具体而充实。在对不同文章体类的论述中，“体要”由为文之普遍法则演成为对不同文章体类的规范要求，“法则”转成为“法式”，“体要”转成为“体式”。在用语上，“体要”更多的时候是被“大体”“体”“大要”“要”等字眼替代。如：

> 原夫论之为体，所以辨正然否，穷于有数，究于无形，钻坚求通，钩深取极；乃百虑之筌蹄，万事之权衡也。故其义贵圆通，辞忌枝碎：必使心与理合，弥缝莫见其隙；辞共心密，敌人不知所乘：斯其要也。（《论说》）

① 王充著，黄晖校释：《论衡校释》，第609页。

② 王充著，黄晖校释：《论衡校释》，第611页。

③ 文质问题是一至为复杂之文化（不仅是文学）理论命题。牵涉范围极广，意义指涉不一，刘勰在《文心雕龙》中就从不同的层面使用它，笔者仅围绕“体要”所涉之义论之，而不及其余。

凡檄之大体，或述此休明，或叙彼苛虐，指天时，审人事，算强弱，角权势，标蓍龟于前验，悬鞶鉴于已然，虽本国信，实参兵诈，谲诡以驰旨，炜晔以腾说，凡此众条，莫之或违者也。故其植义扬辞，务在刚健：插羽以示迅，不可使辞缓；露板以宣众，不可使义隐：必事昭而理辨，气盛而辞断，此其要也。（《檄移》）

夫动先拟议，明用稽疑，所以敬慎群务，弛张治术。故其大体所资，必枢纽经典，采故实于前代，观通变于当今；理不谬摇其枝，字不妄舒其藻。又郊祀必洞于礼，戎事必练于兵，佃谷先晓于农，断讼务精于律，然后标以显义，约以正辞：文以辨洁为能，不以繁缛为巧；事以明核为美，不以环隐为奇：此纲领之大要也。（《议对》）

“体”（“大体”）与“要”（“纲领之大要”）前后呼应。又如：

夫盟之大体，必序危机，奖忠孝，共存亡，戮心力；祈幽灵以取鉴，指九天以为正；感激以立诚，切至以敷辞，此其所同也。（《祝盟》）

原夫哀辞大体，情主于痛伤，而辞穷乎爱惜。幼未成德，故誉止于察惠；弱不胜务，故悼加乎肤色。隐心而结文则事惬，观文而属心则体奢。奢体为辞，则虽丽不哀；必使情往会悲，文来引泣，乃其贵耳。（《哀吊》）

原夫颂惟典雅，辞必清铄，敷写似赋，而不入华侈之区；敬慎如铭，而异乎规戒之域；揄扬以发藻，汪洋以树义，虽纤巧曲致，与情而变，其大体所底，如斯而已。（《颂赞》）

箴全御过，故文资确切；铭兼褒赞，故体贵弘润。其取事也必核以辨，其摛文也必简而深，此其大要也。（《铭箴》）

单用“体”（“大体”）、“要”（“大要”）。有的时候用“大略”（如《诏策》）、“枢要”（如《论说》）等字眼，其义亦同。刘勰将“体要”概念引入对各种不同体类文章的论述之中，主要体现在“论文叙笔”框架的“敷理以举统”部分里。而“敷理以举统”“释名以章义”“原始以表末”“选文以定篇”四部分互动发明方形成《文心雕龙》的体裁论，“体要”概念亦在此互动发明中转化为“体式”概念。

“释名以章义”，刘勰多用音训。关于刘勰以音训为文类定名的特点，邱世友先生谓：“把握事物的本体和性状的关系，从而指出其适应性和规范性、同类文体的风格特点、写作特征和叙述描定方式”。[①]甚是。“释名以章义”的意义正在于揭示出各体文类之本质属性。此本质属性即文章之质的规定性。如“论之为体，所以辨正然否，穷于有数，究于无形，钻坚求通，钩深取极，乃百虑之筌蹄，万事之权衡也”，即来源于“圣哲彝训曰经，述经叙理曰论。论者，伦也；伦理无爽，则圣意不坠”这样的文类定名。不同文类的定名规定了不同文类各自的“质”，因其“质”异，故其“文”自应各异。至此，“体要”由对文章的普遍要求转化为对各体文章的不同的具体要求。但“体要”仍然停留在概念层面上。

“原始以表末”和“选文以定篇”则以作家作品的历时性铺排，代表作家作品的评论性列举，将具象显现的“文”呈现于目前。“体要”因历史经验内容的加入，而变得具体实在。如《哀吊》中对“哀”之论述：“昔三良殉秦，百夫莫赎，事均夭枉，黄鸟赋哀，抑亦诗人之哀辞乎！暨汉武封禅，而霍嬗暴亡，帝伤而作诗，亦哀辞之类矣。及后汉汝阳主亡，崔瑗哀辞，始变前式。然履突鬼门，怪而不辞；驾龙乘云，仙而不哀；又卒章五言，颇似歌谣，亦仿佛乎汉武也。至于苏顺张升，并述哀文，虽发其情华，而未极其心实。建安哀辞，惟伟长差善，行女一篇，时有恻怛。及潘岳继作，实锺其美。观其虑赡辞变，情洞悲苦，叙事如传，结言摹诗，促节四言，鲜有缓句；故能义直而文婉，体旧而趣新，金鹿泽兰，莫之或继也。”述哀之起源及其体制之形成，考察哀在历代的创作情况，至潘岳而臻盛，故对其作品之体貌详加描述，以标示出其示范作用。理想之哀文便以形相性的体貌显现出来。“体要”亦借此理想的体貌得以体现。

“敷理以举统”往往是将由“释名以章义”所揭示出的文体的本质属性和由“原始以表末”“选文以定篇”所标示出的文体的理想体貌配合在一起，从而总结出各类文体的“大体”“大要”来。只要对本书前举之“大体”“大要”“体”“要”用例稍加辨读，无不如此。文之“质”的规定性缘形相性之体貌

① 邱世友：《〈文心雕龙〉文体论音训初探》，中国《文心雕龙》学会编：《文心雕龙研究》第五辑，保定：河北大学出版社，2002年，第149-150页。

以显，这样抽象的法则的“体要”遂转化成为可法可循且可学可摹之“体式”。

“体式”既为文体之法则，亦为文体客观之规范。所以《奏启》说“立范运衡，宜明体要”。若合此“体式”便为“得体”“达体”，如《檄移》：“观隗嚣之檄亡新，布其三逆，文不雕饰，而辞切事明，陇右文士。得檄之体矣。”《议对》：“若乃张敏之断轻侮，郭躬之议擅诛；程晓之驳校事，司马芝之议货钱；何曾蠲出女之科，秦秀定贾充之谥：事实允当，可谓达议体矣。”“惑于体要”，不合此“体式”便为“谬体”“讹体”，如《颂赞》：“至于班傅之《北征》《西征》，变为序引，岂不褒过而谬体哉！”“陆机积篇，惟《功臣》最显，其褒贬杂居，固末代之讹体也。”“得体”“达体”和“谬体”“讹体”亦非抽象之概念，它们同样是在文类之历史考察中被摘举出来的。

“体要”作为“体”概念的一个重要指涉，一方面，它与刘勰对文体形式构成的认识是紧密关联在一起的。另一方面，刘勰特别提出它，其实是把抽象的文体和历史的文体辩证地融合在一起了。

刘勰的“体”概念有着十分丰富的层次，有着极为复杂的内容。通过我们上文的分析和阐释可以看出，刘勰至少在四个层面上使用它：一是文章的形式结构，二是文章的体裁类型，三是文章的体貌，四是文章的法则规范。而这四个层面不是各自孤立的，我们不能把它们割裂开来。各个层面之间实际上是一种彼此补充、彼此融合的关系。刘勰的“体”概念包容了多种多样的关系，是多种多样关系的统一。但我认为，其中最基本的关系，用现代的语言来概括的话，则是主观与客观、形式与内容之间的关系。也许在刘勰看来，文体不是某一因素所能决定的，而是文体客观规范与作者主观情性的对立统一，是情志事义等内容和辞采宫商等形式的对立因素的统一，文体只能存在于这种统一的有机整体之中。而主观和客观、内容和形式这两重关系也是互有交叉的。“情志”偏于作者主观的方面，而“事义”则偏于客观的方面。德国的理论家威克纳格在《诗学·修辞学·风格论》一文中说：“假如‘文体’一词更为明确地特别规定为语言的表现，那么我们就可以说：文体是语言的表现形态，一部分被表现者的心理特征所决定，一部分则被表现的内容和意图所决定。”[①]刘勰

① 威克纳格：《诗学·修辞学·风格论》，歌德等：《文学风格论》，王元化译，上海：上海译文出版社，1982年，第17页。

对文体的认识与威克纳格的这种说法有一定的相似性。当然，刘勰对文体的认识，远不是一两句话便能概括出来的，这从我们对文体形式结构构成要素之间关系的分析，从体裁和体貌间的关系的分析可以看出，刘勰对文体的考察和审视，角度不一，层次也并不是如此得清晰，而能让人一目了然。但我们至少可以说，刘勰的文体观念架构，总括了各个不同层面的问题，力图在各种关系的辩证把握中，立体地展现“体”的丰富性和复杂性。也许我们还可以说，不管刘勰从怎样的角度去把握“体”概念，而由人体概念引申出的“体”的整体性和直观形相性，则是刘勰对文体认识的基础。刘勰这样的一种文体观念架构，其指涉意义之广，使中国古代的文体论具有向多种路径发展的可能和潜力，而成为一个包容能力极强的开放的系统。

结束语

文体论是汉魏六朝文学批评理论的主要表现方式和基础性环节。虽然它是在两汉时期创作领域文体增繁的历史基础上而成立的，但追溯它的源起，却可以上及先秦时期。先秦时的文体分类和有关论述，奠定了后代文体功用说的基础；而先秦时期论礼乐及言辞所表现出的一些思想观念，也融入了后代文体概念的理论建构之中。本书以文体理论形态和“体”概念蕴含构成的演变作为结构全书的基本思路。从文体论理论形态的演变发展看，由先秦萌生的文体功用论，到汉代史志目录学中的文体分类研究，再到魏晋时分类辨析文体源流的文体源流论，是一条线索；而魏晋时期形成的单纯论文体艺术体式的文体风格论是又一条线索。二者逐渐合流，在南朝发展衍化出文学理论批评的新的发展方向和新的理论形态，把南朝的文学理论批评引向了一个极为宽广的天地。从“体”概念蕴含的构成演变看，由汉代作为一般语言体式概念的文体概念产生，到魏晋时期体类、体性、体貌结合的综合性文体概念的形成，以迄刘勰在文体形式结构构成要素之间的关系、文体客观规范与主观情性之间的关系等多种关系中所建构的综合性的辩证的文体概念的最终成型，是“体”概念发展的基本脉络。本书认为，魏晋时期，曹丕将才性论引入文体论，陆机从艺术体式上论文体，标志着文学文体论的形成。而文体论发展至南朝则已经成熟。它最重要的表现便是在对个别文体进行论述的基础上，文体论者把视点延伸到了各体文类共有文学质性和形式技巧的探求。刘勰的“论文叙笔”形成了一个独立自足的体系，后人难以超越。但他的综合性的辩证的文体观念架构，却使文体论成为一个极富延展力的开放系统。文体不仅涵摄了体裁和体貌的范畴，而且也包容了相关的形式技巧范畴，从而使文体学具备了向多种路径发展的潜力。文体论的演变是与文学观念的发展变化紧密联系在一起的。汉魏六朝文体论与文体观念的演变过程，展示出了其时文学概念逐步净化、文学形式特征不断彰显的历程。

本书对汉魏六朝文体论与文体观念的演变进行了粗略的考察和论析，最后还有如下几点需要说明。

第一，虽然“文体”一词，在中国古代文论中有多种含义，但学术界一般以为其最基本的意义则是体类（体裁）和体貌（风格）；而通常所谓的“文体论”则多指对各种文章体裁的阐释和论述。姑且不论对“文体”概念内涵和“文体论”对象范围做这样的理解是否确切和合理，但我们必得承认一个基本的历史事实：在文学的意义上对文章体裁进行分类及其特征的研究，和文学风格学的正式形成是同时的。人们在探究中国文学批评中体裁理论和风格理论的产生时，不约而同地聚焦于曹丕的《典论·论文》，就颇可说明问题。其实在《典论·论文》中，体裁、体性、体貌本来就是综合于一“体”的。而对体裁的认识，则是“体”概念发展的基础，是文体观念深化的基础。由体裁的辨析到风格的论说，是一种必然的发展。因此，本书以对文章体裁的认识作为切入点，来考察“体”概念蕴含的构成演变，寻绎文体观念的发展变化，便是基于这样的一种考虑。

第二，文体作为一种历史的存在，在历史的发展中逐渐形成了其客观性的体式规范，文体的独立与成熟，就在于人们是否意识到并遵从于这样的体式规范。而文体观念的形成首先便体现于“文体”概念获得了它最基本的规范的意义。从这一角度来看，汉代人已确立了语言体式规范的文体观念。如果仅仅从语言体式规范上来论文体，那只是文章学意义上的文体论。而魏晋之后，文体论者在论文体时，往往是把文体的规范和作者主体的创造结合在一起来论说的。文章体裁有其体制体式的要求、有其理想体貌的要求，但作者主体亦可各逞己之才性，文体是规范效力与主观情性的结合。因此，本书对文体观念的考察，多从文体客观规范与作者主观情性两方面的关系着眼，这样，势必会牵涉到一些相关的问题，如文体的古今之变、文体的构成生成等。藉此，我们或可窥察出文体观念的多个面相及其立体性的架构。

第三，如果站在今人的立场，所谓文体，总是与特定的语言形式的使用密切联系在一起的。但中国古代的文体论，却是从对不同文体的不同功用的认识和论说中萌生出来的。文体功用说虽然承认各类文体皆有其实用的背景、实际的用途，但各类文体作为政治道德教化的工具却是同一的。奠基于先秦的这样一种观念，至两汉而发展至极端，成为文体论中一个强大的思想传统。重文体的功用，还是重文体的形式，是贯穿汉魏六朝文体论中的一个基本的问题，对这一问题的看法，不仅反映着人们的文体观念，更反映着人们对文学本质的看法。对文体的认识，实际上是和文学的基本观念联结在一起的。

要而言之，立足于“体”概念的多维性与完整性，着眼于文体观念的综合性与立体性，注重于文体观念与文学观念的连带性和贯通性，是本书展开思考的基本考虑，也是本书以目前这样的一个面貌呈现出来的主要原因。

附录　读《文心雕龙·丽辞》札记

《文心雕龙·丽辞》之作，正当骈体文繁盛之时，其又为时人论及骈文最为系统之文献，兼综时贤，自不待言。而其对骈文之具体表述及认识，著后学之先鞭，尤当细究。今就读书所得，略作札记具后。

《丽辞》篇在《文心》全书结构中的地位。骈文作为一种文体，今天多数学者已视为当然，但问题是，骈文既然以对偶为特征，那么，对偶句在整篇文章中所占比例多少，才能界定其为骈文呢？是60%、65%、70%还是80%呢？难道仅仅以一种修辞手法的运用就可以认定一种文体成立？当时彦和论文，为何不将其列入“论文叙笔”的文体论部分呢？章太炎先生曾经说：“骈散之分，实始于唐，古无是也。”（《国学讲演录·文学略说》）盖六朝之时，人们并没有将骈文作为一种文体的概念。梁简文帝萧纲《与湘东王论文书》中说：“吾既拙于为文，不敢轻有掎摭，但以当世之作，历方古之才人，远则扬、马、曹、王，近则潘、陆、颜、谢，而观其遣词用心，了不相似。若以今文为是，则古文为非，若昔贤可称，则今体宜弃，俱为盍各，则未之敢许。”《梁书》裴子野本传称“其制作多法古，与今体异”。此二则材料多被论者用来引证六朝时人们将骈体文称作“今体”。但细察之，此处之“体”，恐仍无明确的文体、体裁划分观念。文分古今，“体”大概侧重于体貌风格的范畴。故清人李兆洛《骈体文钞》序曰：“自秦迄隋，其体递变，而文无异名，自唐以来，如有古文之目，而目六朝之文为骈俪，而其为学者，亦自以为与古文殊途。”彦和把《丽辞》篇列入“剖情析采”的创作论部分，亦见其只是将丽辞（对偶）看作文章的一种修辞手段来讨论的。《丽辞》篇就彦和本意来看，似非专论骈文之作。《文心》中涉及骈文体制特点的论述还有《章句》《声律》《事类》等篇。不过，骈文的主要特征是对偶，《丽辞》篇实质上已成为谈论骈文的一篇重要文献。

论丽辞的发展源流。《丽辞》开篇即曰：“造化赋形，支体必双，神理为用，事不孤立。夫心生文辞，运裁百虑，高下相须，自然成对。”以一种直观比附的推理方法来论证丽辞是出于自然的。这一论证实属牵强而徒劳。所以后来的注家皆自作主张，独抒己见。如范文澜《文心雕龙注》谓：“原丽辞之起，出于人心之联想。既思‘云从龙’类及‘风从虎’，此正对也。既想‘西伯幽而演《易》’类及‘周旦显而制礼’，此反对也。正反虽殊，其由于联想一也。”刘永济《文心雕龙校释》谓：“文家之用对偶，实由文字之质性使然。我国文字，单体单音，固可偶合。”[①]刘氏所说较胜。日本汉学大师吉川幸次郎在其所作《中国文章论》中，拈出中国文章的两大特性：一为暗示性，一为装饰性。他以为中国文章的装饰性源于汉语的文字语音特点，而骈文则是一种极度装饰性的文体。[②]所论甚为精当，可参看。正由于骈文及对偶依赖于中国语言文字的固有特性，骈文才会成为中国特有的一种文体。

彦和既认为丽辞出于自然，紧接着便以《尚书》《周易》《诗经》为例来说明经书中的丽辞都是不劳经营、率然而成、自然而然的。先秦作品为了表情达意的需要而运用对偶这一修辞手法，非出于有意追求和造作，说它们是自然天成的不错。但彦和又曰：“自扬马张蔡，崇盛丽辞，如宋画吴冶，刻形镂法，丽句与深采并流，偶意共逸韵俱发，至魏晋群才，析句弥密，联字合趣，剖毫析厘。然契机者入巧，浮假者无功。”这就似乎由对对偶这一修辞手法而上升到对骈体文这一文体的评价了。彦和明言，自扬马张蔡，崇盛丽辞，亦即有意而为丽辞。魏晋之后，更是刻意求工。如果再说他们是出于自然，就有欠公允了。尽管彦和声言丽辞“契机者入巧，浮假者无功”，但他对扬马张蔡及魏晋的刻意追求丽辞之作总体评价无疑是很高的。这就涉及彦和对骈文的评价问题。

刘勰论文，标举“宗经”之说，他对齐梁以来的“讹滥”文风深恶痛绝，但他却对流行于其时文坛的骈文并不反对。相反，他是极为推崇骈文的。如上所述，他对刻意追求对偶持肯定的看法。而他在《章句》篇中又说：“若夫笔句无常，而字有条数：四字密而不促，六字格而非缓，或变之以三五，盖应机之权节也。”肯定了四六句作为文章基调的合理性。《声律》篇和《事类》篇又

① 刘勰著，刘永济校释：《文心雕龙校释》，第 139 页。下引同。

② 说详《中国文章论·中国文章的装饰性》，吴鸿春译，载王水照、吴鸿春编选《日本学者中国文章学论著选》（上海：上海古籍出版社，1994 年）一书。下引同。

表达了追求声调抑扬和用事用典的主张。《文心雕龙》本身即用骈文写成。凡此，皆可说明彦和对于骈文的态度和评价。

骈文之形成，究竟始于何时，论者纷纭，莫衷一是。彦和仅指出了两汉至魏晋骈句的长足发展。事实上，到齐梁之时，单从骈句的角度，骈文已臻于成熟，再从声律、用典、辞采来看，骈文确实是发展到了极致。沈约在《宋书·谢灵运传论》中说："若前有浮声，则后须切响，一简之内，音韵尽殊，两句之中，轻重悉异，妙达此旨，始可言文。"梁萧子显在《南齐书·文学传论》中说："缉事比类，非对不发，博物可嘉，职成拘制。或全借古语，用申今情，崎岖牵引，直为偶说。"骈文的成熟，一方面充分地展示出了它的艺术美，另一方面也使它的弱点暴露无遗，作为一种文体，它不可避免地要走向衰老。应该说，生在骈文流行大盛的时代，刘勰很难清醒地认识到这一点。唐代刘知几对丽辞发展的评价就颇异于刘勰，他说，自班、马之后，"史道陵夷，作者芜音累句，云蒸泉涌。其为文也，大抵编字不只，捶句成双，修短取均，奇偶相配。故应以一言以蔽之者，辄足为二言，应以三句成文者，必分为四句，弥漫重沓，不知所裁"。此外，他还批驳骈文用典的繁冗无当，所谓"虚引古事，妄足庸音，苟矜其学，必辨而非当"；他还指责了骈文词采的华艳浮靡，所谓"虚加练饰，轻事雕彩"(《史通·叙事》)。刘知几可以说是全面彻底地否定了骈文。唐代古文运动的成功，使散体文取代了骈文在文坛上的统治地位，证明了刘知几的敏锐，但同时也证实了刘知几的片面与武断。我们并不能够简单地去评价刘勰、刘知几在骈文认识和评价上的是非得失。

彦和所处的时代，正是所谓文学自觉的时代。建安以后，重视文学自身美感特征的文学思想一直在不断发展着，齐梁之际，"新体诗"的形成和骈文的成熟就是这一文学思潮下的典型产物。就《丽辞》《章句》《声律》等篇的论述来看，彦和不仅总结了两汉至魏晋骈文发展的经验和趋势，而且还准确地预示了骈文今后发展所要呈现出的体制特点，他对骈文的论述基本上顺应了其时的文学思想潮流，而且也符合骈文发展的合理要求。这是彦和的过人之处。囿于时代所限，彦和并没有把骈文放在中国散文发展的大背景下去加以衡量，所以他没能像刘知几那样宣告骈文将最终破产。这不能苛责彦和，语体规范具有社会性和时代性，它一旦形成，就会产生一种强大的惯性力量。彦和生处骈文方兴未艾之时代，从《文心雕龙》所表现出的娴熟的骈文写作技巧来看，他大概感觉不到这种语体形式的别扭，也不可能从根本上认识到这种文体的局限。况且在语体规范性力量的支配下，文体文风的变革是一个漫长的曲折过程，唐代古文运动的发展就证明了这一点。吉川幸次郎在其《中国文章论》中说："唐代的'古文'作家并非韩氏一人，脱却'四六'旧套，创制新文体的努力，在韩氏以前就渐渐出现了；但是韩氏以外的唐代'古文'作家，比如樊宗师、李观、皇甫湜，他们的文章常常有不知如何断句的地方。"他紧接着说："这一情况意味着他们的文章虽然破坏了'四六'的旧节奏，但尚未获得新节奏。与此不同，韩公的文章已获得了新的节奏，这是他的成功处，而以后他被尊为近世古文之祖的原因也在这儿。"从骈文的语体规范和节奏中挣脱出来，获得一种新的语体规范和节奏，从刘彦和到韩退之，差不多用了三百多年。我们不能要求三百年前的刘彦和预知到三百年后的韩退之。而且韩退之的"古文"也并没有超越中国语文的固有属性，吉川幸次郎就敏锐地指出，韩愈文章的基调似乎还是四字句。这也从一个侧面看出，骈文的存在自有其一定的合理性。另外，还须特别强调的是，骈文的发展，丰富了中国散文的表现力，它的表现技巧，也被积极地吸收、融化在古文的创作之中，我们不能因为它最终被古文取代，就全盘否定它，简单地斥之为形式主义。从这一方面来看，刘知几对骈文的认识和评价就不免片面和武断。而且刘知几全面否定骈文，还隐藏着一个极其危险的倾向：这就是否定文学自身的审美特质，以至于最终取消文学。

论丽辞的体例及技巧。此部分甚为精到，后人论对偶多以彦和所说为基础，实为彦和精研文心所致。《丽辞》篇非专论骈文，亦可以由此部分看出。文中所举成例，皆不出于骈文，如司马长卿《上林赋》、宋玉《神女赋》、王粲《登楼赋》、张孟阳《七哀诗》、张华《杂诗》、刘琨《重赠卢谌》。若云《丽辞》专论骈文，实殊难索解。刘永济《文心雕龙校释》中说："舍人当骈体盛行之世，即倡裁抑之论，而主'迭用奇偶'之说，其言平正，贤于后世古文家远矣。"此说恐未必全合彦和本意。彦和是从修辞角度立论谈丽辞之瑕疵的。其以"反对为优，正对为劣"，是从语言之是否精要来评价对偶之优劣的。而其所举骈偶四病：重出、不均、孤立、庸冗，也是从工与不工来探讨骈偶之技巧的。彦和并没有把骈偶这一修辞手法所容易出现的弊端上升为对骈文这一文体弱点的评断。所谓主"迭用奇偶"之说，似亦非单就骈文而言。但刘勰的这些论述，却不自觉地触及了骈文的局限所在，并隐示出文章创作不应拘泥于骈散的圆通之见。

以此反观，后人执着于骈散之分，而将骈散绝对对立起来之论调，就显得有些拘执太过。钱钟书先生谓“骈体文不必是，而骈偶语未可非”。又谓“故于骈俪文体，过而废之可也；若骈语丽词，虽欲废之，乌得而废哉？”[①]诚为的论。骈体文作为一种畸形的文体，它的衰老，它的为散体文所取代，是无法避免的；而骈体文包括骈偶语在内的一些表现技巧，不仅在文学创作中消灭不掉，而且会有永久的生命力，这也是不争的事实。彦和《丽辞》之作，于当今现实的意义或许正在于此。

① 钱钟书：《管锥编》第四册，北京：中华书局，1986年，第1474-1475页。

主要引用及参考书目

班固：《汉书》，北京：中华书局，1987 年。

遍照金刚著，卢盛江校考：《文镜秘府论汇校汇考》，北京：中华书局，2006 年。

蔡景康编选：《明代文论选》，北京：人民文学出版社，1999 年。

蔡邕：《独断》，上海：上海古籍出版社，1990 年影印本。

曹道衡：《汉魏六朝辞赋》，上海：上海古籍出版社，1989 年。

曹道衡、刘跃进：《南北朝文学编年史》，北京：人民文学出版社，2000 年。

曹道衡、沈玉成：《南北朝文学史》，北京：人民文学出版社，1991 年。

曹明纲：《赋学概论》，上海：上海古籍出版社，1998 年。

陈国庆：《汉书艺文志注释汇编》，北京：中华书局，1983 年。

陈騤著，王利器校点：《文则》，北京：人民文学出版社，1960 年。

陈梦家：《尚书通论》，石家庄：河北教育出版社，2000 年。

陈寿：《三国志》，北京：中华书局，1982 年。

程千帆：《俭腹抄》，上海：上海文艺出版社，1998 年。

程千帆、徐有富：《校雠广义・目录编》，济南：齐鲁书社，1998 年。

程毅中：《中国诗体流变》，北京：中华书局，1992 年。

程章灿：《魏晋南北朝赋史》，南京：江苏古籍出版社，1992 年。

褚斌杰：《中国古代文体概论》，北京：北京大学出版社，1984 年。

邓国光：《挚虞研究》，香港：学衡出版社，1990 年。

董乃斌、陈伯海、刘扬忠主编：《中国文学史学史》，石家庄：河北人民出版社，2003 年。

杜佑：《通典》，北京：中华书局，1988 年。

范晔：《后汉书》，北京：中华书局，1991 年。

方孝岳：《中国文学批评》，北京：生活・读书・新知三联书店，1986 年。

房玄龄等：《晋书》，北京：中华书局，1987 年。

费振刚等编：《全汉赋》，北京：北京大学出版社，1993年。

冯春田：《文心雕龙释义》，济南：山东教育出版社，1986年。

冯书耕、金仞千编：《古文通论》，台北：台湾编译馆中华丛书编审委员会，1979年。

冯友兰：《中国哲学史新编》，北京：人民出版社，1998年。

傅刚：《〈昭明文选〉研究》，北京：中国社会科学出版社，2000年。

傅刚：《魏晋南北朝诗歌史论》，长春：吉林教育出版社，1995年。

高步瀛：《两汉文举要》，北京：中华书局，1990年。

高步瀛：《南北朝文举要》，北京：中华书局，1997年。

高步瀛：《魏晋文举要》，北京：中华书局，1989年。

高文：《汉碑集释》，开封：河南大学出版社，1997年修订本。

歌德等：《文学风格论》，王元化译，上海：上海译文出版社，1982年。

葛晓音：《先秦汉魏六朝诗歌体式研究》，北京：北京大学出版社，2012年。

龚鹏程：《中国文学批评史论》，北京：北京大学出版社，2008年。

顾实：《汉书艺文志讲疏》，上海：上海古籍出版社，1987年。

顾随：《顾随：诗文论丛》，天津：天津人民出版社，1995年。

顾易生、蒋凡：《先秦两汉文学批评史》，上海：上海古籍出版社，1990年。

郭庆藩：《庄子集释》，北京：中华书局，1985年。

郭绍虞：《照隅室古典文学论集》，上海：上海古籍出版社，1983年。

郭绍虞：《中国文学批评史》，上海：上海古籍出版社，1979年。

郭英德、谢思炜、尚学锋等：《中国古典文学研究史》，北京：中华书局，1995年。

郭英德：《中国古代文体学论稿》，北京：北京大学出版社，2005年。

何文汇：《杂体诗释例》，香港：香港中文大学出版社，1986年。

贺复征编：《文章辨体汇选》，上海古籍出版社编：《四库文学总集选刊》本，上海：上海古籍出版社，1987年影印本。

洪迈：《容斋随笔》，上海：上海古籍出版社，1996年。

桓宽著，王利器校注：《盐铁论校注》，天津：天津古籍出版社，1983年增订本。

黄侃：《文心雕龙札记》，上海：华东师范大学出版社，1996年。

贾奋然：《六朝文体批评研究》，北京：北京大学出版社，2005年。

雷·韦勒克、奥·沃伦：《文学理论》，刘象愚等译，北京：生活·读书·新知三联书店，1984年。

李零：《简帛古书与学术源流》，北京：生活·读书·新知三联书店，2004年。
李南晖主编：《中国古代文体学论著集目》（1900-2014），北京：北京大学出版社，2016年。
李士彪：《魏晋南北朝文体学》，上海：上海古籍出版社，2004年。
李塗著，王利器校点：《文章精义》，北京：人民文学出版社，1960年。
李延寿：《南史》，北京：中华书局，1987年。
李兆洛编：《骈体文钞》，上海：上海书店，1988年影印世界书局版。
林纾著，舒芜校点：《春觉斋论文》，北京：人民文学出版社，1959年。
铃木虎雄：《中国诗论史》，许总译，南宁：广西人民出版社，1989年。
刘大櫆著，舒芜校点：《论文偶记》，北京：人民文学出版社，1959年。
刘麟生主编：《中国文学八论》，北京：中国书店，1985年。
刘邵著，李崇智校笺：《人物志校笺》，成都：巴蜀书社，2001年。
刘师培：《中古文学史论著三种》，沈阳：辽宁教育出版社，1997年。
刘师培：《中国中古文学史　论文杂记》，北京：人民文学出版社，1984年。
刘熙载：《艺概》，上海：上海古籍出版社，1978年。
刘熙著，王先谦疏证：《释名疏证补》，上海：上海古籍出版社，1984年。
刘勰著，范文澜注：《文心雕龙注》，北京：人民文学出版社，1958年。
刘勰著，黄叔琳注，李详补注，杨明照校注拾遗：《增订文心雕龙校注》，北京：中华书局，2000年。
刘勰著，刘永济校释：《文心雕龙校释》，北京：中华书局，1962年。
刘勰著，詹锳义证：《文心雕龙义证》，上海：上海古籍出版社，1989年。
刘勰著，周振甫注：《文心雕龙注释》，北京：人民文学出版社，1981年。
刘勰著，祖保泉解说：《文心雕龙解说》，合肥：安徽教育出版社，1993年。
刘跃进：《中古文学文献学》，南京：江苏古籍出版社，1997年。
刘知几著，浦起龙通释：《史通通释》，上海：上海古籍出版社，2009年。
鲁迅：《鲁迅全集》，北京：人民文学出版社，1956年。
陆机著，张少康集释：《文赋集释》，北京：人民文学出版社，2002年。
陆侃如、牟世金译注：《文心雕龙译注》，济南：齐鲁书社，1995年。
陆梅林、李心峰选编：《艺术类型学资料选编》，武汉：华中师范大学出版社，1998年。
逯钦立编校：《先秦汉魏晋南北朝诗》，北京：中华书局，1983年。
罗根泽：《乐府文学史》，北京：东方出版社，2012年。

罗根泽：《中国文学批评史》，上海：上海书店出版社，2003 年。
罗宗强：《道家道教古文论谈片》，台北：文津出版社，1994 年。
罗宗强：《罗宗强古代文学思想论集》，汕头：汕头大学出版社，1999 年。
罗宗强：《魏晋南北朝文学思想史》，北京：中华书局，1996 年。
骆鸿凯：《文选学》，北京：中华书局，1989 年。
麻守中：《中国古代诗歌体裁概论》，长春：吉林大学出版社，1988 年。
莫·卡冈：《艺术形态学》，凌继尧、金亚娜译，北京：生活·读书·新知三联书店，1986 年。
莫道才：《骈文通论》，南宁：广西教育出版社，1994 年。
牟世金：《文心雕龙研究》，北京：人民文学出版社，1995 年。
穆克宏：《魏晋南北朝文学史料述略》，北京：中华书局，1997 年。
穆克宏：《昭明文选研究》，北京：人民文学出版社，1998 年。
倪其心：《汉代诗歌新论》，南昌：百花洲文艺出版社，1992 年。
潘运高编著：《汉魏六朝书画论》，长沙：湖南美术出版社，1997 年。
皮锡瑞：《经学通论》，北京：中华书局，1982 年。
钱钟书：《管锥编》，北京：中华书局，1986 年。
任昉著，陈懋仁注：《文章缘起注》，《丛书集成初编》本第二六二五册，北京：中华书局，1985 年。
阮元校刻：《十三经注疏》，北京：中华书局，1980 年。
沈德潜选：《古诗源》，北京：中华书局，1984 年。
沈约：《宋书》，北京：中华书局，1987 年。
释道宣：《广弘明集》，上海：上海古籍出版社，1991 年影印本。
释皎然著，李壮鹰校注：《诗式校注》，济南：齐鲁书社，1986 年。
释僧祐：《弘明集》，上海：上海古籍出版社，1991 年影印本。
舒芜、陈迩冬、周绍良、王利器编选：《近代文论选》，北京：人民文学出版社，1999 年。
司马迁：《史记》，北京：中华书局，1982 年。
孙梅著，李金松校注：《四六丛话》，北京：人民文学出版社，2010 年。
孙诒让：《墨子间诂》，北京：中华书局，1986 年。
汤用彤：《魏晋玄学论稿》，上海：上海古籍出版社，2001 年。
陶东风：《文体演变及其文化意味》，昆明：云南人民出版社，1994 年。
陶秋英编选：《宋金元文论选》，北京：人民文学出版社，1999 年。

童庆炳：《文体与文体的创造》，昆明：云南人民出版社，1994 年。

童庆炳主编：《文学理论要略》，北京：人民文学出版社，1995 年。

万光治：《汉赋通论》，成都：巴蜀书社，1989 年。

汪桂海：《汉代官文书制度》，南宁：广西教育出版社，1999 年。

汪辟疆：《目录学研究》，上海：华东师范大学出版社，2000 年。

王充著，黄晖校释：《论衡校释》，北京：中华书局，1990 年。

王夫之：《尚书引义》，北京：中华书局，1976 年。

王先谦著，沈啸寰、王星贤点校：《荀子集解》，北京：中华书局，1988 年。

王瑶：《中古文学史论集》，上海：上海古籍出版社，1982 年。

王应麟编：《玉海》，扬州：广陵书社，2003 年影印本。

王元化：《文心雕龙讲疏》，上海：上海古籍出版社，1992 年。

王元化编选：《日本研究〈文心雕龙〉论文集》，济南：齐鲁书社，1983 年。

王运熙、杨明：《魏晋南北朝文学批评史》，上海：上海古籍出版社，1989 年。

王运熙、周锋译注：《文心雕龙译注》，上海：上海古籍出版社，1998 年。

王运熙：《当代学者自选文库·王运熙卷》，合肥：安徽教育出版社，1998 年。

王镇远、邬国平编选：《清代文论选》，北京：人民文学出版社，1999 年。

魏征等：《隋书》，北京：中华书局，1987 年。

吴承学：《中国古代文体形态研究》，广州：中山大学出版社，2002 年。

吴承学：《中国古代文体学研究》，北京：人民出版社，2011 年。

吴承学：《中国古典文学风格学》，广州：花城出版社，1993 年。

吴德旋著，舒芜校点：《初月楼古文绪论》，北京：人民文学出版社，1959 年。

吴讷著，于北山校点：《文章辨体序说》，北京：人民文学出版社，1962 年。

吴小平：《中古五言诗研究》，南京：江苏古籍出版社，1988 年。

伍蠡甫主编：《西方文论选》上卷，上海：上海译文出版社，1979 年。

希利斯·米勒：《文学死了吗》，秦立彦译，桂林：广西师范大学出版社，2007 年。

萧涤非：《汉魏六朝乐府文学史》，北京：人民文学出版社，1984 年。

萧统编，李善注：《文选》，上海：上海古籍出版社，1986 年。

萧统编：《六臣注文选》，北京：中华书局，1987 年影印本。

萧绎：《金楼子》，《丛书集成初编》第〇五九四册，北京：中华书局，1983 年。

萧子显：《南齐书》，北京：中华书局，1987 年。

徐朝华：《上古汉语词汇史》，北京：商务印书馆，2003年。
徐崇：《补南北史艺文志》，二十五史刊行编委会：《二十五史补编》，北京：中华书局，1986年。
徐复观：《两汉思想史》，上海：华东师范大学出版社，2001年。
徐复观：《中国文学论集》，台北：台湾学生书局，1976年。
徐公持：《魏晋文学史》，北京：人民文学出版社，1999年。
徐陵编，穆克宏校点：《玉台新咏》，北京：中华书局，1985年。
徐师曾著，罗根泽校点：《文体明辨序说》，北京：人民文学出版社，1962年。
徐望之：《公牍通论》，北京：档案出版社，1988年。
徐兴华、徐尚衡、居万荣：《中国古代文体总揽》，沈阳：沈阳出版社，1994年。
徐艳：《中国中世文学思想史——以文学语言观念的发展为中心》，上海：上海古籍出版社，2012年。
徐于著，徐湘霖校注：《中论校注》，成都：巴蜀书社，2000年。
徐元诰：《国语集解》，北京：中华书局，2002年。
徐志啸：《历代赋论辑要》，上海：复旦大学出版社，1991年。
许学夷著，杜维沫校点：《诗源辨体》，北京：人民文学出版社，1987年。
薛凤昌：《文体论》，台北："商务印书馆"，1998年。
严可均编：《全上古三代秦汉三国六朝文》，北京：中华书局，1985年。
严羽著，郭绍虞校释：《沧浪诗话校释》，北京：人民文学出版社，1983年。
颜昆阳：《六朝文学观念丛论》，台北：正中书局，1993年。
颜师古原著，刘晓东平议：《匡谬正俗平议》，济南：山东大学出版社，1999年。
颜之推著，王利器集解：《颜氏家训集解》，北京：中华书局，1993年。
扬雄著，汪荣宝义疏：《法言义疏》，北京：中华书局，1987年。
杨仲义：《中国古代诗体简论》，北京：中华书局，1997年。
姚名达：《中国目录学史》，上海：上海古籍出版社，2002年。
姚鼐编：《古文辞类纂》，上海：上海古籍出版社，1998年。
姚思廉：《陈书》，北京：中华书局，1987年。
姚思廉：《梁书》，北京：中华书局，1987年排印本。
姚振宗：《汉书艺文志条理》，二十五史刊行委员会：《二十五史补编》，北京：中华书局，1986年。

姚振宗：《隋书经籍志考证》，二十五史刊行委员会：《二十五史补编》，北京：中华书局，1986年。
叶燮著，霍松林校注：《原诗》，北京：人民文学出版社，1979年。
永瑢等：《四库全书总目》，北京：中华书局，1983年。
于迎春：《汉代文人与文学观念的演进》，北京：东方出版社，1997年。
余嘉锡：《目录学发微》，成都：巴蜀书社，1991年。
余嘉锡：《世说新语笺疏》，北京：中华书局，1983年。
余嘉锡：《四库提要辨证》，北京：中华书局，1980年。
余英时：《士与中国文化》，上海人民出版社，1987年。
俞绍初、许逸民主编：《中外学者文选学论集》，北京：中华书局，1988年。
宇文所安：《中国文论：英译与评论》，王柏华、陶庆梅译，上海：上海社会科学院出版社，2003年。
郁沅、张明高：《六朝诗话钩沉》，北京：中国广播电视出版社，1997年。
郁沅、张明高编选：《魏晋南北朝文论选》，北京：人民文学出版社，1999年。
詹福瑞：《汉魏六朝文学论集》，保定：河北大学出版社，2001年。
詹福瑞：《中古文学理论范畴》，保定：河北大学出版社，1997年。
张伯伟：《中国古代文学批评方法研究》，北京：中华书局，2002年。
张伯伟：《钟嵘诗品研究》，南京：南京大学出版社，1993年。
张溥编：《汉魏六朝百三家集》，上海：上海古籍出版社，1994年影印本。
张少康、卢永璘编选：《先秦两汉文论选》，北京：人民文学出版社，1999年。
张舜徽：《汉书艺文志通释》，武汉：湖北教育出版社，1990年。
张毅：《文学文体概说》，北京：中国人民大学出版社，1993年。
章太炎著，刘梦溪主编，陈平原编校：《中国现代学术经典·章太炎卷》，石家庄：河北教育出版社，1996年。
章学诚著，叶瑛校注：《文史通义校注》，北京：中华书局，1985年。
章宗源：《隋书经籍志考证》，二十五史刊行委员会：《二十五史补编》，北京：中华书局，1986年。
郑樵著，王树民点校：《通志二十略》，北京：中华书局，1995年。
郑子瑜：《中国修辞学史稿》，上海：上海教育出版社，1995年。
钟嵘著，曹旭集注：《诗品集注》，上海：上海古籍出版社，1994年。

钟涛：《六朝骈文形式及其文化意蕴》，北京：东方出版社，1997年。

周勋初：《周勋初文集》，南京：江苏古籍出版社，2000年。

周振甫：《文心雕龙今译》，北京：中华书局，1986年。

周振甫主编：《文心雕龙辞典》，北京：中华书局，1996年。

周祖譔编选：《隋唐五代文论选》，北京：人民文学出版社，1990年。

朱东润：《中国文学批评史大纲》，上海：上海古籍出版社，1983年。

朱光潜：《诗论》，北京：生活·读书·新知三联书店，1998年。

朱迎平：《古典文学与文献论集》，上海：上海财经大学出版社，1998年。

朱自清：《诗言志辨》，上海：华东师范大学出版社，1996年。

朱自清：《朱自清古典文学论文集》，上海：上海古籍出版社，1981年。

祝尧：《古赋辨体》，上海古籍出版社编：《四库文学总集选刊》本，上海：上海古籍出版社，1993年影印本。

后　　记

这本小书来源于我的博士论文。1999年9月，我考入中山大学中文系古代文学专业，师从吴承学先生攻读博士学位，承学师的中国古代文体学研究蜚声学界，于是在承学师的指导下，我选择自己较为熟悉的魏晋南北朝文体论作为研究方向，开始了论文的写作。因系在职攻读学位，论文在2004年12月方提交答辩，顺利通过并获得博士学位。

我对这本小书并不满意，但其中的一些章节也陆陆续续在一些学术期刊和论文集中发表刊出。

1）第五章第二节部分以《〈文心雕龙〉“体要”释义》为题，发表于《学术研究》2004年第7期。

2）第五章第二节部分以《开放的文体观——刘勰文体观念探微》为题，发表于《文史哲》2008年第4期。

3）第三章第一节部分以《从文体学角度考察魏晋时期的赋论》为题，发表于《济南大学学报（社会科学版）》2008年第6期。

4）第三章第四节以《魏晋时期集的编纂及其所体现的文体观念》为题，刊于《罗宗强先生八十寿辰纪念文集》（北京：中华书局，2009年）。

5）第四章第一节和第二节以《南朝的文体分类与“文笔之辨”》为题，刊于《中国文体学与文体史研究》（南京：凤凰出版社，2011年）。

6）第四章第三节以《南朝文体源流论的发展衍化》为题，发表于《学术研究》2013年第6期。

7）第二章第三节以《汉代文体观念论略》为题，发表于《济南大学学报（社会科学版）》2016年第5期。

虽然在发表的过程中，对原稿都有所修订，但基本观点和材料并无大的变化。这一方面说明自己这么多年来的疏懒及在学术上长进不大，另一方面也是有鉴于近年来中国古代文体学研究发展的情势而使然。翻检北京大学出版社2016年出版李南晖先生主编的《中国古代文体学论著集目（1900—2014）》一书，近十余年来，学界有关中国古代文体学的专著和论文大量涌现。许多有关汉魏六朝文体学的论著，我也曾拜读学习，试图吸收这些成果到自己的这本小书中来。但思之再三而放弃了这一想法。随着计算机信息技术和各种数据库及检索功能的迅猛发展，材料信息海量而来，一本书看起来材料很丰富（或者说把一本书写得很厚），似乎会让作者自身的观点和见解不容易得到显现，况且自己实在也没有能够消化这些巨量的研究成果。因此，即将呈现给读者的书稿基本保留着当年原有的面貌。只是对书中引文核对了一遍，《文选》（上海古籍出版社1986年版）、《文心雕龙注》（人民文学出版社1958年版）、《全上古三代秦汉三国六朝文》（中华书局1985年影印版）三书，因引用过多，为避繁冗，如无特殊必要，不再一一出注，只是随文提示出篇名或卷次。但错漏之处，在所难免。为使各章节的论述相对完整，有些材料在全书中有重复使用的情况。旧作小文《读〈文心雕龙·丽辞〉札记》，关涉文体问题，今附录于后。要言之，书稿肤浅粗陋得很，实在是见笑方家，真诚希望得到专家的批评指教。

深深地感谢承学师，感谢我的硕士研究生导师罗宗强先生，他们多年来一直关心着我、鼓励着我、包容着我，自己荒废有年、学业无成，每感有愧于二位恩师。

感谢读本科、硕士、博士期间同学好友的帮助，特别是王法敏兄和刘培兄，使我浅陋的文字能够发表。

我所供职的深圳大学人文学院，多年来形成一个请益问学、平等交流、互相砥砺、和谐融洽的学术共同体，感谢景海峰、赵东明、黎业明、沈金浩、黄金鹏、问永宁、李松荣诸师友的关心和帮助，工作于这样的一个环境中，让人平静而安心。

深圳大学资助，科学出版社玉成，责任编辑辛勤工作，研究生黄丽霞、胡慧琛、李媛媛同学帮助校对，使拙稿得以面世，在此一并表示谢意。

杨东林

2017年7月